Me, Then

后来的金秀英

〔美〕米娅·金 著

杨蔚 译

Mia Kim

SPM 南方传媒 | 花城出版社

中国·广州

果麦文化 出品

谨以此书献给

罗伯特

我的绿洲

母亲是你童年的堤岸

——[韩]金惠顺

凶残所怀是人心
嫉妒俨然人面庞
惊骇恐怖，是上帝化作凡人样
幽秘暗藏，是世人的衣裳

——[英]威廉·布莱克

第一章

1964年，韩国，汉城。

红色液体滴落在我的白衬衫上，小小的圆点慢慢洇开，宛如夏末时节里凤仙花舒展的花瓣。有什么东西湿湿的，从我的鼻子里流到了嘴唇上。带着点儿金属味道。我抬手抹了一把，倒抽了一口冷气，倒不全是因为疼，更多的，是看到血被吓着了。我还从来没有见过自己的血，确切地说，是什么血都没见过。就在这时，韩太太猛扑下来，拽着我的头发把我从地上拎起来，扬手就是一巴掌扇在我头上。我整个人都被甩出去，撞到了树上——前院里就这么一棵树，会撞到也只能算我自己倒霉了——又弹回来，扑倒在地上，我的脸蹭到了碎石子儿地上，下巴和手掌都火辣辣地疼。我努力撑起身子，想爬起来，却只看到韩太太的脚出现在眼前。她又一次把我拎了起来，我蜷起身子，可预想中的巴掌并没有落下。是妈妈，妈妈不知从哪儿冒了出来，冲上前来护住我，自己挨下了那一拳头。韩太太像是惊呆了。我也是。妈妈应该要三天以后才来的。

韩太太结巴了，慌慌张张地说是我自己笨手笨脚摔倒的，全都是我自己弄的。可妈妈没搭理她，背起我就大步冲出了那座房子。

　　她急急忙忙地快步穿过那些狭窄的小巷子，我的下巴一点一点地，不断磕在她的肩膀上，像啄木鸟一样。要不是背着我，妈妈早就跑起来了。清早亮晃晃的阳光刺得我后脖颈和胳膊都发疼。我伸手捂住妈妈露在外面的胳膊，不让它们被太阳晒到。她问我能不能下来自己走，说她有点儿背不动了，而且也太热了。我摇着头，更用力地攀牢她汗湿的后背。脑袋埋进她潮乎乎的后颈窝里，鼻子嗅着她头发的气味，我已经忘掉了挨打的事。趴在她背上很开心，像是重新回到了她的子宫里一样，漂浮着，很安全，虽然摇来荡去，却总是在那里。

　　这些城市边缘的小街巷空荡荡的，一路走来，只遇到了一只皮包骨头的狗，龇着牙，低低地吠叫着，从尖牙的缝隙里流出裹着气泡的口水。狗从来就不是宠物，它们是凶恶的看门狗，要不就是游荡的野狗。妈妈大步从它旁边走过。我往常总是很怕它们，这会儿却安心地趴在妈妈背上，吐了吐舌头。

　　转上一条宽阔的林荫大道后，妈妈放慢了脚步。店铺都才刚刚醒来：店老板们嘎吱嘎吱地摇动把手，升起他们的卷帘门；一个老人正把货品往门框的钩子上挂；一个女人拎着水桶在店门口洒水压灰。路过的人不会在我们身上浪费哪怕一个小小的微笑。妈妈在一棵大树下的树荫里停了下来，缓一缓气儿。我想问我们要去哪儿，问她为什么提前三天就来了，可我没有。我仅有的几件衣服还在韩太太的客厅角落里。我也没说。

妈妈抬起头，透过疙疙瘩瘩的交错的树枝望着天空，这是她的习惯，她想事情的时候就会这样。我也跟着眯缝起眼睛往上看。太阳像是跟我捉迷藏一样，在树叶间闪闪躲躲。妈妈轻轻拍了拍我的屁股，左右晃一晃我，安慰我说，没事了。但紧接着，她就长长地叹了一口气，一屁股瘫坐下去。她哭了。这吓到我了，我从来没见她哭过。我蠕动着从她背上爬下来，摇摇晃晃地绕到她面前。害得她这么伤心，我真的很难过。我宁愿她揍我一顿，只要能让她好过点儿就行。害得她哭，害得我们满身大汗地跑出来却没地方可去……这一切都是我的错，一切都是因为昨天晚上我干了坏事，被抓住了。

四天前，妈妈带我去了韩太太那里。她站在大门口迎接我们，门里面是一个带围墙的大院子。她对着我露出微笑，还捏了捏我的脸，很和善的样子。然后，韩太太领着我们穿过干干净净的院子，走进一个一尘不染的大客厅。她家是那种很威风的传统韩式大房子，屋顶上铺着带沟槽的石板，屋角是翘起来的。就像人们在大热天里常做的那样，她把客厅的障子门大大地敞开着，好连通前后院子，让风能吹进屋子里。障子门是用薄薄的木片拼起来的，上面蒙着半透明的糯米纸，能让阳光透进屋子里，也能拉来拉去，很方便地把房间隔开。前院里，害羞又端庄的凤仙花缀在围墙的墙根下，绕了一圈；后院里，艳丽的牡丹和野玫瑰开得正盛，为这个严肃、规矩的房子平添了一丝鲜活欢快的气息。

韩太太和妈妈差不多高，更瘦一些，不过，她的嘴让我觉得很可怕。它是活的。她有一副鼓胀的紫色牙床，尖利的牙齿插在上面，挨挨挤挤的，相互间你推我攘地争夺着地盘，仿佛下一刻就要朝着四面八方冲出来一样。不说话时，她的舌头会一下一下地闪出来，不断去舔她的上嘴唇。

"欧尼，太谢谢你了。我不会忘记的。"妈妈一边说，一边掏出一卷钞票递给韩太太。韩太太飞快地接过去，塞进了自己的裙子口袋里。"欧尼"就是"姐姐"，通常是年轻女性对年长女性的尊称。这样的称呼能将她们维系在一起。

"别这么说。你就像我的亲妹妹一样。要不是实在太艰难，我是怎么也不会收你的钱的。阿吉从现在开始就要管我叫'阿姨'了哦。"她盯着我的眼睛，笑着说。

妈妈把我抱到腿上，抚摸我的头发。"我的小乖乖，我的小淘气……阿吉呀，能不能告诉我，一个星期有多少天啊？"

这个问题不难，我马上都要满五岁了。我掰着手指头数了出来。

"阿吉真聪明。"妈妈拍拍我，"喏，一个手指头是一天。等你数到七，我就来啦。在那之前，乖乖的，听韩太太的话，好吗？"她站起来。我想爬回她身上去，可她把我放下就转身冲出去，不见了。我想去追她，韩太太却抓住我的肩膀，把我拽了回去。

"不，你留下来跟着我。你在这里会好好的。"韩太太走过去，在我呼喊妈妈回来的尖叫声中锁上了大门。

韩太太家没有孩子，只有七个大人。每天早晨，除了她的父亲和祖母以外，每个人都会疯狂地跑来跑去——韩太太、她的三个兄弟，还有她的妈妈，全都蹲在压水机边，围成一个半圆形，飞快地洗一把脸，冲一冲胳膊，然后冲回各自房间去穿衣服。很快，所有人又都围着客厅的矮桌坐下，飞快地吃东西，吃完就急急忙忙地跑出门去。接下来，整座房子就安静下来，像是一块静静伫立在荒芜坟地里的墓碑。

奶奶几乎看不见，也动不了了，整天都缩在客厅角落里，摸索着挪动她疙疙瘩瘩的手指头缝衣服，钉扣子。她的脸皱巴巴的，支在臃肿的韩式长裙上面，显得非常小。她钩子一样的鼻子上架着一副巨大的眼镜，两只突兀而又浑浊的大眼球藏在放大的镜片背后，一眨不眨地盯着我，好像猫头鹰一样。无论我转向哪里——墙壁、关着的门、一尘不染的地面——它们都仿佛在说："别碰那个！走开！"所以，我一直待在奶奶身边，要是她没有"嘘"着赶我走开，我还可以蹭近些看她缝衣服，就像一只试探着往侧面溜的蜘蛛一样。

白天的时间是凝固的，一丝动静都没有——除了奶奶的手指头，和天空中忙着跟太阳捉迷藏的云朵，它们能在一瞬间让一切变黑，下一个瞬间又亮起来。奶奶从卷起的袖子里摸出了个什么东西，往地板上一扔，然后接着缝她的衣服。那是一块硬糖，我小心翼翼地捡起来。包装纸粘得太紧，我就把它整个放进嘴里，用口水浸湿外面那层纸。那味道甜得像天堂一样美妙，又酸得我直冒口水。奶奶一直在瞄着我，向下垮着的嘴角抬起来，微微一笑，她水汪汪的眼睛很温暖。

他们宽敞气派的前院正中种着一棵漂亮的大杏树，长得高过了屋顶，一簇簇精致的白花沉甸甸地缀在枝头，繁茂的树枝曲曲弯弯，有许多都越过墙头，探到了街上。每天每晚，这些娇嫩的小花纷纷扬扬地落下，像盘旋的小蝴蝶一样。韩太太的父亲一天三次清扫落下的花瓣，不慌不忙，十分小心。后院石墙脚下摆着的十几个大缸也归他管，他把它们全都擦得干干净净，只耐心地等候秋天到来，到那时，它们就会被各种腌菜和腌酱填满，像是五六种不同的泡菜、大酱、辣椒酱，等等，足够吃一整个冬天的。我很想帮忙扫扫地、擦擦灰，甚至捡些花瓣玩。但我没问过行不行。我有一种感觉：就连那些发干枯萎的花瓣都是属于他的。

韩太太和她的妈妈傍晚回家，换过衣服后，她们就会开始动手打扫卫生——不聊天，不笑，只是一门心思地扑在他们早就锃光瓦亮、一尘不染的家里。

三兄弟要到午夜宵禁前才跌跌撞撞地回来，每个人都喝醉了，脸膛又红又亮，拖着软绵绵的胳膊和蹒跚的脚步，一路磕磕碰碰地扶着墙壁和门进来，但不会像一般醉汉那样高声大气地说话。

晚上，我们八个人全都睡在客厅里，障子门大敞着，这里是唯一能有点儿夜风慢腾腾地吹进来的地方。三兄弟睡在房间一头，然后是爸爸、妈妈和奶奶。韩太太和我睡在另一头，我靠墙。大人睡着了就会打鼾，有人声音很大，一打就是很久。韩太太一吸气喉咙里就会发出"嘎嘎"的声音，韩先生呼气很响，其他人有嗓子眼儿里"咕噜咕噜"作响的，有又短又急不停喘气的，还有把呼噜打得好像吹哨子一样，连狂躁的蝉鸣都盖不住的。好不容易蝉鸣停了，蟋蟀又叫起来。我的耳朵里灌满了这深夜大合唱的乱糟糟的声响和节拍，根本睡不着。

我躺着不动，心里盘算着接下来要办的事。眼下有三个问题需要尽快解决：谁是和气可以亲近的？谁是应该避开的？有什么地方可以让我藏起来？到目前为止，除了奶奶，所有人我都躲着。藏身的地方也还没有找到，因为我还不清楚哪些地方是我能去的，哪些不是——所有房间的门都是关着的，可我觉得这多半只是为了保持整洁，而不是出于隐私之类的考虑。户外的厨房边有个储藏室，用来放整包的大米和其他干货。但这个地方已经被我排除了，因为那里满地都是老鼠在跑来跑去。我认得老鼠，以前在别人家里看到过。

到韩太太家之前，我是跟着另一个女人住的，她在汉城火车站摆摊卖紫菜包饭。她还年轻，但背已经佝偻得像个老妇人一样，走起路来也慢腾腾的。她人很好，说话温柔，一个人住。每天天不亮，她就起床做紫菜包饭：把米饭、菠菜、切成薄片的鱼饼和胡萝卜一起卷进一张干紫菜片里，然后把卷好的长条紫菜筒切成一口大小的小块，再放进纸壳一样薄的一次性竹餐盒里。紫菜片又薄又脆，很容易破，不管她包的时候多么小心，还是常常会有馅儿漏出来。破掉的地方和不齐整的两头就归我们自己吃掉。然后，她把装好盒的紫菜包饭放进小推车里——这辆小车也是她的小货摊——拖着车走过还在沉睡的曲折小巷。有时候，她会背着我走，更多是让我跟在她身边自己走。等我们走到火车站时，天就开始亮了，透出黎明时特有的那种凉凉的蓝色。

有一天，人特别多。她忙着做午餐生意，我自己走开了，被我们周围的摊子晃得眼花缭乱。那里卖什么的都有：纸扇、彩色塑料管子编的枕头、竹篾条编的帽子、鞋头上涂成粉红色或绿色的橡胶鞋、女士化妆品、衬衫、裙子……一切人们在上火车之前可能想要或需要的东西都有。有一个摊子把我迷住了。那是个零食摊，上面放着糖果、饼干、虾片和其他各种小零嘴儿。我站在那里，挪不动步子，一直盯着，盯着，想象着那些东西的气味、感觉、味道。不等反应过来，我的脚就已经踮了起来，我的手指就已经抓住了一块口香糖，黄色的糖纸，裹着银色的箔纸，特别诱人。我把它拿了起来，它想被我拿起来。啪！我的手腕被拍了一下，口香糖掉回了摊子上，我被人一把捞起来，抱在了怀里。是那个卖紫菜包饭的女人。她在哭，浑身都在发抖，就快疯了——她一直在到处找我。这一次之后，我就不能继续和她住在一起了。

韩太太家的夜晚都特别长，鼾声和虫鸣组成的夜间大合唱总是很热闹。大多数时候，我都饿得睡不着。但我不敢提出多要一点米饭。第一天在妈妈面前露出的那种看得到牙齿的笑容，再也没有出现在韩太太脸上。她总是把嘴抿得紧紧的，目光直直地掠过我，只伸出一根手指，仰一下或点一点下巴，表示要我过去或是走开。大多数时候都是叫我别挡路。公平地说，所有人都吃得很节俭。早餐通常是全天分量最足的一顿饭，能有半碗米饭、一点泡菜、一点点甜咸口味的黑豆和一份漂着几片薄薄的小萝卜片的清汤。午餐是一碗冷面，用辣椒酱拌的，能辣得人掉眼泪。晚餐会有一块鱼、腌黄瓜片和米饭。韩太太总是先给大人盛饭，最后剩下什么就给我什么。

麻烦是从第四天的晚上开始的。

那晚的月亮很大、很亮，照在睡着的人身上，足够让我看清楚韩太太胳肢窝下露出的一撮黑色腋毛。我自己没有这个，所以看到她的感觉非常新奇。有一点吓人，甚至有一点恐怖。要是它们一直长一直长，越长越多，全身都长满了，怎么办？那她是不是就会变成一个满身黑毛的怪物，她的脸上就会只剩下锯齿一样的巨大的牙齿……别吓唬自己，我对自己说，然后翻了个身。

月光还照亮了墙上挂着的一串鱼干，银色的鱼鳞闪着细碎的光。鱼干一共有五条，都差不多扁扁的西葫芦大小。我的肚子"咕噜噜"地叫着。我忍不住猜测，鱼干和人家当零食吃的鱿鱼干是不是一个味道。越看，我就越饿。它们就挂在我的头顶上，都用不着踮起脚尖，我就能碰得到。我爬起来，抓住了最下面一条。那条鱼从绳子上脱落下来。我捧着它，送到鼻子底下——这是我的习惯，吃什么之前总要先闻一闻。一股淡淡的腐臭味冲进了我的鼻孔。但我说服自己相信，这气味跟鱿鱼干有一点像，所以吃起来也应该差不多。我在鱼尾巴上咬了一口，那里最干，臭味最淡。然后，我屏住呼吸，飞快地嚼了几下就往下吞。但它没能被咽下去，反而卡在了我的喉咙口。我噎住了，挣扎起来，不偏不倚地跌倒在韩太太的头上。她尖叫一声，整个人都蹦了起来。所有人都醒了。有人拉亮了灯。另一个人猛拍我的后背。我呛着咳出那口干鱼块，眼泪模糊了我的视线。韩太太摇着头，满脸狂怒。她一把把我塞回我的角落，让所有人都回去睡觉。

很快，蝉鸣声重新响起，各种喉咙里的汩汩声也再次响起。我蜷成一团，努力不让上下牙齿碰出响声，只希望等到了早上，韩太太就把这事儿给忘了。

她没有。我是被她摇醒的。看到我醒了，她立刻狠狠地给了我一巴掌："你这个肮脏的小畜生！才这么点儿大就会偷东西了。等你长大了得变成个什么样的怪物！看我不把你这副贼性打掉！"她的妈妈、爸爸、奶奶和兄弟们全都默不作声，只是看着她一把揪住我的头发，把我摔到了墙上。

第二章

　　妈妈和我来到一条宽敞热闹的下坡大街上，停在了一家小店门前。街对面全都是商店，一间紧挨着一间，简直是挤作了一团。平房的店铺跟多层的楼房混在一起。在许多又老又破的房子中间却夹杂着几栋光鲜亮丽的，又新，又高大，就像侏儒群中的巨人，像是某种符号，预示着汉城乃至整个韩国的未来。汽车、人和小贩们挤在一起争抢空间。一个男人骑在自行车上，后面拖着个大平板车，板条箱高高地摞在板车上，好像一只蚂蚁在拖着一片比自己大一百倍的树叶。女人们头上稳稳地顶着圆形的包裹，身后背着她们的小宝宝，灵巧地穿梭在车流之间。一个小贩从他的板车上拿下一个西瓜破开，夸耀它鲜红的果肉和黑色的瓜子，夏天的气息扑面而来。他大声吆喝着说他只在这里待一天，但人人都知道，他明天会来，后天也会来，一直到吃西瓜的季节结束之前都会来。

　　这是在麻浦区的阿岘洞，一个正经历着高速发展的地区，充满了活力。它就坐落在汉江北岸上，这条河从整个城市靠下三分之一的地方穿过，把汉城切成了两半。

妈妈推开店门走进去。铃铛响了。外面潮湿灼热的空气跟屋子里浑浊闷热的味道迎面撞上。屋子靠里侧的角落里，一台电风扇正发出"吱吱呀呀"的声响，转过来，转过去。成卷的布料斜靠在墙上，每当风扇转过来，它们的布边就会疯狂地扑扇起来。靠近窗边放着两台缝纫机，黑色的，闪闪发亮，它们优雅的长脖子上嵌着金色的字母，脚踏板在下面慢悠悠地上下翻动。

一个中年女人抬起眼睛，透过她的圆框眼镜上方看过来。她对妈妈点了点头，就又埋头继续忙她手上的活计去了，她手里拿着白色的画粉，正在一块深蓝色的布上画线。妈妈自己找了张矮凳坐下来，往外扯了扯汗湿后贴在身上的上衣。

很快，那个女人完成了工作，在妈妈对面坐了下来。我的"眼力见儿"告诉我，躲远一点，她们的谈话不是我应该听的。我很有眼力见儿——这算不得夸奖，特别是对于一个像我这样不得不依靠它来保全自己的小孩子来说。"眼力见儿"是个有着双重意味的词：它表示我很聪明，同时却也意味着我不单纯，相对我这样的年纪而言，这种东西未免过于世故了。无论对人还是对事，我总要估摸、衡量一番，而不是轻易相信。没有人会用"很有眼力见儿"来形容一个值得尊重的大人，至少不会当着他的面这么说，相反，人们会说他"明智""有洞察力"。无论多还是少，拥有眼力见儿就让我觉得羞耻。但我需要它。它能帮我躲开麻烦，避免在错误的时间和错误的地点被逮住，让我小心不要做错事。它是我生存的工具，就像我在韩太太家时为自己列出的待解决问题列表。可看起来，我终究还是没法不惹上麻烦。

　　我走到橱窗跟前，那里立着两个塑料模特儿，都面对窗外。我以前没见过这种东西，忍不住一直盯着它们看。它们两个一模一样，眼睛闭着，画着又黑又长的睫毛，噘着鲜红的嘴唇。但左边那个只套着一条半腰裙，上半身就那么赤裸着，暴露在所有人面前。她身体前倾，像是在对橱窗外来来往往的行人行鞠躬礼一样。但真正让我挪不开眼睛的，是她背后一条看上去十分诡异的裂口，那是一道长长的裂缝，横在后腰上，把她的上半身和臀部拦腰分开，裂缝很宽，足够让我把手塞进去。它黑洞洞的躯干里支着一根粗粗的金属棍子，是竖直的。我挤上放塑料模特的窄台子——我实在忍不住想要触碰它，做点儿什么，去把它扶正了。

　　"别碰那个，危险。"妈妈的警告飘了过来，"阿吉，过来跟你姨妈行个礼……她是我姐姐。是的，亲姐姐。知道吗？我像你这么大的时候，就是她把我养大的。"

　　姨妈平静地看着我。她和妈妈一点儿也不像。妈妈到处都是圆的：温暖的圆脸、丰腴的胸脯、细细的腰、匀称的腿。可姨妈，到处都是尖的，是那种你遇到就知道得要小心翼翼的人：刀削一样的面颊，笔直尖削的鼻子，小小的眼镜后面是细长斜挑的眼睛，眼神很严肃。妈妈的笑容很招人喜欢。她有一双叫人信赖的眼睛，笑容总是首先从她微微皱起的眼角舒展开去，然后，她丰润的嘴唇会向上弯成一道新月，让酒窝变得更深，洁白完美的牙齿闪着光。还不等你反应过来，她笑容里的暖意便已经充满了整个房间，你无力抵抗，只能任由她的快乐将你淹没。至于姨妈，她薄薄的嘴唇也会向上弯起，只是也就到此为止了。但我喜欢她工作的样子：她又高又瘦，穿着合身的海军蓝裙子，修长的双手动作起来灵巧又精准，十指飞快地剪、钉、翻动布料。她是那种永远都不会大汗淋漓、一身狼狈的模样。

妈妈把我领到放布料的墙边，拨开布，墙上出现了一扇小门。她推开门，里面是一个大房间。妈妈叫我去里面坐着。

"在这里等着，我跟你姨妈说会儿话。"说完，她便走出去，带上了房门。

我躺下来，后背贴在凉凉的地板上，感觉很好。天花板上垂下来一个灯泡，灯没亮，透明的玻璃球里有一根弯弯曲曲的细小灯丝在微微颤动，像是某种脆弱的活物。突然，有什么从我心里冒了出来。我害怕过，生气过，可这一刻的感觉却是全新的，像是某种不安或恶心，有点儿空空的，不是胃里空，是在更靠近喉咙口的地方。

我不知道这一次能在这里待多久，还是说，我们还要去别的地方？妈妈总说我们会一起生活的，很快。但都只是说说罢了，那是她每次离开时说的话，不说什么时候，不说要怎么做。

从记事开始，我就一直跟着不同的人生活，这一个星期在这里，下一个月在那里。至于妈妈，总是来来去去。最艰难的就是跟她告别的时候，虽然她总会再回来，可我还是禁不住害怕。我知道，这就是我们的生活方式，要一直等到妈妈能准备好和我一起生活才行。她不在的时候，我不太闹脾气，也不常哭，虽然有时候眼泪在眼眶里差一点就要掉下来。但只要没人打我，又能吃得饱肚子，我就可以忙着过我自己五岁的日子。

我躺在地上，观察这个房间。我的右手边有个大柜子，占满了一整堵墙，这是房间里唯一的家具。柜子上有许多抽屉和橱格，最右边镶着一面长镜子。我拉开最下层的一个橱格，里面是空的，只胡乱扔着几本书。于是，我爬了进去。柜子里有老木头的味道和淡淡的大豆蜡香，内壁上衬着毛茸茸的绵纸，很软，摸起来像毛毛虫的绒毛一样。这个大小正适合我蜷起来躲在里面。我找到了一个躲藏的好地方。我想，也许我会喜欢住在这座房子里。

当我爬出那个密不透风的橱格时，刺眼的阳光刚好透过障子门照在我的眼睛上，有那么一瞬间，我什么都看不见。紧接着，一张满月似的大脸突然冒了出来，在冲着我笑。那是一个大个子年轻女人的脸。她朝我走过来，嘴里发出轻轻的"喔喔"的声音，两只胳膊大大地张开着，丰满的胸脯一跳一跳的。我抬起双手护在身前。她跟韩太太完全不同，一点儿也不吓人，但我不想被抱，她不是我妈妈。

"你是谁呀？"那张笑脸问，可不等我回答，她就自顾自地接着往下说，声音好像唱歌一样，"真可爱！噢，你膝盖和下巴上是怎么回事？衣服上怎么有血？你摔跤了吗？打架了？你叫什么名字呀，小姑娘？你饿不饿啊？来块年糕怎么样？还是吃点儿甜瓜？在这里等着，我很快就回来。"我一个字都没来得及说，她就转身出去了，两条胖胖的大腿把格纹裤子撑得满满的，相互拍打着走远。

障子门通向一个懒洋洋洒满了阳光的院子。虽然和韩太太家的比起来，这个裸露着泥土地面的院子又小又破，但也打扫得很干净，中间的一小块水泥地上竖着一个高高的压水机。院子里没有树，也没有灌木。从屋子里看出去，我能看到压水机周围的三个方向：左边是厨房；正面是位于压水机后面的另一间屋子；右边是邻居家房子的后墙，再往外还有其他邻居家的房子。我能感觉到，周围像是很热闹的样子：孩子们在吵，妈妈们在叫，盆盆罐罐叮当作响，汽车喇叭也在响。一股兴奋猛地蹿过我的身体。我跳了起来，想冲出去一探究竟。就在这时，"嘭"的一声，有人撞了过来，把我撞倒了。我抬起头，看到了一个跟我差不多大的女孩。她非常瘦，满身汗味和外面的味道，松松垮垮的马尾辫几乎绑不住她那一头蓬乱的头发。她浑身上下几乎都是脏兮兮的。鼻子上挂着鼻涕，沾了泥灰，脏脚在打过大豆蜡的干净地板上踩出了印子。我们相互盯着，彼此打量。我坐起来，挺直了身子，感觉自己更厉害一些。我也脏兮兮的，但我有很好的理由——我敢说，她绝对没有被迫从吓人的韩太太那里逃命出来。

这女孩"啪"一下跪在地上，肮脏的膝盖大大地向两边分开。她从口袋里掏出来五颗跟她拇指差不多大小的石子儿，顺便还带出了更多的泥。她把石子儿拢作一堆，从最上面拿起一颗，垂直抛向空中，趁着这一颗还没落下的空当，飞快地抓起剩下的四颗石子，手腕一翻，空中的小石子儿刚刚好落在她握着另外四颗石头的手心里。我觉得很神奇，佩服极了。她咧开嘴笑了，又做了一次。又成功了。

"我打赌你不会这个。"她说。

"不，我会。"

"不，你不会。"她大声吼回来。

我伸手去抓她的石子，但她合拢了两手，紧紧地护着它们，一边还用胳膊肘来顶我。我一推，她往后倒去，我趁乱抓住了一颗。她拽着我的衬衫后襟把我往旁边扯，另一只手伸长了去抢她的石子儿。很快，我们就在地板上扭作了一团，我压在她身上，用力扳她紧握的手指。她尖叫起来，松开手，石子儿落在地上。我们两个都赶忙去抓。

"住手。你们两个！"姨妈大叫道，"我说过多少次了，不许把这些东西带进屋子里！会把地板刮坏的。你有哪一次听过吗？"她抬手要打那个女孩。女孩立刻伸手指着我，大叫："是她让我干的！"

这是我第一次见到仁淑，我的表姐，只比我大一岁。从那天起，我们就一起吃饭，一起睡觉，一起玩，一起打架，常常都打得很凶。

我还有一个表哥和一个表姐：康真，大表哥，十七岁，我叫他"欧巴"，意思是"哥哥"；美惠，十六岁，我叫她"欧尼"，姐姐。虽说仁淑比我大一岁，但我们互相都只叫名字。姨妈的丈夫常常出门，回来时也和我们住在一起。我只叫他"姨丈"，姨妈就叫"姨妈"。那个话很多的胖胖的年轻女人姓李，是个帮工，什么都干：在家做家务，在铺子里就给姨妈打下手。大家都叫我"阿吉"。

这一次，我住进了挤满人的热闹房子里了。

第三章

跟着姨妈生活，就意味着要遵循一套严格的时间表。

不管是什么季节、什么天气，每天早晨天不亮，姨妈和李姐姐就蹲在压水机边洗漱了。我们都在院子里洗漱，一次两个人，因为压水机边的水泥地面很小。哪怕是在仲春时节，夜里还会积起薄薄一层雪的时候，也不例外。在这样寒冷的日子里，姨妈和李姐姐也顶多就是从厨房里匀出一点点热水，加进水盆里。她们俩洗完之后就是康真，他一个人洗漱。然后是美惠。他们两个总会把李姐姐从早饭里省出来的热水全都用光，轮到仁淑和我时，就只有刺骨的冰水可用了。我们俩不抱怨，因为我们被教导要尊重哥哥姐姐，就像尊重爸爸妈妈一样。所以，我们只是把手指头伸进水里，飞快地蘸一下就抽出来，尖叫着假装在洗。

李姐姐就蹲在我们旁边，狠狠地瞪一眼仁淑，手上还在用力搓洗她床单上的尿渍。仁淑尿床了。姨妈说那是因为她还是这个家里的小宝宝。说完，她会弯起手指轻轻敲一下仁淑的额头，数落她："啊呀，你马上就要上一年级啦，还尿床。羞不羞？下次再这样，我就让你自己洗自己的尿单子。李姐姐已经够忙的了，你还来添乱。"只不过，骂归骂，仁淑还是照样尿床，尿了就嘻嘻哈哈地穿着她的脏裤子跑开。我不尿床。妈妈说她也从来没刻意为这个训练过我。我记不得太早以前的事情，但这话听过太多遍以后，我便也开始坚信自己天生就是个特别、特别爱干净的人。

刚一入冬，姨丈就用布头和粗草绳把压水机包了起来，防止它被冻裂。可到了严冬时节，压水机外面还是会挂上一层又一层光滑的冰锥，像堡垒一样，意味着里面的水也全都结了冰。每到这时候，李姐姐就会拎着一壶热水小心翼翼地慢慢往上浇，所有人都围在一旁紧张地等待结果：究竟是冰化开，还是压水机裂开？但大多数时候都没有结果。一旦真的冻上，这办法就没什么用了，只能等天气暖和点儿的时候再用热水处理。在那之前呢，我们能用的就只有厨房两个大陶缸里存的应急备用水了。要是这些水也用完了，就得去找邻居，指望他们还有水可以分给我们一点。

大人总是叮嘱我们，在大冬天里千万不要用蛮力去压压水机压杆。我们被告诫说，要是不出水，哪怕只是感觉到一点点卡，就要马上住手，让它保持原样，然后赶紧去找姨妈或者李姐姐。如果硬来，被冻住的单薄压杆很容易断掉，那就有大麻烦了。整个冬天都会没有水用。更糟糕的是，还可能因此而挨上姨妈的十记藤条。

每天早上洗漱过后，姨妈都会去街头的露天市场买当天要吃的菜，通常会有新鲜的蔬菜、鱼或者肉。我们没有冰箱或冰柜。家家户户都没有，甚至没人知道世上竟还有这么一种东西。

除了午夜到凌晨四点的宵禁时间，市场从来不关门。摊贩日复一日地摆出他们的摊子，支起顶棚，跟顾客斗智斗勇。毕竟，每位妈妈、每个主妇都认为自己是讨价还价的大行家。姨妈也不例外。偶尔，她会不得不在当天稍晚一些的时候再多跑一趟市场，每逢这时，她就会同意带上我们——这绝对是优待，因为这就意味着她会给我们买糖，而且我们还能看她怎样诱哄、争辩甚至欺压摊贩，最终买下她看中的东西。我们是她的人，这叫人很安心，很骄傲。

仁淑和我都没上幼儿园，我们这个区就没有幼儿园。那个年代，幼儿园还是个新鲜玩意儿，被认为是奢侈的消费。我们只是每天到处去玩。回家吃午饭和晚饭时，姨妈也从来不问我们在外面干了些什么。到处都是我们的游乐场，走到哪儿就是哪儿——曲曲弯弯的背街小巷，姨妈开店的那条大街，或是每一条通往市场的路。我们会蹲在一边看鱼箱，里面装满了滑溜溜挤来挤去的鳝鱼，满得乍一看都会以为那是个油箱，装着缓缓旋转流动的黏稠的黑油。有时我们也会去看大虾和螃蟹，看它们你争我夺地爬到对方的背上，像是在越狱逃亡一样。我们互相撺掇，看谁敢去抓螃蟹，够胆子把手指头伸进那些利刀一样的大钳子中间去。潮湿的泥地上东一堆西一堆地堆着鱼的内脏，空气里弥漫着大酱和豆饼刺鼻的发酵味儿，还有一缸挨着一缸的各式泡菜，呛得人喘不过气，却又让我们深深地着迷。

我们对着用猪油烙得嗞嗞作响的蔬菜饼流口水；烤蚕蛹香喷喷的，堆得老高，只要拽着尾巴一拉，蚕蛹的身子就会像手风琴一样拉开；还有年糕，又润，又韧，要裹上甜甜的黄豆粉来吃。我们在五颜六色、臭烘烘、吵闹、拥挤、生气勃勃、充满了热闹生活气息的市场里尽情地玩耍。

我们家那条狭窄曲折的小巷子尽头还有一块荒着的空地，我们会在那里摘槐花，吮吸它们甜甜的花蜜。后来，那里修起了一所卫理公会的教堂，还专门为主日学校的孩子们修了一个操场。对我们来说，那可是一桩不可思议的大好事。操场上有秋千、跷跷板、金属的攀爬架，甚至还有一个旋转木马。教堂似乎并不介意周围的孩子过来玩。我们这些小孩每天都有至少六七个泡在操场上，想到什么就玩什么。我们玩各种游戏，很认真地对待输赢。玩跷跷板时，我们都站在板上，比谁胆子更大，跳得更高——只有胆小鬼才坐着玩儿。我一次又一次尝试，寻找最合适的落脚点，这样，下一次腾空时就能弹得很高很高，像飞翔的鸟儿一样，可以在空中停留好几秒。等到落下来时，我的同伴也会被弹得更高。就这样，一来一回，越来越好，直到最后有一个人跌倒。跳绳就不一样了，它的关键不在于我们能跳多高，而恰恰是能有多低，必须是恰到好处的轻轻一跳，刚好能让绳子从我们脚下滑过去，绳子越甩越快，到最后能舞出一片影子来。能一口气连跳一百下的人就是赢家。到后来，我们加大了难度，双手交叉跳花绳，单脚跳，终极挑战是一次跳过两下甩绳。那是最难的。没人能连跳三十次都不绊到绳子的。

没有其他孩子一起时，仁淑和我就玩"抓子儿"。第一次见面时仁淑在我面前展示的就是这种抓石子的技艺，后来我渐渐熟练起来，也能赢得越来越多了。仁淑讨厌输，所以会作弊，但还挺笨拙的。我讨厌作弊。要是人人都作弊，还能有什么好玩的呢？

有一次，仁淑输了太多把，还被我逮住作弊挨了罚，她便把一把石子儿都砸过来，打到了我的额头和脸上。

"这个游戏蠢死了！我再也不玩了。"她说。我摸到额头上流血了。她也害怕了，一句话说得含含糊糊的。

"你就是输了。你还作弊。"我吼回去。

突然间，她没头没脑地蹦出一句："哈，你连名字都没有。"

"我有。"

"'阿吉'不是名字，你这个笨蛋。人人都知道。我妈妈说的，你连个正经的名字都没有。"她一吐舌头，转身跑开了，嘴里还唱着，"阿吉，乌吉，乌卡卡；阿吉，乌吉，乌卡卡……"

我追上去，扑到她背上，用拳头拼命打她。她尖叫起来，拼命转圈想把我甩下去。她成功了，但在那之前，我也成功揪下了她的一把头发。

我们俩都挨了姨妈一顿好打。仁淑像是从来都不在意打屁股这件事。她会大声地哭，大声尖叫，不带歇气的。可只要打完了，她转头就能忘掉，又嘻嘻哈哈地到处跑来跑去。我不行。挨打时我很安静。我不觉得我能有反抗的自由。但我痛恨挨打，也从来都不会忘掉它。

仁淑的话困扰了我一整天。其实我也察觉到了，自己的名字似乎有哪里不太对劲。所有小孩子都叫"阿吉"，它就是"小宝宝"的意思。在这之前，还从来没有人取笑过我的名字。"阿吉"就是我的名字，我还有什么其他的名字可以让别人叫的吗？这个念头挥之不去，我怎么也甩不掉它。我决定问一问妈妈，等她下次来的时候。

第四章

　　我在姨妈家的日子滚雪球一样滚到了几周、几个月，然后是一整年。我从来没在哪个地方待过这么长的时间。随着日子一天天过去，这个地方让我开始有了归属感，而星期六，则变成了每个星期最重要的日子。在我看来，其他日子都是围绕着星期六的到来而做准备的日子。因为星期六是妈妈来的日子。她的到来是对我的确认，将我一针一针地缝进她的裙裾之下，让我可以安心地知道，我依然是属于她的。

　　她总要到快午餐时才能到，可我还是一吃完早餐就跑出去守在我们的小街上等着。这能帮我抵挡"她也许不来了"的恐惧，这样的情况也不是没有发生过。全心全意地想着她，等着她，这是我能奉上的最大虔诚，就像姨妈每天早晨向她的上帝祈祷一样。

　　很少有出租车开进我们昏暗狭窄的小街里来，所以，每次妈妈坐着出租车到来时，老老少少的邻居们都会盯着看个没完。我的朋友们则会聚拢来，像池塘里的小鱼一样围着她打转，张着嘴，瞪大了眼睛，眼里闪着发自内心的崇拜的光。她和我们平时见到的所有人都不一样，她留着最时髦的齐耳短发，头发浓密整齐，身穿一条百褶裙，纤细的腰上系着一条窄窄的皮带，修长的腿上包裹着闪亮的长筒丝袜，一直向下伸进高跟鞋里。还有她的笑容，比最晴朗日子里的阳光还要耀眼，和严冬里李姐姐赤裸的胸膛一样温暖。妈妈是我每个星期六的惊喜礼物，但我从来不会把它视为理所当然，因为有时候她并不会出现。

等她时，我在脑海里一遍又一遍重放那些熟悉的场面：妈妈从出租车里钻出来，四下里张望着，她看到我了，我跑向她，宣示主权，往她的怀里钻进去，整个人消失在她带来的奢侈里，她身上清新、干净的气息能阻隔弥漫在我们这条小街上的气味，那是水沟的尿骚气混合着大酱、泡菜的味道。这之后，我们两个就手牵着手，沿着小路朝家里走。我会悄悄回头去看一眼左邻右舍的那些妈妈是不是还在看我们——她们在，站在她们自家门前，胳膊抱得紧紧的，长长的围裙遮住了她们从来不剃毛的腿，她们垮着嘴角，眯缝着眼睛，那些眼睛里盛满了怀疑和嫉妒，却一眨不眨，只呆呆地看着我时髦的、光鲜靓丽的妈妈。要知道，绝大多数妈妈都是家庭主妇，遵从的是韩国人自古以来对好女人的要求："贤妻良母"，意思是"听话的妻子，明智的母亲"。但我妈妈不是这样的女人。

一进屋，我就乖乖张开双手，十分配合地让她脱掉我身上的脏衣服。妈妈会把我带到压水机边，先搓洗掉我脖子、胳膊和脚上的泥垢，然后再从头到脚把我洗得干干净净，整个过程中一直不停地念叨我："到处疯，跟个小子一样，从头到脚都脏成这样。看看你的手指甲，全都是黑的！你真是我的女儿吗？"可我只是笑得嘴巴都咧到了耳朵根，任由她拉着我又搓又洗。我从来不在意她骂我。对我来说，这些责骂跟温柔的摇篮曲没有区别。我开心得整个人都像肥皂泡泡一样，几乎要飘上天去。

期待星期六的并不只有我一个。其他人也一样，因为妈妈每次都会带礼物来，有时候是大礼物，有时候小一些。比如一罐时髦的面霜，这是给姨妈的。虽然方方面面都生活得像清苦的斯巴达人，姨妈却很喜欢化妆品和漂亮衣服，她的口头禅是："良好的仪容能为你插上翅膀。"再比如，一本漂亮的笔记本和几支带橡皮擦头的铅笔，给康真的，真正的橡皮擦，不是只会在纸上划出黑印子的那种。一件精致的蕾丝边上衣，是美惠的礼物。仁淑和我一人一罐硬糖，我们的小伙伴们从来没见过的那种，更别说吃了。这些东西是妈妈从美军基地的福利商店里带来的，基地在汉城北边一个名叫"议政府市"的小城里。妈妈是一位上校的秘书，作为军队雇员，她和其他工作人员一样，都住在军营里。许多年后，一部名叫《陆军野战医院》的美国电视剧将故事背景放在议政府市，让它出了名。妈妈每次来看我，路上单程就得花上两个多小时。

星期六还意味着一顿美味的大餐。因为她还会带吃的来，一只烤鸡，一大块烤牛肉，还有甜品。牛肉是难得的奢侈品。我们通常会把肉切成薄薄的肉片，加上蔬菜炒，或是放在汤里。就算是吃烧烤，我们也会把它切得好像纸片一样薄，加上大葱、腌萝卜、腌白菜一起，包在生菜叶子里吃。她还会带一个美国蛋糕来，柠檬味的奶油蛋糕，吃到嘴里立刻就会化开，是无上的美味。

在这样的星期六造访中，就连康真都会展露出柔软的一面：他会隔着餐桌，伸手越过桌面来揉乱我的头发。这样的举动太出人意料，会让我禁不住下意识地往后一缩。他还会对妈妈说："阿吉能来和我们一起生活，我真是太高兴了。我现在有两个小妹妹了！"然后，他会难得地害羞起来，结结巴巴地补充道："阿姨……你每次来都好像……更年轻……更漂亮了。别人会把你当成高中生的，跟美惠一样。我打赌，你小时候肯定和阿吉一样。她以后一定也会长成像你这样的……大美人！"

"那你亲妈呢，你这个忘恩负义的臭小子！你就没什么好话说来给我听听的吗？"姨妈说。

"是啊，康真长大了，都会说讨人喜欢的漂亮话了。要不了多久，我就能看到一大群外甥外甥女了吧。"妈妈说，她二十八岁，只比康真大九岁，"我就指望你帮忙保护阿吉了。"妈妈说着，往他的碗里搛了一大块猪肉——我们韩国人表达喜爱时就是这样做的。康真脸都红了，又是点头又是哈腰，向她保证："我会的，阿姨。我一定会的。"他也往妈妈的饭碗里搛了点儿猪肉。

"我才是把他养大的人，结果他跑去孝敬你。"姨妈假装冷笑着说。

我一直埋着头，可仁淑在桌子下面偷偷踢我，拼命憋笑，惹得我也快要忍不住笑出来了。我们从来没见过康真这个样子，忸怩作态，浑身上下都拧着劲儿，一心只想讨好我的妈妈。可他说的都是谎话，从头到尾都在胡说八道。他从来就不是一个会让人想要亲近的兄长，哪怕对仁淑来说也不是。但我从来没对妈妈说过他半句坏话。住进姨妈家这么长时间，我吃了不少苦头才学会了一个教训：永远不要搬弄是非。

刚开始，我对康真是真的很着迷。谁又能忍得住不去喜欢这样一个人呢？他简直就是从连环画里走出来的英雄，浓眉阔眼，宽宽的额头显出十分聪明的样子（如果额头也有聪明不聪明的话），鼻梁挺直，下巴方正，充满了男人味儿。最最重要的，他是一个非常厉害的学生。但我的迷恋很快就消退了。毕竟，没人会喜欢被书砸或是被踢屁股。康真很喜欢这样对我们，可以说是随时随地，抬手就来。在他眼里，我们俩——我和仁淑——都是吵闹的、脏兮兮的害虫，说白了，就是"不适合待在同一个屋檐下"的小畜生。他对我们很不耐烦，脾气很大，倒是对邻居们很有礼貌，对别人家的孩子也和气又有耐心。人人都羡慕姨妈。"康真注定是会有大出息的。"他们都这么说。我们也都坚信不疑。

依照姨妈的吩咐，李姐姐根据康真的口味来准备全家人的饭菜，按照他的课程表安排开饭时间。他的汤里是额外有肉的，他的米饭要从饭锅中心最松软、水分最充足的地方舀。我们的饭锅从来都不能把饭均匀地煮熟，最上面一层永远带点儿夹生，而贴着锅底的部分已经微微结起了锅巴。仁淑和我不喜欢中间的米饭，倒是争着要吃底下焦脆的锅巴。

美惠在家里排行老二，是个女孩，因此并不抱怨全家人对康真的优待。他是老大，还是唯一的儿子，肩膀上担负着这个家的未来。只有一件事会让她恼火，就是她必须自己洗衣服。李姐姐忙不过来，所以只帮康真洗熨衣服。美惠爱面子，校服必须雪白笔挺，这就意味着她每天都不得不拿出时间，自己动手——冬季校服的白领子和白手帕，春秋校服的白衬衫和白袜子，全都是必须每天洗、每天熨的。美惠争辩说，要是她娇嫩的双手变得像李姐姐那样又大又糙，还怎么指望将来能嫁进一户好人家呢，那不也是姨妈的目标吗？可姨妈不为所动。除了洗漱，康真的双手是从来不会碰水的。他也从来不会踏足厨房。

美惠的洗衣事务引发了我们之间的一场大冲突，也是这一次，她让我看见了真实的情况。

美惠的漂亮是能让时光驻足的。就像是八世纪的中国美人杨贵妃附身到了美惠的身体里一样——有关杨贵妃美得多么惊人的传说早就传遍了韩国和日本。不仅是美貌，传说她的肌肤也有着珍珠一样的光泽。像仁淑那样的黑皮肤被认为是农民的肤色。美惠不一样，她肤色瓷白，脖颈修长光洁，仿佛光亮的大理石一样，让人忍不住想要伸手抚摸。她浓密光泽的长发一直垂到腰际，比黑色还要黑，接近墨蓝了。她的面庞散发着性感与纯洁，诱惑与无辜。她周身笼罩着蓝月一般的光晕；纤秀浅淡的青色血管藏在她的皮肤下面，从面颊延伸到她优美斜削的肩膀，再到渐渐纤细下去的胳膊。就连她的眼白都泛着微微的蓝。在自然光下，她整个人看起来都像是半透明的一样。每天夜里，她都要坐在高高的梳妆镜前用山茶油梳头一百下，说是能让头发像蚕丝一样闪亮。她看着镜子里那个回望着自己的美人，沉醉在她不可思议的美之中。姨妈说要她小心别变成九尾狐了。传说这种狐狸每到夜晚就会变成美丽的女人，去诱惑男人，吃掉他们的心，好让自己能够保持人形，并且永葆青春。

在我六岁的眼睛里，美惠就像童话里的公主，而我就是她虔诚的侍从。每天早晨，我都给她端一碗刚刚从压水机里压出来的冷水，连凝结在碗壁上往下滚落的水珠都是新鲜的，绝对不用厨房水缸里的——谁知道那些水放了多少天了。我守在一旁看她仰头喝水，着迷地看着冷水如何顺着她修长、优雅的喉咙滑下去，看着她那样优美地用手指蘸着碗底的残水，轻轻地弹在脸上。她说，这就是她拥有完美肌肤和健康消化系统的秘密。到了夏末时，她会让我帮她染脚指甲。她悄悄对我说，仁淑笨手笨脚的，什么都做不好，她更喜欢我。学生不能涂指甲，但脚趾是藏在白袜子里的，老师看不到。姨妈常常说："只要能变漂亮，韩国女人连氰化物都敢喝。"染个脚指甲而已，远远不至于要死，只需要灵巧的手指和一点点耐心就行了。

为了染出完美的趾甲，我们首先要挑选最红的凤仙花，摘下来，绿色的叶子也要摘一些。凤仙花到处都是，长在小街小巷的墙根下。第二步，我们要把花瓣放在碗里捣成糊，然后挑出一小团，铺在脚指甲上，再用凤仙花叶子将脚指头一个一个包好，用线扎紧。接下来，就是需要拿出耐心的时候了：脚指头必须一直包着，就算睡觉时也一样，不管你有多忍不住，多想把它们从那样紧的绑缚里拆开来，都不能动，这样才能让花的颜色浸到趾甲里，一直到新的趾甲都长出来时也不会掉色。包的时间越长，颜色就越深。最终的成果会是精致迷人的，绝非那种粗糙的、容易剥落的、涂抹上去的指甲油所能比拟。

　　一个冬天的下午，美惠一瘸一拐地回到家里，满头满脸都汗津津的。她坐的那趟公交车半路抛锚了，乘客只好通通下车走路回家。她没法换车，因为每辆车都太挤了，司机连门都不肯开。我帮她把袜子脱下来。走了太远，鞋子又太紧，她的脚趾和脚后跟上都磨起了水疱，破了皮。我小心地帮忙照顾她的脚，涂上红药水，轻轻吹气，免得药水蜇得太疼。她问我能不能帮她把袜子洗了。我很乐意，我见过她怎么洗，看过很多次。第二天，她又甜甜地要求我洗袜子，这一次，还问我介不介意把她校服上拆下的白领子也一起洗了。我不介意。再之后一天，同样的事情再次发生。日子一天天过去，她的口吻也越来越不客气，到后来，听起来就跟姨妈吩咐李姐姐做事时差不多。这样帮她洗了好些天衣服之后，我不干了，于是赶在她回家之前先跑了出去。我去了姨妈的店里。在家里，姨妈总是忙进忙出，脾气很急，会冲着我们大吼大叫，火热的巴掌随时可能拍下来；但在店里，我看到的是一个完全不同的姨妈，一个冷静、勇敢的职业女性，在男人统治的韩国社会里从容进退。我喜欢待在她的店里。不那么忙的时候，她会拿小块的废布头教我各种针法：单线的绗针，常常用来临时把两层布料缝合在一起；一环套一环的锁边针，用来缝扣子眼儿；交叉来回的八字针，用来加固和装饰。她还教我打结，结打得好，缝好的线才不会散开。她让我试着做些跟我手掌差不多大小的布垫子，用来当针插，可以放她的缝纫针和大头针。但更多时候，我只能看着她工作，看布料在她的手中平滑地从缝纫机针头下滑过，毫无阻滞，针头扎出小孔，留下一道笔直的缝线——“咔嗒、咔嗒、咔嗒、咔嗒、咔嗒”，脚踏板一上一下，一上一下，奏出催眠的节奏。我能感觉到姨妈平静的专注。缝纫机喜欢她，它为她而哼唱，为她而舞蹈。

紧接着到来的那个星期六，我为了逗妈妈开心，便模仿美惠命令我为她洗衣服的样子演给她看：鼻子朝天，头就那么一歪，眼睛冷冷的，一派无辜的样子。我常常模仿别人，总能逗得妈妈哈哈大笑。我模仿过姨妈走路的样子：平时就像个士兵一样，头、身子和胳膊全都硬邦邦的，但只要一看到镜子，就立刻变成了少女，噘一噘嘴，努力睁大眼睛，这边一扭，那边一转，摆起姿势来。我还会学仁淑埋头扒饭的样子，脑袋往饭碗里一栽，刘海也落下去，也不管米饭和头发混在了一起，一股脑儿地全往嘴里扒，就像一只毛茸茸的小动物正忙碌着挖洞一样。不过，我最棒的还是模仿流行歌手，每次都能让妈妈开心地笑个不停，还很惊讶，因为我不但能准确地唱出他们的歌，还能学出那些歌手独特的节拍停顿和音调变化。

可这一次，我的美惠模仿演出失败了。妈妈问了我几个问题。她不喜欢美惠对待我的态度。她去找姨妈，结果吵了起来。我从来没听到过她们吵架。那天晚上，妈妈离开以后，姨妈把我和美惠都叫进了大房间。

“阿吉呀，过来，坐在我旁边。美惠，你站好了，面对阿吉，把你的裙子提起来。”姨妈说。美惠拎起她的裙子。“提到膝盖上面去!"姨妈下令。接着，她就拿起那条我们所有人都非常熟悉也非常害怕的细长藤条，照着美惠的小腿抽了七下，每一下都伴随着一个咬牙切齿的字："谁……准……你……使……唤……她……的!"

每一藤条抽下去，都让我坐立难安。细藤条"嗖嗖"地带着风抽在美惠小腿上，就像铁块撞上磁铁，就这么坐着听藤条挥动的声音简直比真的挨打还吓人，可我又不敢捂上耳朵。美惠咬着嘴唇，不肯哭喊出声，可每挨一下身子都禁不住一抖。最后一藤条落在了她的小腿上，姨妈让她发誓再也不差遣我做事。我看着她，感觉糟糕极了。更糟糕的是，下一个就该轮到我了。

姨妈转向我："阿吉，你已经是大孩子了，应该知道什么该跟你妈妈说，什么不该说。你为什么要拿这种姐妹间的小事情去烦她？你是我们的家人。要是不高兴了，或是觉得有人对你不好了，你可以来找我。明白了吗？"我点点头，明白了。"好了，你们两个出去吧。"结束了。我简直不敢相信自己的好运气。

美惠梗着脖子走了出去，丑陋的红色条纹趴在她雪白的肌肤上，像一条条肿胀的虫子。

第二天是星期天。吃过早饭，美惠问我能不能到院子里去，她有话想说。她没生气！这让我松了一口气。她微微跛着走出去，我跟在后面。走到院子另一头的墙边时，她转过身来，一把揪住了我的脸，使劲地拧着我脸颊的肉往上提，尖尖的指甲挖进肉里，逼得我不得不踮起脚尖。我叫了起来。

"闭嘴，你这肮脏的小流浪汉。你就是个要饭的，私生杂种，打小报告的家伙。你怎么不滚回你来的地方去？"她咬着牙，压低了嗓门轻声说，"我就让你看看，哪里才是你该待的地方！"她揪着我的脸，把我拽到靠墙的茅厕边，拉开茅厕门。"闻到了吗？看到了吗？那才是你该待的地方，你就是这么个玩意儿。你要敢动一下，敢跟谁去哭，我发誓，我一定会把你拎回来，扔进粪坑里去，让你被屎尿淹死。"她一把把我搡进去，"砰"的一声关上门。

我整个人扑倒在地上，额头撞在水泥地中央的方形茅坑口边缘，几乎闭过气去。我的头和右胳膊都滑进了茅坑口里，悬在装满了粪便和肥料的粪坑上空，那粪坑有五英尺（约1.5米）深。一片漆黑。强烈的骚臭味熏得我没办法呼吸。我攀着坑口，努力支起身子，手脚努力张开，趴在茅坑口上。坑口边窄窄的水泥地面很滑，结了冰的尿液和粪迹在我的双手和双腿下渐渐化开、变软。一个不小心，我就会滑回去，掉进粪坑。可还有更让我害怕的东西——老鼠。屋外的茅厕是它们的地盘，它们围着粪坑里堆起的大便游泳，在地面上到处乱窜。终于，我四肢着地，身子悬在茅坑口上，小心翼翼地转了半个圈，横过来挪到了门边。我用屁股去顶门。门纹丝不动。我摇摇晃晃地跪起来，摸到了小小的门把手，试着想拧开。门把手是圆的，我的手太滑了，转不动。我一手抓着圆圆的把手，另一只手使尽全身力气拍在门上。门应声打开，我跌进了一双坚实的大腿中间。

"啧啧，啧啧，啧啧。"李姐姐咂着舌头。她拎着我后背的衬衫把我拽起来，胳膊伸得远远的，像拎着一块脏兮兮的抹布一样，说："你可真是臭死了。"

我只听得到胸腔里巨大的心跳声。我大声号哭起来，可也许是因为太害怕了，反倒一滴眼泪都流不出来。李姐姐把我带到压水机边，从厨房里拿来热水给我洗澡。她没问我究竟是怎么回事，我也没说。我想知道"私生杂种"是什么意思，不知怎么的，却羞于开口问她。下次去问妈妈，我决定了。

可下一个星期六，妈妈没来，再下一个也没来。偶尔一个星期六不来也不算什么稀罕事，可连续两个星期都不来，这是从来没有过的事情。我心慌极了，满心紧张不安，还害怕美惠。我找不到人可以说，告诉姨妈只会让事情变得更糟糕。

我从我的老秘密基地——也就是高立柜最下面的左边抽屉里——掏出糖果罐。我所有值钱的东西都在里面了：六颗美国硬糖，五颗漂亮的玻璃弹珠，八枚十元的硬币和三枚五元的硬币。我抱着罐子离开家，顺着后巷往外走。快到教堂操场时，立刻左转上大路，这条路叫"麻浦大道"。然后再左转一次，开始沿着漫长的上坡路往小山上走。市场和家都落在了我的身后，渐渐远去。这条路我并不熟悉，因为这是一条繁忙的马路，在我们这个年纪的小孩子眼里，实在没什么好玩的，再说也不安全，有很多开得很快的小汽车、公共汽车和卡车。但在这样一个星期天快中午的时候，街上是空的，没什么人，车也少了很多。我第一次跟着妈妈来见到姨妈时就是坐公共汽车来的，所以我知道要怎么办。我想好了：找一辆公共汽车上去，坐到美军基地在的那个议政府市，那里的人一定都知道妈妈在什么地方，我就可以被带去找到她了。我会告诉她，我要和她一起生活，她上班的时候，我可以在家做饭、打扫卫生、洗衣服。

可很快我就遇到了一个麻烦：没有车肯为我停下来。它们只是飞快地擦着我身边开走。有一辆公共汽车在红灯前停下了，我过去想上车，但车门没开。周围的汽车都在按喇叭，怒气冲冲的。我回到人行道上，继续走。街上空空的，只有一个十几岁的女孩突然从一条岔路上冒了出来，她看上去和美惠差不多年纪。一看到我，她就放慢了脚步，像是认识我一样，最后竟然站住不走了。我也站住了，却是心怀戒备。如果她是美惠的朋友怎么办？如果她去告发我怎么办？可她笑得很和气，还问我要去哪里，是不是迷路了。我说我想搭公共汽车去议政府市。"我也要去那边。我们可以一起走。"她指了指山上，说。我满心感激地谢了她。我们并肩往前走。她问我手里拿的什么。到这时，我才注意到走路时我手上的罐子一直在丁零咣啷地响。

"我的糖果罐。"我回答。

"真漂亮。是从哪儿来的？"

"妈妈给我的。"

"里面装的什么？"

"就是一点东西。"

"什么东西，我能看看吗？"

这下我可为难了，她那么好，可我不想让她碰我的罐子。我想了个折中的法子。我举起罐子，一点一点地转动，让她可以看到那些五彩缤纷的糖果画——粉红的、绿的、红的、黄的，还有罐子上那些特别的黑色涂鸦。我的硬币、玻璃弹珠和糖果都在罐子里跟着滚来滚去。

"哇哦，我能帮你拿着吗？"她问。

我犹豫了。

"我不会把它偷走的。"她说，"喏，要不你帮我拿这个袋子，我们俩交换。"她把手里的纸袋子递过来。听起来很公平。于是，我也把我的罐子递给她，接过了她的袋子，袋子出乎意料地轻。紧接着，就在一眨眼间，她拔腿就跑，带着我的罐子冲进了那条岔路巷子里。我还傻傻地站在原地，眼睁睁地看着她消失。我打开她的袋子，里面只有一些揉皱了的报纸，此外什么也没有。我跑进小街去追她，可她已经不见了。我跌坐在一堵矮墙上。这个冲击让我浑身的皮肤都火辣辣地刺痛起来。我怎么能这么蠢？坐车的钱，准备在车上吃的糖果，我最漂亮的玻璃弹珠，通通没有了。我坐了很久，怒火冲天，可除了竟这样愚蠢、轻信的自己，没有任何其他人可以责备。怎么办，要回去吗？不，我想。无论如何，我还是要去找妈妈。

我爬起来，继续往山上走。终于，上坡路变成了平路，跟那个十几岁女孩说的一样，公共汽车站就在上面，我看到了，站上有几个大人，还有一个和我差不多年纪的小女孩，跟着她的妈妈一起等车。我混进了人群。一辆公共汽车开过来，大家都涌过去上车，那对妈妈和女孩也是。排在她们后面的是一个老妇人，我伸手悄悄牵住她的花裙子，跟着上了车。司机连看都没看我一眼。我跟着老妇人走到车厢后面，在最后一排坐下，她靠窗，我靠走道。成功了！我上路了，妈妈会为我感到骄傲的。到了这个时候，我才意识到，其实我并不知道两个小时到底是多久。可我很快就找到了解决办法。我听到司机每到一站都会大声报出站名。那么，我只要等待"议政府市"的名字出现就行了。过了一阵子，老妇人下车了，我挪进去，坐到她窗边的座位上。现在，我可以毫无障碍地看到外面的景色了：楼房、树、公共汽车、小汽车、人，还有像妈妈的裙边一样起起伏伏的电线，这些东西一再一再地重复出现。兴奋变成了无聊，最后变成了焦心。到底还要多久，司机才会报出"议政府市"的站名？车厢后面的人越来越少。终于，我的焦急不安变成了惊慌害怕，我站起来，走到司机身边，努力拿出我所知道的最礼貌的样子问："请问您什么时候会报'议政府市'站？"

"那不在汉城，我这车不去那里。"他说。我听不懂。难道不是所有的公共汽车都会在所有的公共汽车站停靠吗？

"可我要去议政府市，请带我去那里，你一定要带我去那里。"我坚持道。

"回去坐下，小心摔跤。"他厉声说。

车在下一站停下来。他恼火地站起来，满车厢询问："这孩子是谁家的？"所有人都耸着肩，摇着头。"你妈妈呢？你怎么跑到我的车上来的？你必须下车。"他很不高兴，伸手来抓我的手腕，像是要把我拖下车去。我紧紧抱住了金属栏杆不放。

"不，我要去议政府市。"我尖声大叫，吓得哭了起来。

有人想下车，跟司机说麻烦他打开车门。

"不行！除非你们有人出来把这孩子领走，不然我是不会开门的。"他咆哮道。这事儿不该他们负责，快开门，马上。乘客纷纷争辩起来。可司机坚持不肯答应。乘客们从座位上站起来，开始大声骂他。

"开门！你不能这么对我们。"一个男人叫道。另一个往前门冲过去，推搡着司机，把门弄开了。司机摔了出去，滚下踏板，摔到了柏油马路上。人们一哄而下，也有一些人围在司机身边。他静静地躺在那里，像是睡着了一样，可他的两条腿绞在一起，左脚往后折过去，样子很不自然。人越聚越多。一辆警车拉着尖厉的警笛开过来了。两个警察从车上下来，分开人群，轻轻地推了推司机。司机醒了，他们想扶他站起来，可他站不起来。腿都绞成那样了，怎么可能站得起来呢？一辆救护车来拉走了他。而我，是唯一还坐在公共汽车上的人。

等到警察终于把我送回家时，已经很晚了。之所以花了这么长时间，是因为他们不相信我的名字真的就叫"阿吉"。而且我也不知道我们家的具体地址，只知道我们住在麻浦区阿岘洞，附近有市场和一座新建的大教堂，姨妈有一间裁缝铺子。

我以为要挨打了，可那天晚上，并没有。相反，姨妈亲自为我端来晚餐，看着我吃完，甚至还在我的米饭上加了一块酱渍马鲛鱼。更叫人意外的是，那晚她还让我跟她一起睡觉，把我抱在怀里，抚摸我的头发。

第五章

　　金色的秋日阳光洒在主屋里，把陈年的黄色大豆蜡地板染成了华贵的赭石色。它们一视同仁地洒在姨丈身上，洒在他宽阔的前额、贵气的鼻子、白色的苎麻衬衫和他面前摊开的书上。姨丈最喜欢的姿势就是躺着，侧过身子，肩膀陷在垫子里，右手托着下巴，左手握着一把扇子。轻柔的音乐从他枕头边的收音机里流淌出来，低低地回荡。一切都是静止的，就连他的竹扇都合拢着，紧贴在他胸前。仿佛连时间都陷入了沉眠。一切也都是安静的，虽然街上依然有各种杂乱的动静，隔壁房间里姨妈的缝纫机也还在发出闷闷的、有节奏的规律声响。我很了解这些声音。如果是一大段没有间断的连续声响，那就表示，她在缝裙子纵向的长边。要是响一响、停一停，那就是在处理小的边边角角，也许是肩膀，也许是领子，再不然就是九十度的衣角。

　　我站在姨丈身边，等待信号。他连眼皮都没抬一下，便张开左胳膊，留出了空当。我钻进去，在他和书之间窝好。然后，我抬头去看书页上的图案。这些书页的边缘已经发毛、泛黄，页面上有着斑斑点点的棕褐色痕迹，我还不识字，更别提这上面那种奇奇怪怪的中国字了。可我很懂姨丈——我们俩之间不需要语言交流。

只要他一抬扇子，我就机灵地坐起来，虔诚又小心翼翼地拈起一页脆弱的书页，翻过去，从左往右翻。然后再躺回去，靠在他柔软的肚皮上，那肚皮随着他的呼吸轻轻地一起一伏。

阳光像毯子一样包裹着我们。很快，姨丈的手指软软地松开，扇子掉了下来，他的头也往前垂下去。他睡着了。他会轻轻地打鼾，很好听，像哼歌一样。姨妈的缝纫机声音停了。我也打起了瞌睡。

"我回来了！李！我饿了！"仁淑踏着重重的脚步进门，一边大叫，一边扔下她的书包。她跑过来，从背后抱住姨丈，胳膊环着他的脖子，简直要把他勒死了，她想看我们在做什么。

仁淑的到来意味着我们宁静下午时光的结束。

姨丈举止温和，轻言细语，在他身上，一切都是慢条斯理的：他吃东西慢，读书慢，说话慢，就连听他的收音机都像是慢腾腾的，眼睛总是半闭着。他走路也很慢，像古时候的韩国贵族一样，两手背在身后交握着，挺着肚子，昂着下巴，步子撇得很宽，很笃定安稳的样子，走动起来比其他人更占地方一些。我敢说他这辈子都没有跑过，像我这么大的时候也没有。

姨丈是我的。这一点我感受很深，只有我，才是和他站在一边的。他的亲生孩子都是姨妈的幼崽，配合她的情绪，解读她的沉默，遵从她说出的每一个字，哪怕是一长串一长串好像圣诞树彩灯一样的骂人的脏话。姨丈在这个家里只被看作一个定期出现的住客。康真和美惠对他没有什么感情，更是从来不肯分出心思听他说他在北边停火区附近当医生的故事。在他们看来，那地方远得根本就是韩国的西伯利亚。可无论在家的时间多么少，姨丈的存在依然是这个家保持正常状态的支柱和门面。邻居们总是为这个嚼舌头。姨妈也常常抱怨，想让他把工作挪到家附近来。可他的回答总是一样的。他总是那样慢吞吞地温声说：我怎么能丢下我的病人不管呢？再说了，我是家族的老大，要是没有我，那些需要我来指导的亲戚们该怎么办呢？

仁淑理直气壮地宣示对他的主权，随心所欲地索要他的喜爱，随时随地跳到他的身上，偎进他的怀里，拽他的耳朵。我从来不宣示什么，但心里相信，我早已赢得了他的亲近。我们没有血缘关系，他的爱也不是注定要给我的。可我感觉得到，他对我的爱就算不比对仁淑的多，至少也不会更少。毕竟，他那么信任我，连配药都肯让我帮忙——还有什么比这个更能说明问题的呢？

他是这样随和的一个人，可一旦涉及他的医药，就会变得非常严肃，一丝不苟。配药工作包括好几个复杂的步骤。首先，他从我们的壁柜里取出他的医药箱。单单那箱子就差不多有我整个人那么高了。箱子里横横竖竖地排列着许多小抽屉，每个抽屉里装着不同的草药：桑叶、艾草、高丽参、白果、肉桂……还有一些奇奇怪怪的动物的东西，像是犀牛的角啦，老虎的骨头啦，麝香、海马，甚至蝎子，全都晒干了，切成薄片或是磨成了细细的粉。

他会在一块干净的木板上摆上十张或十二张正方形的白纸，排成上下两排，纸张尺寸只比我的手掌略微大一点。然后，他拿出那台精巧的小秤，仔细称量草药的分量，再把称好的草药一份一份地放到这些纸上。每张纸上最后都会放上十种不同的草药，一小撮这个，一点点那个。接下来，就是最有趣的部分了：他会把每张纸都折成一个方形的小纸包，像做折纸手工一样，不需要一滴糨糊就能包得严严实实。我就是在这个时候给他帮忙。我负责把这些纸包放进一个白色信封里，信封上有姨丈亲手写下的漂亮的中国字。这样就完成了一服药。然后，我们一再重复这些步骤。等到积起一摞这样的白色信封之后，我就把它们放进他的皮质医药包里。我管它叫"百宝箱"——这个皮包里有装着各种酊剂的瓶子，一盒用来做艾条的草药，拔火罐用的圆形玻璃盅，一盒火柴，一瓶酒精，玻璃罐子里的棉球是要用来给做针灸的长针消毒的，最后，还有一个沉甸甸的金属盒子，里面是长长短短的针灸针，亮闪闪地躺在棉垫子上，一字排开。

我们从来没有质疑过他作为传统东医医师的卓越，也从来没有过需要他来证明这一点的时候。这个家里向来没人生病——除了我，我偶尔会胃疼。每到那时，我就是他最心甘情愿的病人。我记不起他到底有没有治好过我，倒是那些药的苦味实在叫人难忘。你必须捏着鼻子，把纸包里的药粉一下子倒进嘴里，那些细粉能把人呛得半死，然后，你要赶紧喝水，把药粉冲下去，那种难受的感觉和药粉的苦味都会停留很长一段时间。如果有妈妈的硬糖，这个时候就很管用了。

比起草药来，我更喜欢针灸。不知怎么，我对这种医术的好奇更甚于害怕。他会用指尖在你的胃部周围轻轻敲击，分散你的注意力，然后，不知不觉间，那些细到不可思议的长针就已经扎下去，随着你的呼吸在颤巍巍地上下起伏了。它们扎进去或被拔出来时，你是绝对感觉不到的。还有一些时候，他会给我做艾灸。拈起一小撮灰绿色的干草药粉，捏成小小的金字塔形状，大小和他的小手指头差不多。他会在我的肚脐眼上下各放一个，从尖尖的顶端点燃。烧着的艾草变成了明亮的橘红色，慢慢往下烧，淡淡的烟袅袅上升，屋子里弥漫着叫人平静的味道，我能感觉到身体里生出了一点明亮的暖意，又缓缓散发开去。烧过的残烬依然保持着原来的形状，直到艾草烧到最底端，就快要触碰到我的皮肤时，才被姨丈抬手挥去。

可这一次，我羡慕仁淑，羡慕极了。如今她是一年级的学生了，不再有工夫搭理我。她在班上找到了同龄的新朋友，开始学一些我所不知道的东西。她走到哪儿都背着她那个诱人的书包，从来不给我看，包里放着她的东西：课本、横格练习本、一个装铅笔和橡皮擦的笔袋。吃晚饭时，她会一直说她的学校、老师、同学，说个不停。所以，偶尔遇到姨妈、姨丈或妈妈谈起有关我上学的事情时，我就听得格外津津有味。

不幸的是，情况并不太好。我似乎还缺少一些非常重要的入学报名信息。我很可能会赶不上在来年一月的新学年开学时上学。而我也终于明白了为什么美惠对我那样坏，明白了妈妈的尴尬处境，最叫人伤心的是，我终于知道了，姨丈和我为什么终究不是一家人。

每当姨丈回来时，康真、美惠和李姐姐三个人就睡在康真的小学习间里。姨妈、姨丈、仁淑和我则一起睡主屋。仁淑总是睡得又快又沉。我入睡向来都不太容易，会一直迷迷糊糊的，一只耳朵还能听到姨妈和姨丈压低了声音用日语聊天——有什么不想让我们这些小孩子听到的时候，他们就会说日语。

这些日语的悄悄话听起来很舒服，让人放松，表示他们之间一切都很好。也就是说，我们也都会很好。我特别喜欢姨妈每句话最后拉长的尾音，出乎意料地有女人味。要知道，这在她身上可是很少见的。

可这一次，他们轻柔的聊天却突然变得激烈起来，很快就换成了韩语，话冲口而出，火气也越来越大。

"我绝不会让一个私生子出现在我家族的名单上，这是在玷辱我的先祖。"姨丈大声说。

我从来没想过姨丈也会大吼，会发脾气。这下子，我彻底清醒了。

"嘘——你要把这丫头吵醒了。"姨妈半压着嗓门说，"拜托，听我说。我们支付孩子们的高中学费就已经很吃力了，更别说大学！康真马上就要上大学了，再过一年就是美惠。我们供不起的。现在阿吉的妈妈答应承担他两个的学费。我们还能怎么办呢？"

"我自己能供我的孩子读书！"

"你？哈！你一定是在开玩笑吧。你上一次拿钱回家是什么时候的事情了？从来都是两手空空，我们都知道是怎么回事，不是吗？别狡辩，别白费工夫。我呢，我在这里累死累活，赚钱养家。一个人要到了什么样绝望的境地才会去利用自己的亲妹妹！我走投无路了。我的铺子坚持不了多久了。你看那条街上还有第二家像我这样的铺子吗？全都关门了。没了！没人再做衣服穿了。何必这么麻烦呢？看到那些遍地都是的新式大商店了？大家都去那里买东西了。那里有的是现成的东西，可以随他们挑，付了钱就能拿走。我要怎么跟那个比？你来告诉我。"

姨丈沉默着不说话。

"再说了，我还以为你是喜欢阿吉的。你和她待在一起的时间那么多。她也整天像个小跟屁虫一样地围着你转。再想想吧。你不为她觉得可惜吗？她七岁了，还连个名字都没有。让她登记到你家族的名下吧。这只是举手之劳的事情。毕竟，没有出生证明，她就没有办法上学。"

姨丈终于开口了，声音低沉，又冷又硬："当初她来跟我们住在一起，你问过我吗？她是个污点，是个耻辱。我容忍了她，没错，她是个好孩子，但还是个私生杂种。私生子！杂种！甚至都不是我自己的。不比一条流浪狗强！"

"现在是一九六六年了，不是一八六六年。没人在乎这个了。你以为这些日子以来是谁在付我们的房租？不是你，不是我，是她的妈妈！"

姨丈打断姨妈的话。"这没有任何好处。这是晦气！你那个妹妹，她也是个烂货，要我说，就是个婊子，穿着她那些时髦的美国衣服招摇过市。我看到她的第一眼就知道要坏事。媚眼乱飘，嘴巴那么大，就等着把男人钓上手再吞掉。连我们纯洁的康真都被她迷住了。噢，就因为她给我们带了些美国佬的破烂，我就得感激涕零，点头哈腰，玷污我家族的姓氏？不可能！那是她的私生子，让她自己想办法解决。我不会让我的祖先蒙羞。想想他们会怎样诅咒我吧。那会把我们全都给毁了的。真要到了那一步，就全是你的错！还有一点：你骗了我。你那会儿说什么？'就一两个星期。'结果呢，她在这里待了两年多了，我不会再容忍了。你把她弄走。越快越好！"

他声音发抖，满是厌恶。跟着，他一脚踢开毯子，大步走出去，还摔上了障子门。

我脸颊烧得滚烫，就像脑袋被塞进了炉膛里一样，我用力卷起舌头顶着上颌，眼睛一眨不眨。上个星期六晚饭后散步的情形浮现在我的脑海里。原来如此，一切都说得通了。

姨妈很看重她的餐后散步仪式，也许因为这是她唯一能放松的时候吧，迎着拂面而来的清凉微风，散着步，舒缓身心。她是那个做主的人，走在最前面，我们——通常是仁淑、李姐姐和我跟在后面。可上星期六，一起散步的只有姨妈、妈妈和我。刚走到麻浦大道的小山坡上，妈妈和姨妈就开始讨论我上学的问题，话题很快就发散到了其他事情上，都是一些小孩子不该听的东西。只不过她们讨论得太专心，没留意到我其实一直都在旁边听着。

"欧尼，请再跟您丈夫说说看吧。要是这个月还拿不到阿吉的出生登记证明，她明年就不能上学了。除了您，我还能找谁帮忙呢？"妈妈说。

"我再试试看吧，可你是知道他的。你也知道，只要扯到他的家族姓氏这方面，他会是什么样子。说实话，我也是搞不懂。他那些破烂祖先有什么好了不起的？他们半点儿忙也没帮过我。也没见有钱从他们那个天上掉到我头上来。"姨妈说。

"我现在的工作很好，上校也说了，会提拔我升职做高级秘书。到时候我就能支付康真和美惠的大学学费了。"

"好吧，我会再跟他说的，但你也要做你该做的事情。答应我，去跟洪先生约会。"

妈妈露出崩溃的样子，说："欧尼，求您了。您知道的，他比我们过世的父亲年纪还大，而且已经结过两次婚，孙子都一大堆了。他真的让我毛骨悚然。闻着都有味儿。我怀疑他这辈子有没有刷过牙。"

"他只是想让你过上好日子而已。你不想给阿吉一个正常的家吗？去吧，跟他约会看看。他爱你爱得发疯，就像那首歌里唱的，他觉得日出日落都是因为你。他甚至可以正式收养阿吉，让她冠上他的姓氏。你以为这种好事是天天都能碰上的吗？你觉得你很与众不同。你觉得你会永远这么漂亮。不会的。年轻才会漂亮。你没有多少本钱了。醒醒吧！我要跟你说多少次才行？为美国人工作没好处。谁知道他们什么时候就打起包袱走了？到那时，你要怎么办？你还能做什么？要我说，就好好跟韩国人待在一起。洪先生有五栋房子。五栋！他想要你，这是你的运气。就找一天晚上，跟他出去处一处，我也只求你做到这一点了。"

自从见识过那天夜里爆发的姨丈之后，我就再也无法直视他的眼睛了。他比其他任何人都可怕，因为他从来不会让你知道他心里究竟在想些什么，他的感受究竟是怎样的。那些我们共同度过的有趣又温馨的时光都是假的。这让我彻底迷惑了，我的信赖完全被颠覆了。至少，康真和美惠对我的讨厌是摆在明面上的。说到底，我的眼力见儿没有那么好。

下一次回来时，姨丈还是和从前一样，一样那么温和地笑，一样那么亲切，和蔼可亲。好像什么都不曾改变一样。可我躲开了他。他也没来找我。

我终究还是没能冠上姨丈的姓氏。我的出生登记表上，父亲姓名那一栏是空着的。我跟了妈妈的姓，金，也是姨妈的姓。韩国女人嫁人后并不会改从夫姓。只有孩子跟爸爸姓，这样可以避免近亲结婚。有了姓氏，再加上籍贯，像是某个道、某个城镇，还可以区分出平民和贵族。尽管西方文化的影响如同潮水一样席卷过战后的韩国，可千年来的传统依旧根深蒂固。出生登记表上的空格意味着，我是个私生子。我的每一位老师都会心知肚明：我，是个失德女人生下的孩子，这个女人有着不光彩的过去，也就是说，我从骨子里就是个坏种。

至于我的父亲，我从来没能鼓起勇气去问。每一次妈妈刚到，我就开始为她将要再一次离开而暗暗紧张，于是，别的就什么都不记得了。就算偶尔想起，我也始终没能找到一个合适的时机，因为我不想破坏我们短暂的相聚。毕竟，这是个不愉快的话题，从来都没有人提起过。至于姨妈，她不是我能任意倾吐烦恼或困惑的人。就这样，我在妈妈和姨妈两个截然不同的世界之间飘荡不定，我用尽全力，只求不要激起哪怕一丝涟漪。

第二年一月，我上了一年级。我的胸牌上写着"金秀英"，我的新名字，法律承认的。

第六章

　　一个宁静的星期六下午，太阳低低地垂在屋顶上。我一派心满意足，因为妈妈来了。李姐姐在厨房里烤妈妈带来的黄花鱼，鲜美的香气飘过院子，飘进了我们的屋子里。仁淑和我趴在地上画娃娃。我们做作业也是这样趴着。矮桌只有吃饭时才搬出来。妈妈坐在我们旁边，翻看一本杂志。

　　可这个悠闲的周六午后时光被妈妈打破了，她问我，我的钢琴课上得怎么样了。这个问题着实尴尬，于是，我摆出一副越发专注画娃娃的样子，假装手头正在进行一项严肃的大工程，这会儿刚好到了一个非常高难度的紧要关头。

　　我们同学都认为做纸娃娃是大事，仁淑和她的同学们也一样，我希望妈妈的注意力也能因此从钢琴课转移到娃娃上来。

　　仁淑平时都不搭理我，可做纸娃娃的时候不一样，我们会同心协力。这是有原因的，为的是姨妈的尖剪刀。制作纸娃娃，最要紧的就是得有一把锋利的尖剪刀。我们俩得合伙从姨妈的铺子里偷一把出来。我们一直很小心，用完就原样放回去，跟从来没有人动过一样，所以我们从来没被抓到过。而且我们都商量好了，万一被抓，最好的办法就是两个人一起挨打，这样姨妈会累得快一些。

这并不只是画出一个小姑娘再剪下来这么简单的事情。不是的。我们要为她创造一个完整的世界：一座房子，有专属于她的卧室和许多其他房间；有一个大大的厨房，架子上要放满食物；宽敞的院子里有树，树上开满了鲜花，还有一个崭新的压水机；甚至还有一架属于她自己的钢琴。我的娃娃会睡在印着花朵图案的枕头上，盖着配套的毯子。她有妈妈，有爸爸，有许许多多衣服，夏天的和冬天的校服，一套假日里穿的盛装礼服，韩国式样的传统连衣裙，帽子、背包、围巾……细节越丰富，她和她的世界就越鲜活，越生动。

做衣服是最激动人心也最复杂的部分。这是纸娃娃游戏的全部意义之所在。具体步骤是这样的：第一步，拿一大张纸，对折起来；第二步，从折线的一侧开始，画出衣领和袖子，再顺势画下去；第三步，仍然是就着折起的纸，剪出裙子的形状，在领口处掏一个洞，好让娃娃的头可以钻进钻出。这样，当你把纸展开，裙子的前片和后片就是一样的，而且肩部是连在一起的；接下来，在领圈后面竖着剪一道小口子，就像在真正的裙子背后装拉链那样。最后就是收尾工作了，要同样精心地在裙子前、后片上画出各种细节：如果前片有腰带，那后片也得有；如果是波点裙子，那背后也要画上波点；还有纽扣、拉链……该有的一样都不能少。永远不要只因为一眼看不到就忽略背后。完成后，小心地把裙子从娃娃头上套过去，一直拉到肩膀上挂住。到这时，她就已经做好准备，可以迎接一个时髦的新世界了。

妈妈又问了一遍我的钢琴课，我只能含含糊糊地回答说缺了几节。"啪"的一下，她的杂志敲在了我的头上。"你不知道钢琴课对你来说有多重要吗？这是为了你的将来！"

仁淑扔下铅笔，跳起来就冲出了屋子。她知道规矩：我们两个无论谁犯了错，另一个都得陪着一起挨罚，姨妈对我们一视同仁，理由是没有关注到对方的错误行为。我并没有真的被打疼，可还是大叫起来。妈妈以前从来没有打过我，何况是这样当真的样子。

"以后绝对不许翘课了，明不明白？"我拒绝回答。我很生气，又不是我的错。

"有多久没去过了？"

我继续画娃娃，拖延时间。要是老实回答，回头姨妈就会惩罚我，因为我嚼舌根子打小报告了。是姨妈说不要我再去了的。我该听谁的呢？我每天都跟着姨妈一起生活，妈妈只在星期六出现。妈妈伸手挥开我的纸。

"多久了？"

"两个星期。"我承认了。

她的巴掌重重地落在我的屁股上。这一次是真的打了。

"不是我的错！"我叫道，"姨妈说我们没有钱！"

"胡说八道。她当然有钱。我每个月都给了她的！"她气得满脸通红，"你要接着去上钢琴课。从星期一开始。我会关照你姨妈的。"她起身大步出门，直接朝姨妈的铺子走去。她们大吵了一架。这是她们头一次真正地吵架。

在两个星期以前，每周一到周五，我都要去陈小姐家里上课，她是我的钢琴老师。妈妈说我还不会说话的时候就会唱歌了。她有许多音乐家朋友，其中一个跟她说，真要想让我学音乐的话，应该先从钢琴学起，就学习而言，那是最完美的乐器。所以，还没上一年级，我就先开始上钢琴课了。但去陈小姐家的意义并不只在于学琴，它为我打开了一个全新的世界。从此，我知道了，在这世上还有另外一些人，他们的生活和他们做的事是多么的不同。更不用说还有音乐，那是一个完全属于音乐本身的世界。

每次走到陈小姐家的街区附近，我就会不由自主地慢下脚步。我们的小巷子里挤得满满当当，哪怕再多一户人家都塞不下。她家的那条街上一共只有六栋房子，一边三栋，虽然马路很宽，却没有公交车也没有卡车会"轰隆隆"地开过来、开过去。我们那里是不设防的：没有大门，谁都可以随便走进别人家的院子里。为了防备有贼夜里摸进屋，我们睡觉时要在拉门的门轨后面卡一根长棍子。而在陈小姐家的街上，每栋房子都有真正的大门和前门，不但如此，有的甚至还爬着藤蔓的凉架，上面点缀着鲜艳的牵牛花，喇叭一样的花朵每天随着太阳的升起、落下而开放、合拢。圆滚滚的白色绣球花在浓绿的叶子上绽放开来，充当了房屋与房屋之间友善的边界线，山茱萸不合群地伫立在一边，这里一株，那里一株，忧郁地披着一身纤弱的白色花朵。我喜欢这些山茱萸，特别是远远看去的时候，它们总会给人一种平面的错觉，不像三维立体的，倒像是有人随手涂抹出的淡雅的水彩画。在我们住的地方，除了三枝两朵的野菊花和凤仙花之外，什么也不长，就连它们也多半是从某户人家墙角下的垃圾里钻出来的。她的街道闻起来是清新的空气味道；而我们那里，空中永远充斥着臭味，只在有人家做饭时才能短暂地被掩盖过去。

走进陈小姐家的大门，迎面而来的便是花园，有闷热夏日里变得垂头丧气的最后一茬牡丹花，也有宝石红的秋海棠，紫色、白色、粉色的大丽花，它们倒是都不怕热。后院是他们家的菜园，里面热热闹闹地长着各种香料、茄子、西红柿、土豆和俨然迷你款小灯笼一样挂在枝头的青椒。有时候，我去得早了，需要在门厅里等一会儿，老师的妈妈就会轻手轻脚地走过来，温柔地为我端来一碟西红柿。西红柿切成了薄片，汁水溢出来，成簇的籽儿像宝石一样闪着光。她会在上面撒一层细细的白糖，让西红柿变得像水果一样甜蜜。我总是小口小口慢慢地吃，妈妈会为我的举止骄傲的。要是在家里，我早就狼吞虎咽起来了，不但要吃个精光，还要把盘子也舔得干干净净。

不过，陈小姐家最不可思议的东西还得数茅厕。它是在屋子里的。在我们家，每次上茅厕前我都要停下来提醒自己：稳着点儿，别摔跤，深吸一口气，要够一直憋到出来，千万、千万要小心。还有，无论如何不要踩到那些扭来扭去的蛆，万一踩到，那股子爆开来的动静会让人禁不住跳起来。要是粪坑满了——也就是说，大便已经堆成了小山，几乎能碰到我们的屁股——到那个时候，就会有掏粪工人过来，用扁担挑着两个桶。他用长柄勺子把粪便和已经沤烂的粪肥舀出来，装满两个桶，然后挑出去，倒进他的自卸拖斗车里。就这样一直重复，直到粪坑被掏空。等到车开走时，粪水一路滴滴答答地落在地面上，留下一道长长的痕迹，能臭上好几天。有一次，我看到邻居家刚会走路的孩子"扑通"一下，一屁股跌坐在地上还湿漉漉的粪迹上，开始玩那些扭来扭去的蛆虫。她就那么用她胖嘟嘟的小手指把它们一条一条捡起来，塞进嘴里吃掉，整张小脸都皱成了团。

就算是在公共浴室和学校里，我们也都是蹲着上茅厕。可在陈小姐家里，你要做的就是脱掉鞋子，赤脚沿着一条铺了木地板的走道走进浴室。进去后，只要舒舒服服地坐在一个洁白无瑕的陶瓷钵子上就可以了。等到结束了，再拉一下墙上的拉绳，然后，就像魔法一样，清水流出来，把一切冲得干干净净，什么都不见了。

我跟仁淑说起过陈小姐家的茅厕，她说我在骗人。我也跟姨妈说过，她说我满嘴胡说八道。跟李姐姐说时，她从头到尾都听得兴奋极了，不断发出"噢！""呀！"的感叹，好像我说的是什么了不起的奇妙童话一样。

在那条街上，另一样让我舍不下的就是音乐了。有时能赶上她的学生在弹琴，偶尔还能听到陈小姐自己弹。在这之前，我从来没听过古典音乐，只从姨丈的收音机里听到过韩国流行音乐，每一首都是遗憾的、悲伤的、渴望的歌，颤颤巍巍地飘出来。就算是快乐的调子，也快乐得很凄凉，倒更像是朝着这不公世界发出的疯狂的哭喊。可陈小姐的音乐完全是另一个世界的，它们欢快明亮，井然有序。第一次听到她的弹奏，我整个人就被死死地钉在了原地。她十指之下飞出的每一个音符都清晰利落，相互间却又那么和谐，那么叫人愉快，以至于我禁不住想要把它们握在掌心里，可它们就像滑下低垂叶片的晨露一般，轻巧地溜走了。又有一次，那些音符悬在半空，宛如将落却迟迟未落的雨滴，鲜明得我感觉像是能看到它们一样，于是，我也跟着悬在了那里。然后，仿佛慢镜头一样，它们轰然跌落，拉出一道声音与节奏的彩虹。我整个人似乎都变得轻盈了，变成了一个泡泡，有什么东西在我的身体里苏醒了，它想要出来，想要和这超凡的东西相会、交融。一切都远去了——我踏入了一个纯粹的声音的世界。我觉得有些眩晕，就像星期六看到妈妈时一样。我对自己说，我属于这里，这就是我归属的地方。就这样，音乐成了我的另一个妈妈，一个仁慈的、喜悦的、有着温暖怀抱而且随时随地可以触碰得到的妈妈。

一个星期五，我无意中发现妈妈站在屋子外面，透过一扇小窗看我弹琴。她后来说，她专门跑这一趟就是为了来听听我弹琴，但又不想打扰我上课。后来，陈小姐跟她说，我应该有一架自己的钢琴。"她以后会需要更多的练习的。她有天赋。这才一年，她就已经能弹奏鸣曲了。但秀英最出众的地方在于，她对音乐的感知是由内而外的，这一点非常、非常难得。"

妈妈对着陈小姐鞠躬又鞠躬，一直谢谢她，握着她的手，跟她保证说一定会给我准备一架自己的钢琴。我优雅的妈妈竟也会和学校里其他人的妈妈一样，深深地弯下腰鞠躬，拼命想要赢得老师对自己孩子的喜爱，眼看着这一幕，感觉实在是又尴尬又奇怪。

不幸的是，姨妈对我的钢琴课评价不高。"不上了。"她说。那是几个星期之前，当时我在问她讨要那个星期的钢琴课学费。"我们没有那种闲钱。够了，差不多就行了。她以为你是谁啊，还送你去上钢琴课，把这些怪念头塞进你的脑袋里。钢琴是有钱人的玩意儿。我们用不着它。"

"可妈妈说我会成为一名钢琴家的。"

"你只管听我的！你妈妈脑子坏掉了，就是这么回事。老是去做一些她根本做不到的事情，干什么都从来不会先动一动脑子。还有，别跟我顶嘴！再有一次我就揍你。"

就这样，我的钢琴课结束了。至于现在，但愿妈妈好运吧，她想去为我战斗，把我的钢琴课争取回来。可她是不会有机会的。跟姨妈作对的人没有一个能赢。我试着把注意力重新集中到画娃娃上，却做不到，我的耳朵忍不住要竖得高高的，听隔壁的动静。

"她有天赋。人人都这么说。"妈妈说。

"醒醒吧！把这些乱七八糟的东西从你脑子里扔出去。钢琴课，简直是笑话！要是我的仁淑去上钢琴课，老师一样会这么跟我说。你还不明白吗？她就是想哄着你赚你的钱罢了。少追着有钱人玩他们那些玩意儿，你的腿没那么长，追不上的。再这么下去，你跟你的女儿就只等着哭吧。"

"我让你掏钱了吗？是我在付学费。"

"你要有这些钱的话，去买个房子，自己带秀英过日子去。只要在我的家里，就容不下你胡闹。真是糊涂。你从来都不知道该怎么清醒地考虑问题。你怎么会放掉洪先生那样的好机会的？是他的话，说不定早就给秀英买好一架钢琴了，这对他来说很容易。"

"哈，就是为了这个。就为了让我跟那个臭烘烘的恶心的僵尸去约会。我再也不会答应这种事了，不管你接下来还能找出什么人来把我跟他们绑在一起。绝对不会！到此为止。"

我继续画画，尝试屏蔽掉她们的噪音。我早就习惯了姨妈吵架，她的话能像毒蛇的毒液那样致命。可妈妈不行，她再怎么大喊大叫也没多少说服力，她声音嘶哑，话也说得结结巴巴。但我还是很佩服妈妈：她是在对抗姨妈，就跟我对抗美惠一样。只不过都注定会失败而已。

"就算你嘴巴里再长出十根舌头，也说不出花儿来！你从生下来就是我养大的，如今你的孩子也丢给了我。没问题，我来养她，但你得照我说的做。"

"我已经有了一份很好的工作。很快就能带阿吉走了，要不了你想的那么久。"

"随你的便吧。过后不要因为你自己愚蠢的决定来怪我就行。记住我的话，洪先生就是你这辈子最大的好运。"

我的铅笔有自己的主张。它们叫得越来越刺耳，娃娃越来越吓人。她的黑眼眶也越来越可怕，又大，又空；她的头发朝着四面八方支棱出去，像是过了电一样。

妈妈没能赢得战斗。我再也没见过陈小姐。没有钢琴。也不再有钢琴课这回事。日子一天天过去，我也不再缠着妈妈说要和她一起生活了。

但钢琴课到底还是有一个好处：它已经帮助我在音乐里找到了一个家。这个家随时随地陪伴在我身边。或者说，是我在追寻着它，很快，我就找到了另一个能与音乐相伴的地方——教堂。一夜之间，汉城的几乎每一个街角上都冒出了一座教堂，就像雨后冒出的春笋一样。事实上，就连姨妈都为自己建了一座教堂，白手起家，亲力亲为。

第七章

姨妈双眼紧闭，双手交握在心口前。她坐在一个小垫子上，身体前前后后地摇动着，像是进入了一种恍惚的状态，双唇疯狂地开合翕动："哦，主啊，哦，我的父，我的救世主，宽恕这个罪人吧，请拯救您可怜的女儿，唯有得到您的恩典与爱，我才能穿越重重大门，得入您的国度。"姨妈身边是姨丈，也在祈祷，跟着她念。他的额头贴在地板上，看起来格格不入，毕竟，他是个无论什么时候都坚持只穿韩服的中医师。阔大的圆袖子和宽大的长袍子在地上铺展开，为姨丈圈出了一座专属他自己的孤岛。这个样子出现在佛寺里大概会更自然些。可他在这里，拜伏在教堂的地板上，向一位基督教的神明祈祷，哪怕他其实并不像姨妈和其他教区居民那样投入——这不是他的方式。李姐姐也在离他们不远的地方，趴伏着祈祷。康真和美惠坐在李姐姐附近，两个人都面无表情，一副百无聊赖的样子。至于其他礼拜者，也都摇晃着身子，热情越来越高，诉说着他们的祈愿，一会儿喃喃细语，一会儿高声祈求，反反复复。终于，姨妈扬声高呼："噢，我的父，我的父，我的父。"在她的带领下，其他教徒也加入进来，高举起他们的双臂，挥动着，仿佛集体被催眠了一样，吟诵着："噢，我的父，我的父，我的父。"我们十来个小孩子挤在墙边，骚动不安。有的是被吓着了，有的是觉得丢脸，有的憋不住发出了"咯咯"的笑。我更务实一些。我在担心这摇摇晃晃的二楼会被房间里不断膨胀、搏动的能量压垮。这股能量越来越高涨，到林牧师登上布道坛俯瞰着所有人的那一刻，更是陡然冲上了一个奇异的高峰。这个房间只能容纳六十来个人，可这会儿却足足塞了一百多个。进出只有一条路，那是一段歪歪扭扭的楼梯，宽度只够一个人通过，每一级台阶的踏板都变了形，踩上去"吱嘎、吱嘎"地直响。

据我所知，姨妈每天至少要祈祷六次：清晨起床时，夜晚睡觉前，每顿饭之前（这三次我们所有人都要一起祈祷），外加她拉起店铺外的卷帘门之前。她还会参加每个星期二和星期四的晨祷会，星期三和星期六傍晚的《圣经》学习，每次学习都以祈祷作为开始和结束。更不用说星期天一整天在教堂里做的那些数也数不清的祈祷了。

我们家所有人都必须上教堂。仁淑和我要参加主日礼拜，上主日学校，在教堂吃午餐。星期天的教堂午餐是每周一次的盛会，一场盛宴。午餐在礼拜的时候就开始准备，因此，活动结束后很快就能开饭。教区的女信徒轮流负责做饭。在我们这些孩子眼里，星期天的教堂午餐是上教堂这件事里最棒的部分——也许对大人们来说也一样。

在听到林牧师的布道之前，姨妈没什么真正的信仰。她甚至不像许多韩国人那样迷信。她从来不做看手相或生日占卜这类民间风行的事情，也不会去找萨满巫师祈求好运气。直到有一次，姨丈回北部时落下了他的收音机没有带走，于是，姨妈把它带到铺子里，想着说不定自己也能从中得到点儿享受，哪怕是能稍微分分心也好——生活早已让她厌倦，对未来的恐惧与担忧压得她心力交瘁，不堪重负。偶然间，她从收音机里听到了林牧师的布道，他谈到生活是如何的并不止步于凡尘俗世，天堂里还有无尽的喜乐在等待着我们；讲到在现世经受的痛苦越多，未来便会拥有越多的荣耀。要坚守贫穷，保持谦卑，保持简单，因为哪怕是骆驼穿过针眼都比富人迈入天堂的大门来得更容易一些。身为女人，她不是为孩子而活，而必是要为她的灵魂、她的上帝而活。

希望与新的目标取代了姨妈的苦与悲。那就像是，从前一直生活在死亡之中，如今却终于明白，她只是在等待蜕变与新生。她将会重生。第二天，她再一次把收音机调到了林牧师的频道。第三天依然。她的愤怒和懊恼消失了，她感受到了已经许多年不曾感受过的欢喜，她不再对结婚前的辉煌生活念念不忘——那些全都是微不足道的。再后来，凭借着她一贯的执着与坚定，姨妈找到了林牧师。

林牧师已经年近七十了，在汉城和日本东京的韩国浸礼会团体里备受尊敬。他曾经就读于东京大学，对于韩国人而言，这是闻所未闻的大成就。数十年来，他一直往来于日本和韩国之间，担任传教士，同时还是东京的韩国人聚居区里一个宗教团体的领袖。当姨妈终于得到当面拜访他的机会时，便立刻以她强烈的魅力和激情提出了请求：如今难道不是已经到了他回归韩国的时候了吗？在他的家乡，有成千上万的灵魂在等待救赎，就如同她的灵魂为他所救赎一样，这难道不重要吗？林牧师被打动了。有人满怀着这样神圣的喜悦追随他，比他自己更信赖他。他已经记不起上一次遇到这样的情形是什么时候的事情了。

姨妈说服了他，林牧师答应搬到汉城来，指导她的宗教团体。当然，她也坦白承认了自己还没有教堂，但承诺一定会建一个，为他而建。

1953年朝鲜战争结束以后，类似的小教堂仿如雨后春笋般纷纷冒了出来，虽然简陋，却遍地都是。这之中多有美国传教士的帮助，早在1884年之后，他们就出没于朝鲜半岛的许多地方，从未消失。在韩国，"美国"这个名词用的是汉字，意思是"美丽的国家"。美国代表着一切仁善的、先进的、人道的东西。若是没有它的帮助，韩国的经济不可能这样高速增长。朝鲜就没有这么幸运了。可尽管如此，姨妈对美国的感觉依然很复杂。一方面，她很感激。她说过，她的上帝让所有韩国人都平等了，贵族与平民再无差别，强者与弱者也没有了高下之分。另一方面，她又对美国人的存在感到愤怒。侵略就是侵略，无论哪一种，他们都是要骑在你的头上，一切都是有代价的。

姨妈依照自己的意愿选择了新教，她更愿意直接跟上帝对话，而不是面对天主教会里那些次一级的圣徒。她铭记着耶稣的教导："但有两三人相聚颂我之名，我就与他们同在。"因此，她找到一栋破房子，在里面建起了她自己的教堂，哪怕那其实只有一个房间。接下来，她一条街一条街地走，挨家挨户地上门劝说邻居们信教。她买下了更大的地方，是隔壁的一间房子，有楼上楼下两层。很快，整栋建筑都成了浸礼会教堂，房顶上竖起了一个大大的十字架。林牧师履行了他的诺言，加入进来。姨妈自任长老。

不过，不管是皈依基督教，还是成为教会长老，都没能阻止姨妈继续骂人。我以为只有没读过书的人才会那样骂人，可看来不是的。姨妈常常骂，还骂得非常有想象力。每次听到她满口骂骂咧咧，我都为她感到尴尬，就像看到她在公共场合放屁或袒胸露乳了一样。铺子里的生意越来越差，她的咒骂更是达到了另一个境界，越发花样百出，越发生动，就像鱼贩子围裙上的腥味一样挥之不去。我印象里最生动的画面，来自她控诉姨丈和那边一个女人不清白的时候说的话："你跟那个臭女人，我敢打赌，你会用嘴叼着她的阴毛拔下来！"之所以印象深刻，是因为我很难想象姨丈做这种事情的样子。那时候我还不懂什么叫阴毛，但听起来很痛，还很邪恶。可有一件事是姨妈不做的——她从来不会对什么怀恨太久，她的怒火大都来得快也去得快，就像雷阵雨一样。当她不得不通宵赶工完成加急订单时，我们的感觉也会不好。当她抱怨铺子里生意不好时，我们感觉就更糟糕。她是我们生活的中心。她的无畏就是我们的力量；她的恐惧，就是我们的恐惧。而我的妈妈，是一个很好的周末访客。

妈妈和姨妈曾有过非常优渥的生活。姨妈本来无意结婚，只打算跟着外公在他的矿业公司里工作，希望能够继承产业。不料婚姻不期而至，战争更是将她们姐妹俩推到了南方。

　　妈妈的祖父母和外祖父母都很骄傲自己头胎就生下了儿子。轮到我的外祖父母，第一个孩子却是姨妈，一个女孩，因此，他们的失望便也格外大。外祖母视之为耻辱，把气全都撒在了姨妈身上，姨妈动辄得咎，常常受罚。她就是没办法喜欢这个小小的女婴，连想都没有想过要对她好。她讨厌姨妈流口水的样子，讨厌她没头没脑的傻笑。当姨妈蹒跚着走向外祖父，当她开口说出的第一句话是"阿爸，阿爸"（就是"爸爸，爸爸"）时，就像是有巴掌明明白白地扇在了外祖母的脸上。至于姨妈，凭借着小婴儿天生的直觉，她更愿意亲近奶娘，无论什么时候，只要外祖母想抱她，她就会又哭又叫。外祖母也忍受不了给姨妈换尿布的工作，这会让她想起自己的失败——在那两条胖乎乎的小短腿之间，只有一道明晃晃的口子，而不是一根骄傲地挺立着的小红辣椒。这是耻辱的、痛苦的、会流血的口子。外祖母给姨妈穿男孩的衣服，就连第一天上学时也不例外，后来也一样。姨妈跟我们说过，她之所以长了个平胸，就是因为从来没喝过妈妈的奶，她只能跟奶娘的一对双胞胎分享奶水。

　　但外祖父非常宠爱姨妈。他抱起这个刚刚出生的小女婴时，就好像抱着一个奇迹。他把他所有的爱都倾注在了姨妈身上，就算后来外祖母又为他生下了三个儿子，也没有改变。只有姨妈能够在吃饭时挨着外祖父坐在他的右手边，只有她能自由出入他的书房。也只有她，能在早晨陪他一起散步。感情空虚的外祖母只能在三个儿子身上寻找安慰，她溺爱他们，一心想生下更多的儿子。可又一个女孩降生了，那就是我的妈妈。一年后，外祖母难产过世，那个男婴也夭折了。姨妈这时已经长成了一位性格强硬的年轻女人，她接过了操持家庭的担子，将养育我妈妈加入了她的任务清单。妈妈是在对姨妈的崇拜和敬畏中长大的。

姨妈享受着外祖父的宠爱，也承受着与外祖母之间冰冷的母女关系，尽管如此——也或许正是因为如此——她养成了高傲、冷漠的个性，还得到了一个绰号，叫"冰女王"。人们在背后窃窃私语，说她太冷了，身边连一棵草都长不出来。姨妈倒是很喜欢这个绰号。这能让你挺直了脊梁，她告诉我们。她是个出众的女人，认真、独立，有着敏锐的商业头脑。她的弟弟们愤愤不平，抱怨外祖父对她的偏爱——有谁听说过这种事情，一个女人来经营公司？这可不是什么衣裳铺子或者食品店，这是家矿业公司，里面全是男人！可无论治家还是管理公司，姨妈都有着钢铁般的意志和强硬的手腕，他们最终也只能接受。她成了外祖父的左膀右臂，常常跟着他一起出差。

那边曾有许多年轻男人对姨妈趋之若鹜，着迷于她的冷漠、高傲、美貌与智慧，更何况这个美人还拥有巨大的财富。姨妈很享受他们的追求和他们最后的心碎。没有人能打动她的心——直到那一个阴沉沉的春日。

那天，在他们家漂亮的日式花园里，樱花如雪一般落下。姨妈看到了一个高个子的年轻人，他背对她站着，身形凝立。淡粉色的花瓣三三两两地落在这个年轻人浓黑的头发和穿着时髦西式外套的肩膀上。姨妈站在她一尘不染的阳台上，看到他修长的、充满了绅士气质的双手背在身后，手里拈着一顶黑色圆顶高礼帽。她一眼就注意到了这双手，因为她身边没人拥有这样干净的手指，包括外祖父，他喜欢用双手亲自感受泥土和矿石。姨妈呆住了，一种陌生的感觉刺穿了她的心脏。很快，他像是察觉到了她的存在，转过头，用那双温和而又忧郁的双眼看向她，只微微一点头，便转回过去，重新沉浸到自己的思绪中，全神贯注地欣赏外祖父这座春季花园里光彩夺目的美景。就这样，姨妈陷入了爱河。

这名有着忧郁眼神的高个子年轻人就是姨丈，当时是从南部来拜访姨妈的一个弟弟，他们是朋友。朝鲜人有句俗话："南方的男人，北方的女人。"北方女人是出了名的漂亮，南方男人则以温文有礼而著称。

这是姨妈嘴里的故事——他们如何在那样一个落英如雪的日子里相爱。可那不是真的，她并没有在那一天陷入爱河。这是美化加工过的版本。真相更像一个暗黑童话：在姨妈眼里，这个南方男人是逃生之门，可以帮助她在三八线以南找到栖身之所。

经历了许多个世纪以来的无数次尝试之后，日本人终于成功入侵，登上了朝鲜半岛。从1910年到1945年，日本人在这里实施着惨无人道的统治。每进入一个村庄，日本军队首先做的事情之一，就是往水井里投毒，杀掉每一个喝水的人。在他们看来，这不过是温和的警告罢了。

日本人最终占据朝鲜半岛北部以后，便开始在地形崎岖的北部地区大力发展工业。外祖父的煤矿和冶金生意当时正每况愈下，他从中看到了机会。他要和日本人合作，背叛自己的祖国。他自称是跟日本人合作，但人人都知道他只是为日本人办事罢了。他们因此憎恨他，却也有人妒忌他。

短短几年间，外祖父的生意就兴旺发达起来，到最后，甚至设法扩张到了图们江北面的地区。外祖父是首批改姓日本姓氏的人之一，从"金"（Kim）改成了"木本"（Kimoto），还强制他的雇员也必须照做。无论在家还是在公司里，所有人都只能说日语。外祖父把第二个儿子送到日本，他后来加入了日本陆军。此外，外祖父还建了一座引人注目的日式宅邸，甚至在里面修建了一座日式枯山水庭园和一座精致的神社，虽然他并不信奉神道教。他彻头彻尾地变成了日本人。

外祖父用大笔大笔的金钱开路，在两个社会之间往来穿梭，游刃有余，如鱼得水。只是即便如此，他也做不到完全抛开自己的朝鲜血统。他信仰朝鲜族的萨满教。每年新年，他都会办一场"固特"，这是一种朝鲜萨满教的仪式，届时，一名被称为"巫堂"的女性萨满教巫师会来作法，驱除邪灵，为主人家带来好运，她会进入一种"入神"的状态，恍恍惚惚，脚踏长刀的锋刃，念念有词，祈祷祝福。

二战后，形势风云突变，未来变得不可预测。外祖父高高在上太久了，没能对迫在眉睫的危险做出迅速反应。过去的无数次经验让他相信，金钱可以收买任何他想要收买的人。环境可能改变，但金钱的力量是永恒的，它无往不利，无论什么样的门都能敲得开。他对此坚信不疑。姨妈却没那么笃定。1945 年一个潮闷

069

的夏日早晨，外祖父的公司被人攻破，他被疯狂的人群砸破头颅。那一天，姨妈的大弟弟正跟着外祖父一起在公司里，被开枪打死了。第二个弟弟，则再也没有了消息。最小的弟弟韩佑得了很重的肺结核，在家养病。幸运的是，姨妈不在办公室。当天夜里，姨妈、妈妈和韩佑在家里女佣的帮助下，从后门逃了出去，姨妈买通了她们，让她们保持沉默。韩佑一路跟跟跄跄，几乎走不动路，只想停下来休息。姨妈一手撑着他秤砣一样沉重的身体，一手拎着行李箱，妈妈负责拿其他行李。他们竖起耳朵，左顾右盼，警惕着一切可能怀有敌意的动静和声响。她们穿过漆黑的偏街小巷，赶到火车站，躲在火车站附近一家已经废弃的糕饼店里过了夜。店里没有糕饼点心，橱柜都被砸碎了，老鼠满地乱跑。韩佑一直在咯血，他用手帕捂着嘴，每次咳嗽，姨妈都把他紧紧地搂进怀里，捂住声音，唯恐有什么动静传到空荡荡的大街上去。

一如姨妈安排好的，一个男人在天亮之前走进来，带着他们绕过火车站，跨过铁轨，登上一列火车的守车（就是最后一节车厢），混在火车上的工人里。到终于发车时，他们已经没有干净的手帕可以给韩佑用了，血染在他的牙齿和嘴唇上。于是，姨妈让他躺下来，依然是用自己的身体做掩护，尽可能严实地挡住车上工人的视线。火车一直在开，工人们一次又一次跳下去，修补前方损坏的铁轨。在一次并不安稳的打盹儿之后，姨妈和妈妈醒来，发现韩佑已经去世了。姨妈挡在火车工人前面，可他们根本不理她。姨妈坚持不让。直到最后，一个工人爆发了。"他都臭得能熏死人了。他死了，人都烂完了。我们没办法，只能把他扔出去。"姨妈没有争辩，她不能冒自己也被扔下去的险。她紧紧地搂着妈妈，不让她哭，也为了不让工人们发现她们身上还藏着值钱的东西。姐妹俩依偎着，火车一直开，一直开，仿佛这是一段永远走不到尽头的旅程。

后来姨妈和妈妈也安顿下来，住进姨丈家里，开始了全新的生活。但这样的安稳并没有持续太久。1950年，康真出生了，轰炸也开始了。等到三年战争结束后，姨丈家的土地上已经不剩下什么了。

事已至此，姨妈背着康真，在妈妈和姨丈的陪伴下，搬到了汉城。

姨丈这辈子都过着十指不沾阳春水的日子，这时便躲回了他的书本里。姨妈指责他，说既然这么喜欢读书，那起码也多少学点儿有用的东西吧。于是，他学了朝鲜传统医药，最后成了一名医生。可要说到收取病人的诊金，甚至只是提到钱，都会让他浑身不自在，他更愿意摆出超然于金钱之上的姿态。他收治穷人，回避有钱人。姨妈为此十分恼火，一直跟他吵架。姨丈受不了姨妈的唠叨，却也改变不了自己的行事方式，便只有换个地方，回他的祖宅去了。

姨丈带着他的兄弟们尝试修复战争中幸存下来的产业，顺便行医。可没人想住在停火区附近——万一朝鲜那边又打过来怎么办，为什么要挡在最前面当炮灰呢？在人们心目中，这只是早晚的事情，而不是会不会发生的问题。即使无法重现家族昔日的辉煌，姨丈依然有高贵的血脉足可自我安慰。没人能破坏或夺走这一点。他越来越沉迷过往，只穿传统韩服，这让他看起来像个被时代抛下的老朽的古人，不巧的是，整个国家恰恰在这时开始追赶西方世界的脚步，显得他更加衰朽不堪。人们不再像姨丈那样崇拜自己的先祖，至少，不那么崇拜了。

姨妈留在汉城，自学裁缝，真正是靠双手支撑起了这个家。妈妈说，姨妈就是从那个时候开始说脏话的，脏话是她的提神剂。

姨妈让我又是着迷，又是迷惑。她像是有双重人格：家里的姨妈和教堂里的姨妈是不同的。就算是在去往教堂的路上，她也常常怒气冲冲地大骂姨丈对养家毫无用处。而姨丈只是面无表情地走着，好像她只是在谈论天气一样。李姐姐紧跟在姨妈旁边，看起来也同样不受影响。仁淑和我冲在老前面，因为觉得很丢脸。可一到教堂，姨妈就立刻沉静下来，声音轻柔又愉快。每个星期天的早晨，无论晴天还是刮风下雨，她都会穿上她最好的礼拜服，站在教堂门口，发放传单，跟每一位教徒握手，对新来的人给予特别的关照。

教堂是个非凡的地方，只要来到这里，人人似乎都会变得愉快、宽容起来，韩国人的严肃被收了起来，开玩笑和笑都变成了很容易的事情。姨妈也是这样。她欢迎每一个进门的人，哪怕他们也许只是想来拿个免费赠品，吃顿免费的午餐。教堂永远不会将人拒之门外，无论是谁。我想，美国一定就是这个样子的：充满爱心，慷慨仁慈，相信别人的好。

教堂还意味着音乐。它让韩国人学会了合唱。当然，农民在地里干活的时候也会一起唱歌，但那完全不是一回事。教堂里的歌唱更有目的性，更严肃，统一传达出特定的含义。教会音乐更是引入了八度音阶，能够利用各种和弦及其音序组合营造出和谐的效果。在教堂里，男女信徒是分开坐的，男人在右边，女人在左边，但唱赞美诗时都是一起的。渐渐地，教堂唱诗班成了教会最大的成就之一，因为这世上再没有什么能像音乐那样触动人心，而音乐之中，最动人的无疑是人声。

虽然我才八岁，却被安排在了成人唱诗班里。他们还常常让我在募捐时独唱。唱歌对我来说是吃饭喝水一样自然的事情，只是更难忘，更自在。唱歌时，我会觉得自己变成了一个更好的人，对我来说，它意味着更多的东西。后来，我开始对其他教堂和他们的唱诗班也有了兴趣。各个教堂的礼拜时间略有不同，所以我可以尽可能多去几个教堂。从来没有哪座教堂把我赶出门外。而最让人高兴的是，我发现，教堂规模越大，唱诗班就越大，他们的音乐也就越是宏大、辉煌。我爱新教的赞美诗，爱它们美妙的旋律和里面所蕴含的情感。然而，真正带给我前所未有的感受的，却是天主教堂的音乐——它们是那样神秘，超凡脱俗，就连神父念诵《圣经》都带着别具一格的异域味道。聆听着这样的音乐，我总感觉自己变成了多孔的海绵，好像那些旋律与音符都能够渗透到我的身体里一样。那时候的我还不知道有"灵魂"这个说法，如果知道的话，我会说："音乐让我的灵魂升华了。"

第八章

两个韩国士兵在检查站挥旗拦下了我们。

"啊，金小姐回来了。太阳回家了。"一个士兵说。

"我敢肯定，你们每天都要放进放出几十个太阳。"妈妈笑着说。

"啊哈，可只有金小姐才是我们崇拜的那一个。"他说着，深深地鞠下躬去，像在演戏一样。他们三个人开了会儿玩笑。然后，一个士兵对妈妈说了什么，还朝我偏了偏脑袋，但他们声音太小，我听不见。在这期间，妈妈一直紧紧地揽着我，抚摸我的头发。

我们继续往里走，妈妈把我领进了一栋大房子里。我的第一个念头是：这里真白、真亮、真干净啊。

白色的布帘子从天花板一直垂到地面，从房子这头一直拉到另一头，将圆顶大厅平均分成了十二个空间，一条长长的走廊从正中穿过，将它们分成两半，一边六个。高高的天花板上，成排的日光灯管照亮了整个大厅，那是清爽的冬日早晨的色彩——

和我们家是多么大的反差啊。在我们家里，只有一个灯泡孤零零地从天花板上垂下来，在我们身边投下幽灵般的影子，随着我们的每一个动作而举手投足。妈妈领着我走进了她的房间，那屋子三面都是帘子，第四面是弧形的墙，墙上开着一扇小小的窗户。房间里有一个蒙着厚毯子的大架子、一个高高的衣柜和一张带碗橱的台子。整齐、舒服、干净。这么多人穿着鞋子走来走去，房子里怎么会还是这么干净？在我们家的话，这绝对是不可思议的。你根本就不能穿着鞋子进房间。还有这些帘子，这么多人要伸手撩开它们进进出出，怎么也还能这么干净呢？

突然，妈妈把我高高地举起来，扔到了那个长方形架子的厚毯子上。我尖叫一声，跟着就"咯咯"地大笑起来。我觉得自己变回了小孩子，整个人滚过来，滚过去，毯子那么柔软，我像是掉进了毛茸茸的兔子窝里。我还从来没见过"床"这种东西，我们在家都是直接睡在硬邦邦的地板上的，邻居们也一样。

"我要永远留在这里。再也不回去了。"我大叫。妈妈没说"好"，但也没说"不好"。她只是微笑着。她知道，我很清楚这只是一次周末假期。她花了三年时间才实现这个承诺，但无论如何，她终于把我带到了她生活、工作的地方。

我躺在床上看她整理我的衣服，收拾她自己的东西，把垃圾拿出去丢掉。我从没想过她也会像李姐姐或姨妈一样做这些家务琐事。在我眼里，妈妈是完美的，言行举止、穿着打扮都无可挑剔，永远那么完美无瑕。

我们走出宿舍时，天色已经很晚，营地里都空了。我们是要去她的办公室，这也是她答应过我的。事实上，她并没有真正的办公室，只有一张办公桌，和其他许多办公桌一起排列在一个长条形的大房间里，有几张桌上挺乱的，但大多数都整整齐齐，每张桌子上都堆着文件，放着黄色的便笺簿和一台打字机。这是我第一次看到打字机，但我知道这种复杂的机器有多重要。妈妈打字快、英语好，这是她在工作中的撒手锏。看到我的照片就放在她那张小小的办公桌上，我又是惊讶，又是骄傲。照片里的我才五岁，坐在一把精雕细刻的椅子里，拳头握得紧紧的，圆圆的小脸紧张地望着镜头。

妈妈走到她办公桌附近的一扇门跟前，轻轻地敲了敲。有人应声。门里是一个块头大得惊人的男人，穿着漂亮的军装，坐在办公桌后面。他说了几句什么。我猜他说的是英语。他们交谈了一会儿，然后，那个男人站起来，绕过桌子朝我们走了过来。他和我见过的所有男人都不一样。这样一个美国人，大概有两个我高，三个我宽。他身材魁梧，站得笔直，这会儿正低着头打量我，像在检查什么一样。我垂下眼睛。我们得到的教导向来都是说，不要直视大人的眼睛，那是不礼貌的，应该看他们上衣从上往下数的第二颗扣子。可他太高了，我只能盯着他的皮带扣看。但我已经把他的模样看清楚了。

他有一点让人害怕：脑袋大大的，头发剪得非常短，有点开始秃了；钩子一样的鼻子像是某种猛禽的喙一样；两条棕色的眉毛又粗又直，几乎连成了一条。可妈妈看上去很自在，脸上挂着她那迷人的笑容，他也在对她笑，他们说话的样子就像朋友闲聊一样。他抬手拍了拍她的肩膀，然后就没再挪开。妈妈脸红了。我用力抓住她的手，仿佛这样就能保护她一样。他微笑着说了什么，妈妈搂着我的手紧了紧。

一直到我们走到另一栋波纹圆顶钢铁建筑的侧门边时，妈妈的脸还红着。这一次，她毫不迟疑地用力拍了拍门。让我惊喜的是，出来的是昌先生，他咧开嘴笑着，身上的白色工作服上斑斑点点的，全是油点子和酱汁点子。他一把捞起我，用下巴来蹭我，就像我还是个小宝宝一样，我不介意他这么做。"有福气哟，有福气的小姑娘。"他说，"你妈妈成天挂在嘴上的都是你。"我喜欢昌先生，他是个瘦瘦小小的男人，留着一把山羊胡子。妈妈和他是很要好的朋友。我以前跟着妈妈在星期六下午去过他家几次。他和两个儿子一起住在离议政府市不太远的一间小棚屋里。以前他们可穷了，那时候他还没来这里工作。他找不到活儿干，没办法养活自己和孩子。他们常常走很远的路到军营找东西吃，挨个儿翻垃圾箱，寻找一切可以塞进嘴里的东西，饿极了时连烟头都吃。他就是在那里遇到妈妈的，当时妈妈刚好经过垃圾站。没过多久，妈妈就开始用剩菜剩饭接济他们，最后还帮他找到了一份军队餐厅的工作。昌先生说，这是战争结束以后他遇到的最好的事情。我特别喜欢他的小儿子，我叫他"麻子哥哥"。他跟康真一样大。从认识的那一刻起，我们能没大没小地玩在一起，像是完全不存在年龄差距一样。麻子哥哥想成为一名画家，还教我画画，这在我后来做纸娃娃时派上了大用场。

妈妈总说，等到她有钱了，昌先生就可以辞掉工作，来家里为我们做饭。我们可以一起住在一栋大房子里。我知道会有这么一天的。妈妈说过的话从来都是算数的。

我们离开时，昌先生递过来一个飘着香味的大便当袋子。

回到房间里，妈妈把我们的晚餐拿出来，摆在台式碗橱上。昌先生为我们做了烤鸡、土豆泥、四季豆、胡萝卜和一大块挂着白色糖霜的黄色蛋糕，我最喜欢这种蛋糕了。妈妈说这叫"柠檬切罗（limoncello）蛋糕"。多年以后，我才在意大利托斯卡纳一家不起眼的老餐馆里再次吃到了这种蛋糕。那时我禁不住热泪盈眶，和妈妈在一起的日子涌上心头，冲上了我的舌尖——那是一种微不足道却意义重大的小小欢喜，让我的舌头变得分外敏感，就像能清楚分辨布莱叶盲文的指尖一样。

"这都是什么呀？"一个声音传来。我抬起头，吓得跳了起来。从帘子缝中间探进来了一个蜡黄的脑袋，满嘴东倒西歪的牙齿。下一刻，像是恶魔面具突然活了过来一样，帘子分开，韩太太走了进来。

"没事的。你记得韩太太，对吧？"妈妈摸着我的手，冷静地说。

韩太太走上前来打量我们的室内野餐会。"都长得这么大啦，阿吉！是个大姑娘了。见到你真好。我一直都很挂念你。"

"是啊，秀英已经上一年级了。"妈妈说。

"噢，名字也有了。真好！吃吧，吃吧。别让我搅了你们。阿吉呀——还是说应该叫你秀英——你说对吧？总之，来了这里就玩得开心些。有事招呼一声就行，我就在旁边。"说完，她便退回了帘子后面。

"别担心。她只是个帮工。她伤害不了你了。不过,记住了,别到大厅里去乱跑。乖乖待在这里就好。"妈妈告诫我。

睡觉前,妈妈带我去走廊尽头的浴室洗澡,浴室间门口挂的也是帘子。里面的几面墙壁便分别排着淋浴头、带水龙头的洗脸池和马桶。浴室里只有我们两个。

我尽量撇开视线,不看妈妈脱衣服。我还从来没见过她不穿衣服的样子。当然了,我每个星期都要去公共浴室洗澡,已经见过很多女人的裸体了:李姐姐浑身上下都是肉,粉红、丰满、硕大;姨妈的身体好像骨架子一样,乳房干瘪;美惠的身体仿佛小牝鹿一般,紧实修长、毫无瑕疵,就连女人也会忍不住看呆。妈妈的赤裸让我有点不适的反胃感,可我也不能跑掉。她弯下腰洗澡,苍白、圆润的胳膊贴着脚踝,手里拿着一块浴巾擦洗身体,饱满的双乳坠下来,腰身那么细,显得臀部更大了,让我想起了在美惠的画册里看到过的一幅裸体画。一方面,这样的妈妈正是我心目中女神的样子;另一方面,却又会让我想起夏末的桃子,有点儿熟过头了的感觉。我用力甩掉后一个念头——这也未免显得她太像人类,太脆弱了。她应该比现实生活更了不起,更高贵,跟我那个暴躁的、不快乐的姨妈截然不同,更不像街坊邻居里那些粗鲁吵闹的妈妈。

我先洗好出了浴室,让妈妈继续洗。沿着长长的走廊往回走时,我听到帘子后面有几个女人在聊天。

"你们敢相信吗?金竟然把她女儿带到这里来了。她真是有胆子，竟敢带个孩子进来。她以为她是谁啊！"这是韩太太的声音。

"你不替她可惜吗？我觉得真是太可惜了。她早就该把那孩子扔掉的。现在也不算太晚。她还是可以把她送进孤儿院，彻底解决这件事情。要是我就这么做。她太软弱了。拖着这么个小东西，还怎么嫁人？"另一个声音说。

"我不关心她怎么安排她的孩子。只要别乱了咱们宿舍的规矩就行。不然我们都会有麻烦的。她不过是仗着上校偏心，还以为真就能为所欲为了不成。"韩太太说。

第三个声音响起："哦哟，可不止上校一个。你们没看到吗？这营地里只要是个男人她就下钩子。那些家伙全都看她看得两眼发直，不是吗？瞧瞧她那个样子，穿着那种紧绷绷的裙子，扭来扭去的。我当年也有那么细的腰。你们是没在那时候见到我。"这个女人"咯咯"地笑了起来。

"说真的，她不能把小孩子带到这里来。这种事情会坏了我们营地的名声的，唉。"韩太太说。

我躺在妈妈身边，睡不着。她真的会把我送进孤儿院吗？我是不是该问问她，就当面问？不，我知道答案的。对我和妈妈，她们又知道些什么呢？这些女人，这些长舌妇，说起话来跟姨妈一样粗鲁。她们只是妒忌罢了，妒忌妈妈比她们都漂亮，比我见过的所有女人都漂亮——也许除了美惠。但美惠不算，她还是个学生。

妈妈好像也醒着。我缩进她的臂弯里，请求她讲个故事，她童年的故事。姨妈喜欢跟我们说她过去的辉煌日子和那些血淋淋的残酷经历，说得很细致。可妈妈不同，妈妈从来不说这些。她只记得最后在平壤的可怕日子和南下逃亡的事了。

　　"我爸爸是谁？他在哪儿？"我终于还是问出来了。我做到了。这个话题是禁忌，可我感觉现在时机很好，这里就只有我们两个人。妈妈没有说话。沉默笼罩着我们。

　　"我从前一心一意想当演员。当上了演员，人人都会爱你。"终于，她开口了。我忍住说话的冲动。姨妈跟我们说，所有女演员都是婊子。

　　"我差一点就当上演员了。"妈妈几乎是在自言自语。她就这么一直说了下去，时不时停下来，感觉像是在一个老柜子翻找已经遗忘多时的旧日珍宝。她说，那时候她在专科学校里学习打字和英语，有一天，一个男人在路上拦下了她。当时她的学业中断了，可她还是设法念了些初中、高中甚至大学的课程，只是因为战争和缺钱的缘故，始终没能拿到毕业证书。这个拦下她的男人自我介绍说是个电影导演，想找她拍戏，说他在为他的新电影寻找女主角，而妈妈正是理想的人选。他留了名片给她。一开始她并不相信。满大街都是这样的男人，号称能给女孩提供她们做梦也想不到的好机会。可打听了一番之后，她发现他真的是导演，还是很有声望的那种。她去参加了面试，做了些朗读什么的。男人说他的眼光果然没错，妈妈简直无可挑剔。

　　那个时候，妈妈正在和一个年轻人谈恋爱，对方二十八岁，是最年轻的国民议会成员之一。"不，你不能去当演员。"那个年轻人说，"如果我们还想要结婚，就不行。"他绝对不会拿他的前途开玩笑，去和一个女演员结婚。他不会，妈妈也不会。于是，妈妈再也没有回去找那位导演。可到头来，那年轻人也没能信守他结婚的承诺。和所有养尊处优、背负着继承人身份的韩国男人一样，他听从父母的安排，娶了一个门当户对的女人。那位导演名叫金绮泳，后来韩国电影界的传奇人物。

我想知道这位年轻的政治家是不是我的父亲，可既然妈妈已经回避了我的第一个问题，我就只能问："你一直戴的那对耳环是他送的吗？"

这一个问题，她依然没有回答。我们又一次陷入了沉默。妈妈的呼吸变得急促起来。我感觉得出来，她的思绪已经飘远了，很可能是去到了还不曾有我的遥远过去。

那对我问的耳环精致极了，非常显眼——清澈透明的水蓝色椭圆石头嵌在漂亮的纯金基座上，石头上雕刻着一座细致入微的佛塔，塔顶、四角的流苏和盘腿坐在正中心的小人无不纤毫毕现。它们从妈妈漂亮的耳垂上坠下来，与她优雅的气质相得益彰。

月光透过小窗照进来。终于，妈妈的呼吸平缓下来，渐渐变得规律，她睡着了。我坐起来。夜空中挂着一轮明亮的满月。有一个关于满月的故事，是说兔子做年糕的：传说在圆圆的满月里面有一只兔子，它努力地用长长的杵在一个巨大的钵里捣年糕。我一直很懊恼自己看不出那只兔子，更别说杵和钵了。我的想象力还没有那么丰富。可今天晚上，我有的是时间来慢慢分辨。我可不会把这宝贵的夜晚浪费在睡觉上。

夜晚的宁静与一成不变模糊了我的精神，月亮还是那么神秘。我钻回床上，贴着妈妈的后背蜷起身子，暖意从她的身体里散发出来，将我包裹起来，感觉就像她那条丝滑的大围巾一样。我的双腿变得软绵绵、轻飘飘的。

有人在摇我，把我摇醒了。是妈妈。她催我赶紧起床，说我们得走了，马上。可这才是星期六的早晨，不是星期一。"不，不。"我说，"我不走。你答应了的！"我绝望地抱住一条床腿不放。

妈妈猛地一拽，把我拉了起来。

"别再添乱了，事情已经够糟糕的了。"

"我不走。我不想回去！"我尖叫起来，又哭又闹。

"怎么了？怎么这么吵？"韩太太走进来。

"有人报告了上面，说秀英在这里。我收到警告必须送她走，不然就要出事了。"

"怎么不去找你们上校？我敢说他一定会出面干预的。"

"他出去度周末了。"妈妈说。

"那可太糟了。"韩太太咂了咂舌头，"阿吉才刚刚来呢。她能碍着别人什么呢？就几天而已。说真的，这些人真是没心肝！要我帮你找谁说说吗？"她嘴上这么说着，眼睛却在笑。

我把脸紧紧贴在公共汽车的车窗玻璃上，望着外面。妈妈要是想哄着拉我靠过去一点，我就把身体绷得梆硬，绝不屈服。我要让她知道，我生气了。竟然像这样被赶出来，她怎么可以允许这样的事情发生。她没有我以为的那么厉害。她身上那向来被我视为理所当然的光环褪色了，就是这样。她现在的样子太狼狈，吓到我了。可最叫人伤心的，是我可能再也无法回到她生活的地方了。

公共汽车颠簸着穿行在无边无际的稻田间，只有蛇一般蜿蜒细长的灌溉渠偶尔划破这千篇一律的绿色。一个男人在拉他的牛，可它们基本上没怎么动，看着倒像是镶在画框里一样。时间也走得不紧不慢，享受着它们自己的步调。我希望这趟公共汽车之旅快快结束，又希望它能永远就这么继续下去，不管怎么说，至少妈妈和我在一起。

妈妈又拉了拉我，这一次我没再坚持。她把手伸到我面前，摊开。她的宝塔耳环在阳光下闪着光。"这个给你了，好好收着。"她说，窝起手心，把它们放进我的手心里。

我在大街上狂奔了整整十分钟，闪避来来往往的汽车，熟练地在行人间穿梭，还不小心摔倒，擦破了手掌和膝盖，却只懊恼自己双腿太短，跑得太慢。要知道，我的心已经飞回家，和妈妈在一起了。

我如今上学了，所以每个星期六都要上演这么一出。学校星期六会早放学，确切地说，中午就放了，刚好差不多是妈妈来的时间。我不愿意错过她到达的时候，却几乎每次都会晚一步。

我到家时，妈妈已经在姨妈的铺子里跟她说话了。她们之间的气氛很沉重。"进去，大人在讲话，你妈妈一会儿就进来。"姨妈赶我走。妈妈也同意了，点点头，露出一个心烦意乱的微笑。她也想要我离开。自从去过她的营地之后，就有什么东西改变了。她在星期六来看我的次数变少了，到现在，最好的时候也就是隔一个星期才来一次。问她下个星期六来不来完全是白费工夫。"来，当然要来，无论如何我也不会错过跟我的小女儿见面的机会。"她一定会这么说。可这一次，她迟了整整三个星期才来，竟然还没有时间搭理我。我气鼓鼓地进到里屋。"我要让她也尝尝我等不到她时是什么样的滋味。"我一边想着，一边把自己往高立柜的最底下一层橱格里塞，那是我的老地方。我从里面关上了柜门。如今要待在里面，我只能把身子尽力蜷起来，膝盖顶着鼻子。我打定了主意，等妈妈来找我时，我就不出声，我要让她痛苦，除非她真的害怕了，觉得我不见了，死了，不然我是不会出去的。她会怎样为了我哭泣啊，她会恳求我原谅她，说不定还会用散步去烤鸡铺子来收买我。

我等啊，等啊，把耳朵贴在柜门上。没有声音。我迷糊过去，又惊醒过来。还是什么动静都没有。我的腿很疼，脚和后背都僵了。我已经长大了，这个柜子不再是三年前那个安逸舒服的藏身之地了，它变成了那种魔术师要用力蜷起身子硬往里塞的小箱子。我的东西都收在这里：纸娃娃的收藏，书包，还有妈妈的耳环。我用姨妈的废布头做了个小袋子，把耳环装在里面，再收进一个锡盒子里。我第一次把耳环带回家时，美惠就拿去看了半天，对着光，翻来覆去地研究每一处细节。正面，背面，侧面；

正面，背面，侧面。还给我的时候，她眼神锐利，若有所思。姨妈只是咂着舌，摇了摇头，显然觉得我还太小，这东西未免太贵重了——可见是妈妈又干下了一件蠢事。

我饿了，浑身酸痛，柜子里又闷又热。感觉像是已经过去了好几个钟头一样。我把柜门推开一条小缝来透透气。午后温柔的太阳在屋子里荡起了金色的波纹，尘埃被困在光束里，闪着光。我狼狈地滚了出来。妈妈赢了。我去找她。

可妈妈不在，只有姨妈坐在她的缝纫机前。"你去哪儿了？你妈妈走了，等不及你回来。"

我跪倒在地上，哭了起来，懊悔自己使性子过了头。

"闭嘴！是有人死了还是怎么的？多大点儿事啊？她下个星期就又来了。别号得像头母狼一样。不吉利，我的运气已经够差的了。你是想吃藤条吗？"

我宁愿她抽我一顿，打掉我的自怜自艾。可她没有，还是只管做她的衣服。

一股刺激的气味唤醒了我。我在主屋里。我刚才在姨妈的铺子里睡过去了，有人把我弄了进来。李姐姐正在剥大蒜，有满满的一大篮子，旁边还有一把翠绿的韭菜花。我爬过去，把头搁在她丰腴的大腿上。她在哼歌。

"起来，帮我剥大蒜。我得把韭菜花腌好才能去做晚饭。"

可我没动，李姐姐也没动。她用她带着大蒜味儿的手指一下一下地抚摸着我的头发，含含糊糊地轻声哼着歌儿。我把脸埋在她曲起的大腿和小腿肚之间。这感觉让人平静，温暖，安心。

第九章

　　妈妈手里举着一条漂亮得不得了的裙子，浅黄色的，胸口上缀着一朵绿色的天鹅绒玫瑰花。地上放着一双白色鞋子，有铬黄色的金属鞋扣和配套的白色袜子，及踝的袜口上镶着时髦的蕾丝花边。我从没见过这么豪华的衣服，都是给我的。"我们出去吃午餐。"妈妈说。

　　出租车把我们送到了明洞，那是汉城最重要、最热闹的商业区。它最有名的就是闪烁的霓虹灯牌，人们总说，太阳落山以后，明洞才刚刚醒来。可就算是白天，也有许多招牌亮着灯。这些招牌一个叠着一个，你几乎看不到它们背后的建筑。我满心激动，连脚指头都在丝滑的新棉袜里偷偷跳舞，不得不努力克制住自己蹦蹦跳跳的冲动。我们以前也在星期六出来过，但今天似乎格外不一样。

　　我们走进一扇十分威风的红色拱门，门上是漆黑发亮的中国字。不等妈妈伸手去推，厚重的木门就自己打开了。门里，金碧辉煌的墙上镶嵌着镜子，映出屋子里发生的一切。镜子之间有山水与人物图案的玉雕。屋子正中心的大瓮里长出了一棵盘曲虬结的木兰，枝干舒展，古老得仿佛从史前时代开始便长在这里了似的，白色和粉色的花朵繁茂壮丽，几乎一直开到了天花板上。阳光照在餐桌的雕花玻璃上，整个房间都在发光。

两个穿白色西装的男人热情地快步迎上来，对我们鞠了个躬。然后轻快地在前面引路，伸出胳膊，示意下楼的台阶，把我们领到了一张靠窗的圆桌边。金边餐盘，高脚杯，餐巾折成了小鸟的模样，银筷子和银勺子整整齐齐地排在白色桌布上，桌布一直垂到了地面。这屋子里充满了幸福与希望的味道。周围已经有几个客人了，全都那么优雅、悠闲。我忽然觉得很不真实。我们家附近也有一家中餐馆，只是个简陋的小棚屋，供应寥寥可数的几种廉价面条，接待的都是干零工的人和办公室职员。可就是那样的地方，姨妈偶尔叫上一次外卖，对我们来说就已经是难得的大餐了。

其中一个穿白西装的男人迅速又恭敬地为我拉开一把椅子。我看向妈妈，她点点头，示意我坐下。我陷进了豪华的长毛绒里，它们几乎将我吞没。另一个同样穿着白西装的男人为我在背后多加了一个靠垫："为公主效劳，您是这么美丽，这么优雅。"言辞间不带一丝调笑。他还把一个小脚踏放在我的脚下，好让我的脚不用悬在半空中。这样的体贴周全让我有些不好意思。

妈妈在和一名侍者说话，餐厅里突然安静下来，所有人的脑袋都转向了门口。一个非常高，身材非常精干、修长的男人优哉游哉地踱进了这个房间。那是个美国人，和妈妈营地里的上校一样穿着制服。妈妈扬起一只手招了招。他笑了，朝我们走来。人们的目光随着他转到我们的位子上，呆呆看着。妈妈一点儿也不在意那些注视的目光，活泼地说起了英语，迎接他。

他是整个餐厅里唯一的白人。就算坐着，也轻轻松松就比其他人高出了一个头去，而且，他和上校一样，头发都剃得很短，紧贴着头皮。他金色的脑袋闪着光，像撒了金粉一样。突然，他转过头来看向我。我被逮了个正着，因为我一直在盯着他看，根本移不开眼睛，结果就迎面撞上了他的双眼。那是一对热烈的绿眼睛，会让人陷进去，它们生气勃勃，像是会说话一样。在这之前，我见过的几乎都是棕黑色的眼睛，那些严肃的眼睛很少笑，只会迅速审视打量，判断我的位置，给我归类。这个人的眼睛也是认真的，却欢快有趣，在它们的目光笼罩下，我觉得很安全。他开口了，语调欢快，说的是有点难懂的韩国话："你好吗？我听过很多有关你的事情。希望我们能成为好朋友。"他伸出他的大手。我又一次看向妈妈——这不对，大人不会这样跟我说话，更别说还是个外国人了，他在我面前简直就是个巨人，却在逗我开心，想和我做朋友。妈妈没有伸出援手，她只是笑着，看上去很高兴的样子。我没有跟他握手。

侍者过来问我想吃什么，可他递过来的那厚厚一大本皮封面的菜单实在叫人紧张，于是，我报出了第一个出现在脑子里的东西："炸酱面！"这是我唯一知道的中餐，我很喜欢。侍者和妈妈一起笑了起来，像是我说了什么好笑的话一样。妈妈悄声说："秀英啊，这种餐厅呢，是不做炸酱面的，那是街头小吃。你能不能……"可不等她说完，侍者就开口了，他说："不要紧。我敢肯定我们的厨师可以破例做一次。我们可不想让小公主失望。"他微笑着鞠了个躬，离开了。我这是到了什么地方啊？这一切是怎么可能发生的？一切都这么简单、轻松，人人都纵容着我，想要让我开心。我做梦也没想过会有这样的事情。可面条上桌时，我的脸却垮了下来。多叫人失望啊！那么大的盘子，却只有正中心那么一小撮面条，周围全都空着，浪费掉了。这么点儿面条，最多也只够吃三口的！我小心翼翼地挑起一小口放进嘴里，吃掉。它们和我从前吃过的面条完全不一样。首先是浓浓的香气扑鼻而来，然后，面条自己就滑进了我的嘴里，又韧又滑，完全不像我们家那边的外卖那样裹着厚厚的油。清亮的棕色酱汁里，洋葱、土豆和猪肉切成了小粒，口味柔和协调，却又各自分明，不像一般的面条酱那样糊作一团。从此以后，这份面条就是我评判一切炸酱面的标尺了。

吃过午餐，我们来到汉城市中心的古老宫殿"昌德宫"，这里有后来非常出名的"秘密花园"。我们绕着池塘散步，池岸边郁郁葱葱，绿意盎然。这个绿眼睛男人肩上背着一台照相机，他给妈妈和我照了许多相片。走到宫墙边一条阴凉的小路上时，他又一次向我伸出手来。这一次，我回应了他。他长长的手指将我的手整个包了起来。被这只大手握着，我觉得很安心。妈妈牵着我的另一只手。他望着妈妈，眼睛在笑，嘴角咧开，露出了牙齿，也在笑。他的上牙里有一颗是歪的，和我的一样。我悄悄跟妈妈说，我和他都有一颗歪的牙齿。妈妈告诉了他。他大笑起来，妈妈也笑，我也跟着哈哈大笑。我们一起笑啊，笑啊，笑我们共同的不完美。这感觉很好，很温暖，像是一种安稳的归属感。他们俩一起抬起手臂，把我拎了起来，我滑翔起来了，低低地掠过地面，双脚在空中踢蹬。然后，他们又提着我前后摇晃，我像风筝一样飞舞，安稳，却自由。我努力保持冷静，假装这很正常，假装这只是我们无数次星期六下午的日常漫步中的一次。

离开昌德宫后，妈妈为绿眼睛男人叫了一辆出租车。这个身材瘦长、有着一颗歪牙齿的英俊男人扶着出租车的车门，恋恋不舍。他不想上车。他的眼睛在耀眼的阳光下眯缝了起来。他俯身靠向妈妈，一边悄声说着什么，一边把她往自己身边拉。她大笑着躲开，头轻轻地冲着我偏了一下，像是在说："小家伙还在这儿看着呢。"她用命令的语气叫他上车，他不情不愿地照做了。一坐进车里，他就摇下车窗，伸手来拉妈妈，可他修长的手指抓了个空。妈妈冲他挥了挥手，送上她标志性的微笑。然后，妈妈转头跟司机说了两句话，又拍一拍车门，车就开了。他一直回头从后车窗里看我们，一直笑着，笑着，直到出租车转过街角，看不见了。

妈妈和我另外搭了一辆出租车，在市场附近的一个红绿灯路口下了车。绿灯亮着。可妈妈没有带我过马路，而是把我拉到路边，跪下来，平视着我的眼睛。她看上去有些紧张，双手不断上下摩挲着我的胳膊，像是要帮我暖和起来一样。

"秀英啊，你觉得他怎么样？喜欢他吗？"

我点点头，喜欢。我感觉得到，我的反应很重要。她张开嘴，像是想再多说些什么，最后却只伸手抚平了我新裙子上的皱褶。

"秀英啊，我需要做一个决定，你的回答对我来说非常重要，因为你是我非常重要的人。你明白这一点，是吗？"

我有点害怕。我们身边的一切都黯淡下去，只有她的脸突然变大了，就像是有一面放大镜突然插进我们俩中间，放大了她脸上的一切细节：那些笑纹，美人尖下面细细的绒毛，鼻子和面颊上明显的毛孔；发干的口红在她的唇上勾出了道道唇纹，当她抿紧嘴唇，好像口渴了一样咽口水时，这些纹路就越发明显。

"秀英啊，我们今天见到的这个人呢，你说你喜欢他。那要是让他当你的父亲，你会喜欢吗？我保证，一定要你喜欢他，我才会跟他结婚；要是你不喜欢，我们就另外想办法一起生活，只是可能需要稍微等得久一点。但无论如何，只要是你想要的，我一定会做到。你愿意去美国吗？"

我用力地点了一下头，愿意。我以为是什么可怕的事情呢。

"我很高兴，因为在这里我们没有未来。我答应你，我们会一起生活的，很快。但眼下，我只能一个人先去美国。只要一点点时间，等我安顿下来，就叫人来接你。我们偶尔也会一连好几个星期都见不了面，不是吗？可我总是会来看你的，是不是？我保证，还不等你反应过来，就已经坐在来找我的飞机上了……"

我努力理解她说的话，可她颤抖着，仿佛赤裸着身子站在刺骨的寒风中一样。我突然明白过来，这就是今天早晨姨妈想要提醒我的事情："你妈妈会问你一些事，非常重要。你只要回答'好的'就行了。记住了，'好的'，问你什么都说'好的'。不要让她为难。而且，不管怎么样，不要哭。不要阻挡她的幸福。你明白我说的话吗？"现在我明白了。妈妈不是在征求我的意见，只是在非常婉转地通知我一些已经决定好的事情。

"别担心，妈妈。去吧。我希望你幸福。我没事的。"这些话从我嘴里平平稳稳、简简单单地说了出来。我对自己说：看，也不是太糟糕。何况我们都知道，去了美国就跟到了天堂一样。只要去了的人，就没有回来的。现在别多想，我告诉自己，妈妈还在这里，别露出伤心的样子，看看，她那么漂亮的裙子都拖在地上弄脏了，她得站起来才行。妈妈张开胳膊，紧紧地抱住我，我又一次感觉自己像高飞的风筝，只是这一次不再安稳，风筝的线断了。

其实用不着，但姨妈还是用力抓着我的肩膀，把我按在原地。我们站在飞机跑道后面的露天候机区里，近得能清清楚楚地看到妈妈的露趾白皮鞋怎样踏着登机的舷梯，一步步往上走。这个距离很短，如果挣脱姨妈的手冲出去，我也许还能再得到一个拥抱。可我没有动。我可以哭，可以大喊不要她离开。可我也没有。姨妈担心我会大吵大闹，其实完全没有必要。我只是在她用力的双手下，静静地站着，看上去甚至可能有些心不在焉，好像我此刻送别的只是某个很疏远的亲戚而已。但只有这样，我才能熬过这一刻。我知道自己的位置。我不能乱发脾气。发脾气这种事情，是那些知道自己可以发脾气的孩子的特权。

妈妈登上了舷梯的最后一级台阶，转过身，最后一次望着我们，举起她手中卷起的杂志挥动着。姨妈低声说："笑一笑。把你的笑容拿出来。这样她才能走得安心。"我扯开嘴，扯得很大，这是我唯一能做出来的笑脸。

妈妈穿着一条纯棉的花裙子，清爽的乳白色，上面点缀着淡粉色的花瓣和绿色的叶子，非常迷人。她还戴着一副硕大的太阳眼镜，半张脸都被遮住了，更增添了几分神秘感。她就像个电影明星，一个贵妇人，陌生人，任何人，只是不是我的妈妈。我想，所谓"她是我的妈妈"这件事，也许只是我自己脑子里幻想出来的东西，虚无缥缈，没有证据。

一阵大风吹动她的裙子，勾勒出了她如今有些突起的肚子。她从来没跟我说过她怀孕的事，但我听姨妈跟姨丈悄悄说过，说她急着去美国生下孩子。看着她圆圆的肚子，我意识到，里面的那个小婴儿将会剪断我们之间的联系——就算现在还没有，早晚也会的，彻彻底底地剪断。她为什么不跟我说这个婴儿的事？她不告诉我，这样就可以把我从她的新生活、她的新家庭里择出去，这样，我就会被留在她的过去。这个婴儿多么幸运啊，有妈妈陪伴着长大，还有一个父亲——"父亲"，这个词本身就是个谜。如果我是那个婴儿多好，哪怕就一小会儿呢。可我在这里，被姨妈牢牢地抓着。我永远都只是负担——妈妈的负担、姨妈的负担，最叫人难以忍受的一点在于，我甚至是我自己的负担。

第十章

　　妈妈离开一个月之后，一封薄薄的蓝色航空信到了，上面盖着外国的邮戳。她已经安全抵达了洛杉矶，而且又从那里出发，去了一个叫"西雅图"的地方，那是她和她的新丈夫将要一同生活的地方。他们这一路上走走停停，四处玩了玩。她说，这个国家真是太大了，像是永远都走不完似的。她几乎没遇到过亚洲面孔，可沿途遇到的所有苍白皮肤的陌生人待她都那么好，这一路上从来不乏惊喜降临。西雅图整天都在下雨，没日没夜、一周连着一周地下，没完没了，到处都弥漫着雾霾烟尘，叫她也跟着消沉起来，她的情绪就像刚生成的风暴一样飘忽不定，只有肚子里的宝宝能让她安下心来。宝宝老是踢她。

　　那单薄的信纸吸引了我们所有人的全副心神，我们捧着它读了一遍又一遍，仿佛里面藏着什么外国魔法一样。妈妈没有提到我，只说很快会再写信来。

　　之后又是三个月过去了，却始终没有信来。我很担心，问姨妈我们能不能给她写信。我说的是"我们"，这样能显得我不那么自以为是。照我的设想，妈妈大概需要三到四个月——最多六个月时间——来安顿好一切，然后就可以让人来接我了。可在内心深处某个未知的地方，我却不相信这一切会真的发生。

"再给她一些时间。她还没安顿好，还忙着照顾那个小丫头。"

"小丫头？那我们是收到信了吗？"我叫了起来。

"没有，只是我的直觉而已。"她说。

妈妈刚走的那些日子里，姨妈和姨丈常常在睡觉前谈起妈妈。"得了吧，她根本配不上那个美国臭大兵。"姨妈会说。"美国臭大兵"不是个好词。她还管他们叫"那些臭烘烘的美国野人"。她说他们动物肉吃得太多了，腋窝和毛孔里都散发着肉臭，就连没有毛孔的地方都是臭的。这也是她的老生常谈之一。

"不说别的，就一条，她配他也未免太老了。嚯，那男人也就只比康真大几岁而已！要是我们美惠……我们美惠配他倒是正好——年纪合适，人也比她漂亮得多，比她配得上得多。她要是个有计较的好小姨，就该把他介绍给美惠。那这会儿在美国的就是我们美惠了。"

据我所知，美惠和那个绿眼睛的男人从来没有见过面。

"阿吉怎么办？"姨丈问。

"谁知道呢？她能对她公婆说什么？'嘿，我来了，一个丑老太婆，一个黄种丑老太婆，这是我的私生女。'她比他大这么多，这就够糟糕的了……是，没错，她把钱全都给我了，她的东西通通留给我了，可这又能管得了多久？我都不知道要拿什么供美惠上大学。行了，等着看她怎么办吧。她女儿在我们这里，她终归是一定要寄钱来的。"

我不在乎他们如何诋毁，口气如何轻蔑，只要他们还会说起妈妈就好。那能让我知道，她是真实存在的，也让我能够再一次确认，我不是靠施舍过活的乞儿。妈妈和我之间的物理距离从来都那么遥远。就算是她在韩国的时候，甚至就算是我们一起度过那些快乐的星期六时，我也从来不知道，身为她的女儿，我究竟拥有什么样的权利。姨妈才是我生活的真实世界。就这样，我在半信半疑间度过了一天又一天。

转眼到了十一月初，妈妈离开已经五个月零两个星期了。这天出乎意料地暖和，像是夏天偷偷溜了回来一样。我放学回家，穿过姨妈的铺子进门。我们平时都这么走，好让她知道我们回来了。姨妈站在她的缝纫机旁，手里拿着一封蓝色的航空信——我绝对没有看错。姨妈有些近视，她的头几乎要埋进信里去了。

"妈妈来信了！"我发出一声欢呼，朝她跑过去。

姨妈用一个"你冷静点"的眼神把我钉在了原地。然后，她平静地折起信，塞进她的口袋里。

现在我该怎么办？我看向李姐姐，希望她能帮我说句话，可她只是埋着头裁她手上的料子。

我不能看吗？我等待着，期望她能改变心意。可那封信再也没有出现，就像从来没有出现过一样。姨妈从钩子上取下一柄曲尺，拿起她的画粉，在布料上画下一道肩线。

"看起来，你妈妈、她的丈夫和他们的小女儿正打算搬到弗吉尼亚去和他们家亲戚住在一起。她又怀孕了，这次她希望是个男孩。"她随口告诉我，好像说的是她自己那些单调乏味的家常一样，"不过，我这话先放在这里，她是生不出男孩来的。她阳气太盛了。我可以跟你打赌，连她那个丈夫都没她那么多。"

韩国人常常说"阳气"，这是一种内在的能量，一个人拥有的内在的力量。姨妈说，要是当妻子的阳气太盛，就容易生女儿。这对于当丈夫的来说也是一种耻辱，因为他不够有男子气，没法让妻子生出儿子来。

气氛很尴尬。我的眼力见儿告诉我，不要再多问了，可我忍不住。"她问起我了吗？"我说。

沉默。然后她说："问了。她问你乖不乖。"

就在这几个字之间，我能感觉到，她的情绪不对头了，我没敢继续追问我什么时候能去美国。我知道，只要再多说一个字，她就要发火了。她会大发雷霆："你从哪里学来的狗咬尾巴没完没了？"意思是，我从哪里学来的，竟然敢顶嘴了。

第十一章

那是 1968 年的夏天。

自从午饭过后，李姐姐就像只冻僵了的牛蛙一样，蹲在厨房黑黢黢的角落里再也没有动弹过。我挨着她坐着，手按在她肉乎乎的胳膊上，很无助——我什么忙也帮不上，只能陪着她一块儿伤心，要是她走了，我最后的一点温暖与安慰也就没有了。

院子里，脏衣服还泡在飘着肥皂泡的脏水里等着她洗，有的地方已经在炽烈的阳光下被晒得又干又硬了。还有一篮子菠菜和大葱，也蔫了。换作平常这个时间，脏衣服应该已经洗好，整整齐齐地晾在了墙边的晾衣绳上，李姐姐也应该在忙着洗菜准备晚餐了。她会一边干活，一边大声唱她喜欢的歌，折磨我们的耳朵，因为她的歌声多半都是跑调的。李姐姐爱她的生活，在姨妈家的生活，全心全意，无怨无尤。

"李啊，趁着还不算太迟，去找个人结婚吧。没有男人会娶个老处女的。"这是午饭时姨妈说的话。她就这么轻描淡写地抹掉了李姐姐八年来的所有付出，解雇了她，没有惋惜，没有关爱。她甚至等不到这顿午饭吃完。李姐姐手里捧着的饭碗跌到了她的腿上。

"妈妈,"她一直这么称呼姨妈,"别赶我走。我能去哪儿呢?这里就是我的家。我什么都没有,就只有您。求求您,我会更努力工作的。我可以少吃一点。请让我留下来吧。"她恳求道,红润的面颊瞬间变得好像白纸一样。

虽说动作慢,可李姐姐几乎包揽了这个家乃至姨妈铺子里的所有杂务,能做的她都做了,付出了她最宝贵的东西——她的体力,她不辞劳苦干活儿的努力——来换取留在这里的这一份安稳。她跪在地上,抽泣着哀求。

"我不是你的妈妈,李。去吧,为你自己的人生寻找些别的东西。你生来就不是当裁缝的料。你对时尚毫无感觉。你粗心大意,连线都画不直,就算是秀英,这才刚满十岁,针线活儿都比你做得好。铺子里的事,你根本帮不上忙,就只会在那儿晃来晃去罢了。"

我们都知道姨妈为什么要让她走,李姐姐自己也知道。自从两年前妈妈离开,钱就成了一直困扰着我们的大问题。妈妈走了,我们的稳定收入也就没有了。姨妈再也雇不起李姐姐了。她说的那些都是借口,不过是她死撑面子的掩饰罢了。

康真去年考进了国立汉城大学,那是韩国最有声望的大学。姨妈高兴极了,可这也意味着家里的负担更重了。今年,美惠又被梨花女子大学录取,也是韩国一流的大学。他们两都拿到了奖学金,可奖学金也只够支付学费。

无论多穷，学生是不会出去打工赚钱的。没什么道理，大家都这样。勤工俭学的观念直到许多年之后才出现，那已经是韩国人全盘接受美国人的生活方式以后的事情了。尽管如此，康真还是咽下自己的骄傲，找了份家庭教师的工作。这多少减轻了些姨妈在金钱方面的困扰。谢天谢地，仁淑和我的学费问题还要再过两三年才需要姨妈操心，上中学以后我们才会需要缴纳学费。

跟姨妈和妈妈一样，李姐姐也是从朝鲜逃出来的，当时她才十二岁。战争和逃亡夺去了她的父母和年幼的妹妹。李姐姐孤身一人，一路摸索着寻到韩国西南角上一个无名的小渔村，找到了一门远房亲戚。在那里，她不但要照顾被海上风浪磨砺出整副铁石心肠的叔叔、他的聋哑妻子和他们的四个年幼的孩子，还得帮忙打理他们那个只有两张桌子的海边小吃档口，未来无望，只有一条路可走，就是听凭叔叔帮她选一个渔民嫁掉——如果村子里还有适婚的男人的话。女人远远比男人多。战争吞噬了男人。

周末连着工作日，并没有什么区别。感恩节、新年，都没什么特别不同的，她的生日自然也是一样。月复一月，年复一年，日子就这么迟缓地过去。李姐姐的青春热血在渴望某些不一样的东西。她不知道那究竟是什么，总之是有别于海边生活的东西。她始终怀揣着这一点点微薄的希望，在夜里偷偷把它掏出来，擦拭分明，尝试分辨自己想要的究竟是什么。可她的脑子还很懵懂，只能让她知道，这份希望在向往着平壤，那个她出生的城市。后来，有一天，姨妈和姨丈点亮了她的小吃档。他们是去海边休息的，吹吹新鲜的海风，吃吃海鲜，蛤蜊、贻贝、牡蛎、海鞘什么的。姨妈最喜欢的是海参，她爱吃活海参，那些又粗又短的海洋生物被李姐姐按在案板上切成片的时候，滑溜溜的身体还在扭来扭去。蘸上辣酱的海参在姨妈嘴里被咬得"嘎吱、嘎吱"地响，每一口都有海洋的鲜美汁水迸出来。

李姐姐被姨妈通身耀眼的城市气派震住了，主动额外赠送了一些生鱼片，从此与姨妈牵绊在了一起。至于姨妈，顾念着同样来自平壤的乡情，心软了一瞬，把她带回家，一半算是家里的帮佣，一半算是裁缝铺子的学徒。从那以后，李姐姐满心里就只有一件事：希望有朝一日能学好了手艺，在姨妈的裁缝铺子里和她并肩工作。姨妈偶尔也会给她一点小钱，但她从来不用，从来没休过一天假。她将自己融入这个家庭，化作了其中的一分子，吃同样的食物，睡同一个房间，就连上教堂都一起去。

我又用胳膊肘轻轻地推了推李姐姐。我无法改变姨妈的决定，但还是想帮她打起精神来。"来，李姐姐。你得站起来了。你的腿要麻掉了。看看，看看外面。下雨了，可太阳也在。'这是狐狸结婚的日子。'你说过的。'这是好日子。'你以前告诉我的。很快就会有好事发生了！"她一动不动。

"来吧，李姐姐。我们出去走走。呼吸点儿新鲜空气。我找到了一个新的地方，你一定特别喜欢。也许，你可以在那里想清楚该怎么办。"

虽说李姐姐比我大得多，甚至比康真都大，可她身上依然有些孩子气，很容易开心，注意力很容易被分散。可今天我说了那么多，却依然没用。于是，我开始试着说些她平日里爱听的东西，一些关于我的故事，全都是编的，里面连一丝真的东西都没有。毕竟，我的情况其实跟她一样糟糕。

"李姐姐，等我去美国了，我就叫上你一起。你会有自己的房间，就跟我的挨在一起。我们会睡在软和的大床上，大得你在上面都会迷路。还有衣服，漂亮衣服，最时髦的那种，一整个房间的漂亮衣服。要是愿意的话，你可以上学，也可以找家裁缝铺子，在里面找份工作，然后再开一家自己的店铺。你会变得很有钱。他们说，在美国，你想做什么都行，想成为什么样的人都行。等到了冬天，你会穿上毛皮大衣，整件衣服都是毛皮的，才不像姨妈那样寒碜，只有领子上那么一小溜，那些大衣软和极了，像丝一样滑，你的手一放上去就会滑下来，就像摸在芝麻油上一样。到那时候，你会变成个大美人，不知道有多少男人要为你心碎。我们一起去歌剧院听玛利亚·卡拉斯。你知道玛利亚·卡拉斯吗？她是最最了不起的女高音歌唱家，全世界最厉害的。她就是为音乐和爱情而生的。只要听到她的歌声，人们就会忍不住又哭又叫，因为他们从来没感受过那样强烈的情感。她走到哪里，人们就把玫瑰花瓣撒到哪里，她的脚下堆满了玫瑰花。听完歌剧以后，我们可以去最时髦的中国餐馆吃饭，让他们给我们做炸酱面，全世界最最好吃的炸酱面……"

"你真是唠叨。"终于，李姐姐开口了，"你说的那个地方是哪里？我们去吧。"

我们穿过麻浦大道，朝仁淑和我平时玩的老卫理公会教堂的反方向走。那边有一座后来建成的长老会教堂，它正门口那扇结实的大铁门上了锁，李姐姐有些迟疑，但我领着她从旁边的小门进去，只顺着小山坡往上爬了一小段，就来到了一片修剪得整整齐齐的大草地。这是一块开阔的平地，从这里能看到长老会教堂的全貌。教堂矗立在另一块平地上，比我们站的地方还要高一些，威严壮丽，叫人惊叹。人们必须一步一步爬上那一眼看不到尽头的台阶才能走进教堂，就像攀登通往天堂的天梯一样。我们奋力往上爬。这意料之外的运动累得李姐姐大口大口地喘着气，衣服都汗湿了，稀薄的头发贴在头皮上。我们一口气爬到顶，来到了教堂的拱顶大门前。我推着她继续走，最后再加把劲儿，直接右转，绕过教堂。等到终于缓过气来，李姐姐抬起头来，立刻屏住了呼吸——眼前的景象，就像是整座汉城都躺在我们的脚下，我们像巨人一样，站在汉城的最高处。但事实上，这不过是个视野开阔些的地方，能看到的也只是我们麻浦区罢了。放眼眺望前方，还能看到远处的几座山峰：南山，是汉城的心脏；再远一些，隐约可见任王山绵延起伏的轮廓；继续望向更远处，北汉山渐渐隐入了天际。

李姐姐的面孔亮了起来，她的小眼睛瞪得大大的，整个人都突然兴奋了。她又一次长长地吐出一口气，仿佛卸下了什么重担似的。我把双手拢在嘴边，大喊一声。李姐姐也跟着我学，从她的肺里发出响雷般的呼喊。她喊啊，喊啊。李姐姐变回了她自己，或许还不只是她自己。我拉着她的手，她也用力回握住我的手。

"想来点儿真正的好东西吗？"我问。再没有什么比"吃"更能让李姐姐高兴的了，不管是想到吃，准备要吃，正在吃，还是吃完以后再想到还有东西可吃，她都高兴。

"看好了。"我说着，弯下腰去，抓住了眼前看到的第一只蚱蜢。只要留心去看，你就会发现它们到处都是，趴在草叶上的就伪装得好像草叶一样，待在光秃秃的泥地上的，就变成了泥土的模样，可你要是伸手一碰，它们就跳开了。

我为李姐姐示范抓蚱蜢：伸出拇指和食指，捏住它们的后背就行了。就算被它们跑掉，也很容易追到。它们跳不了多远，更是很少会飞。一旦抓住，最好是马上拽掉它们的一只翅膀和一条腿，两条也行，然后塞进口袋里，这样它们就绝对跑不掉了。

抓得差不多了之后，我捡起一块尖石头，在地上挖出一个小洞。然后找了些干草铺在洞底，把蚱蜢放在干草上，要确保它们跳不出来，然后再拿些干草盖在顶上。接下来，我掏出火柴，点燃干草，双手拢在火苗上挡住风，免得火被吹灭了。随身带点儿火柴总是有用的，毕竟用两块石头来打火实在是有些太费力了。等到火苗渐渐熄灭，我小心翼翼地把烤熟的蚱蜢扒拉出来，留意不要烫到手指。那些蚱蜢被烤出了油，全都油亮油亮的。

我捡起一只递给李姐姐，让她尝尝。她一开始也许还觉得有点恶心，但看我都吃了，便也跟着把蚱蜢放进了嘴里。立刻，她的眼珠子转了转，像是惊讶这东西竟会这样多汁又酥脆。烤蚱蜢吃起来就像是某种介于烤鸡肉和烤栗子之间的东西。我们开心极了，津津有味地大吃大嚼。可烟把教堂的管理员引了过来，他慢条斯理地朝着我们走来。我们把烤蚱蜢塞进衣服口袋里，拔腿就跑，好像两个强盗一样。

夜幕降临，小巷子里黑了下来。在转进我们那条小街之前，李姐姐停下脚步，一把抓住我的手，神情也突然变得严肃起来。"阿吉呀，"她还是叫我"阿吉"，这个叫法更温柔，包含了更多的爱，"我有事情要跟你说。我很抱歉瞒了你这么久，可要是说了，你姨妈会杀了我的。不过现在嘛，我不在乎了。这多少也算是一件我能为你做的事情吧。"她深吸一口气，转头看了看巷子两头，活像是准备拉着我一起干点儿什么坏事的样子。

　　"你妈妈一直都在寄信来。我在铺子里看到邮差来过很多次，每次送来的都是那种蓝色信封的信。我敢肯定都是你妈妈寄来的。所以，别那么伤心，我知道你每天晚上都埋在枕头里偷偷哭。你妈妈会让人来接你的，总有那么一天的。但待会儿回去以后，你可别露了馅。你总不想也被你姨妈一脚踢出门。要耐心等着，等到你有办法去找你妈妈为止。"我瘫坐在地上。

　　我还以为我已经被妈妈抛弃了。

　　第二天一早，我们起床时，李姐姐已经走了，只带走了她八年前到来时随身的那个小包袱。她没有等姨妈答应给她的新衣服。

第十二章

虽然还是早上，小阁楼里已经闷热得叫人喘不过气来了，上有烈日烤着屋顶，下有厨房蒸汽烘着地板。我趴在地板上，不然在这小阁楼里没法待得住。阁楼顶是斜的，你也可以坐在正中间房梁最高的地方，但那也得低着头才行。为了采光，小阁楼上开了个正对院子的小窗户，但一直都是钉死的，透不了风。没人会在这种夏天的时候上来，因为这地方是真的能热得死人；冬天也没人来，因为会冷死。再说了，这上面也没什么值钱的东西，不外乎一些暂时用不上的冬毯和旧衣服，还有"用不上了但也不舍得扔"的旧东西，比如妈妈的过期美国杂志，虽然已经翻旧了，但对我来说还是充满了鲜活的意味。不知有多少次，我一页一页地翻看它们，想象妈妈在美国的生活：她在漂亮的室内厨房做晚餐，厨房里有水槽和光亮的水龙头；在干干净净的长条形操作台上切蔬菜。她的丈夫坐在一看就很豪华的沙发上，读着书，时不时抬头看一眼妈妈，目光里满是爱慕。有时候，他在外面的草坪上，鲜绿鲜绿的草坪，修剪得平平整整，小宝宝在荡秋千，姐姐在跑来跑去，围着他们绕圈，"咯咯"地笑着，叫着。在那种白色的尖桩篱笆背后藏着多少幸福与欢乐啊。

可今天，我来小阁楼不是为了做关于妈妈的白日梦，是为了躲藏。

我还小的时候，康真和美惠经常对我恶作剧，把我锁在这个小阁楼上，然后发出土狼一样的"嘎嘎"的笑声，隔着门板嘘声说："鬼来啦……无头鬼来啦……浑身都是血，又饿、又生气的无头鬼……找你来啦……专找像你这样的小丑猢狲……"说完，他们就故意重重地踩着脚走开，让我知道，我一个人被扔下了。每当这种时候，各种各样的鬼故事就会自动从我的脑子里冒出来，到处乱窜，吓得我几乎晕过去。

自从李姐姐跟我说过妈妈的信之后，我就一门心思记挂着想把它们找出来，却始终没能付诸行动。学校放暑假了，所有人都在家。就连康真都回家待了一个礼拜。他大多数时候都住在一户有两个初中男孩的家庭里，辅导他们学习，好帮助他们顺利考上高中。只要考上好高中，就等于铺平了进入好大学的道路。他时不时回家一趟，都是待一会儿就走，看看姨妈，给她带点儿小东西，什么初夏的西瓜啦，冬天里热腾腾的烤栗子或者烤红薯啦，初秋的美国提子（这也是妈妈最喜欢的水果）啦，甚至还会努力挤出点儿钱来塞进她推拒的手里。姨丈前几天刚回北部去了，也就是说，这个把月他都不会在家。

可今天不同，我拥有整整一个上午加下午的独处时间。教堂礼拜过后，人人都会留在那里吃午餐，午餐过后，姨妈有个长老会议要开，仁淑要参加《圣经》学习，康真和美惠都要出门拜访朋友。

于是，等所有人都走了之后，我便下了楼。

我的第一站是姨妈的铺子。我检查过她所有的裁缝样子，摸过每一叠布料，钻进她的工作台下面搜寻，把她的针线包翻了个底朝天，也看过了缝纫机旁的每一个抽屉。没有。

接下来是康真原来的房间，房间很小，很快就能搜完靠墙堆着的几堆旧书。另一面墙边的抽屉柜里是美惠的东西。书桌上干干净净的，整齐地摆着美惠的书和笔记本。我还是一无所获。

以防万一，我还去厨房里看了看，果然什么也没找到。

最后一个地方，就是我们那间放着高立柜的大屋了。姨妈的衣服和东西占了半个柜子。我仔仔细细地搜了个遍，翻遍每一个抽屉，从第一个到最下面一个。没有。午餐时间早就过了，我又累又饿，筋疲力尽。最后，我躺下来回想整个搜索过程，想看看还有没有什么地方被漏掉了。我只稍微休息一小会儿，等一下要把姨妈收在抽屉里的几个手提包和几叠旧报纸再检查一遍。抱着这样的念头，我迷迷糊糊地睡了过去。

我做了个梦，梦里没有妈妈的信，却来了个不知什么东西，很讨厌，又湿又冷，感觉很不舒服，它黏糊糊地从我的脸上爬过，一直向下，朝着我的胸口去了。我的脑袋又热又沉。我想摇摇头，让自己醒过来，身体却没有响应。我睁不开眼睛，眼皮像是被缝了起来。那种黏腻的触感更清晰了，它钻进了我的胸口。我努力叫喊、踢打，却没有声音发出来，手脚也像是冻住了一样，根本挪不动。就在这时，一阵尖锐的刺痛从乳头上传来，惊醒了我，有什么捏住了它们，正在用力地拧。我想爬起来，可还有东西正用力地压在我的锁骨上——那是一只胳膊肘。一张脸悬浮在我的上方，可我看不见。一只胳膊伸展着，手掌贴在我的肚子上，一点点地往下摸。我努力想把自己拽起来。那胳膊却猛地撞向我的脸，狠狠地把我的头压在地板上。很疼，像被车撞了一样，我尖叫起来。下一秒，那个胳膊肘便捶进了我的嘴里。我用尽全力咬它，可另外的那只手已经钻进了我的裤子里。我交叠起双腿，用力绞紧，拼命扭动身体，想摆脱它。可一个胸膛冲着我的脸直直压了下来。我踢动双腿，挣扎着想要呼吸。就在这时，一切突然停止了。我就这么被放过了。脚步声匆匆跑远，门开了，又"砰"的一声合上。很快，我就知道原因了。因为美惠和姨妈的声音传了进来，她们在院子里。

"哎，康真啊，你在家做什么？没去找朋友玩吗？你这么急跑去哪里？今天晚上回来吗？"美惠追着他喊。

我爬进小阁楼的门里，拖着身子爬上那短短三级的台阶，摸索着把双手触碰到的一切东西都扔了下去，冬天的毯子、枕头、衣服……扔下去，堵住门，不让任何人进来。独自蜷缩在这里，没有东西能触碰到我，这感觉很好。我晃动身体，想要停止颤抖。我努力排空大脑，可早前发生的事情一直在我的脑海中慢放，一帧接着一帧，惊恐紧随着惊恐，恶心一阵跟着一阵地不断翻上来。后来，奇怪的事情发生了：我从身体里飘了出来，看到了下方的自己。这很奇怪，但感觉不坏，也不吓人，只是我不喜欢眼前看到的画面：我就像是一只虾，不再舒展，而是缩紧了身子，蜷成一团，在煎锅发出的"嗞嗞"声中静静地死去。我不想回到我的身体里。继续飘浮了一会儿之后，我穿过那扇依然锁着的小窗，飘了出去。一切都展现在我的眼前，我自己、小阁楼、院子、一重又一重的屋顶、一条又一条的街道。我没有重量，没有感觉，时间与我没有关系。

很快，暮色笼罩了一切，召唤神秘的黑夜带着它未知的危险赶来。该回家了。我的思绪在盘旋：我应该把发生的事情告诉姨妈吗？她会相信我，还是责骂我？为什么会发生这样的事情？美惠说我是个坏种，是我散发出了什么卑贱恶劣的、会让人变得暴力的气息吗？他为什么会做出这样的事情？那些事情，是真的发生过吗，还是说根本就是我幻想出来的？

只有一个念头渐渐清晰起来。我不能把这件事告诉姨妈，更绝对不能让仁淑知道。既然如此，从现在开始，我能做的就只有一件事，那就是要小心，非常小心。不需要有人知道发生过什么。我会藏起自己的踪迹，警惕康真，离他远远的。我必须保证一切照旧：这里有我的学校、我的朋友，有音乐、妈妈和她的信，还有她可能会来接我去美国的希望。

我回到小阁楼，沉回到我的身体里。

第十三章

　　姨妈从来不会随手乱放她的手提包。要是在铺子里，包就放在她的缝纫机旁边；要是在家里，就放在立柜的中间抽屉里。她有许多个手提包，但最近一直都在用这一个。它的尺寸引起了我的关注——很大，足够放得下她的《圣经》、赞美诗集和其他重要的东西，既然如此，为什么不可能再加上几封妈妈的信呢？就算早一些的都被她扔了，起码最近的一两封不见得也没有吧？此时此刻，这个手提包就在通往姨妈铺子的小门边，说明她要么是马上要去什么地方，要么是刚刚回来。

　　我小心翼翼地朝铺子里瞄了两眼，姨妈不在，铺子门关着，从里面上了锁。我迅速在屋子里兜了一圈，看她是不是在家里的什么地方。但看起来家里也没有人。我冲回主屋，迅速打开那个手提包。包里乱七八糟的，所有东西都混在一起。我飞快地翻了一遍她的《圣经》，还拎起来抖了抖。下一本是赞美诗集。我把她的手帕都拿了出来，一条干净的，一条脏的。然后是一个本子和她的钱包。

"我就知道！你就是个肮脏的小贼！"美惠突然冒出来，压低了声音喊着，从我手中一把夺过钱包和手提包，"我还真是一点儿都不吃惊呢。你这个寄生虫。还不止，还偷东西。你会为此付出代价的！"

这个场面的确很像是在偷钱。但我不能说我是在找妈妈的信，那才是忤逆姨妈的最大罪行，甚至是罪恶。

美惠坐下来，瓷器般小巧的脸上浮起了浓郁的粉红色。她努力假装镇静，摆出一切尽在掌握的架势，却依然忍不住绞拧手指和双脚。她说可以和我做个交易。要是我能满足她的条件，那她就当是把这一切都忘掉了，一个字也不会对姨妈说。

她的条件是，要么我把妈妈的耳环给她，要么挨十下她的藤条，再写一封道歉信。不是普通的道歉信，而是像受罚的小孩子一样，把"我道歉，我再也不偷东西了"这句话写一百遍。

我想，我宁愿被砍掉一只手，也不会交出妈妈的耳环。可第二种选择是严重的羞辱，让人难以忍受。

"你没听到我说话吗？到底怎么样？我可没有一整天的时间陪你耗在这里。"美惠拍着地板，试图把我的注意力拽过去。很快她就没了耐心，转身去把姨妈的藤条拿出来，高高地举过头顶，打算要着陆在我赤裸的双腿上。下一秒，我尖叫起来，长长的、疯狂的号叫，一直持续着停不下来。

暴烈的火苗在我身体里迅速燃烧起来，就要爆发。我很疼。我盯着美惠，却看不到她。一切都褪去了色彩，变得苍白，只除了我身体里那暴乱的疯狂。我只愿那疯狂把我燃尽。我不断地号叫，号叫。我的眼里燃起了火苗，我的下巴不受控制地扭曲着。美惠吓得一屁股跌坐在地上。我依然在尖叫，号叫。我感受到了可怕的力量。我在对着这个世界尖叫，对康真做过的事情尖叫，对美惠将要做的事情尖叫。然后，这尖叫掉转矛头，朝向了我自己：我对自己尖叫，因为我糟糕的出身，因为我没有家，没有人，没有我。我不知道自己为什么会出现在这个世界上。我不知道怎样摆脱这个丑陋的自己。直到再也叫不出来时，我便开始低低地咆哮，不停地走来走去。我不再是一个"人"了。美惠要是有一丁点错误的动作，我就会扑上去，攻击她，撕咬她，不是她死，就是我亡。无所谓了。什么都无所谓了。美惠害怕了，尖叫着逃了出去。

我跌倒在地板上。浓稠的、多汁的、鲜红的液体从我的鼻孔里滴落下来。看到这深红色的血滴在黄色的地板上溅开，感觉真是棒极了。这是一种满足，就好像所有那些肮脏的、腐坏的东西都从我的身体里被冲了出来。我走到院子里，把头伸到水龙头下，压下压水机的手柄。冷水兜头淋下来，让我猛地清醒过来，我继续按下手柄冲水。到最后直起身子时，我浑身都湿透了，胸膛也洗净了，心平气和。我不怕美惠了。如果说姨妈要惩罚我，那就罚吧，我准备好了。但她也必须回答我有关妈妈的信的问题，这两年来，是她一直在欺瞒我。

当天晚上，姨妈把我叫到她的铺子里。

"是的，你妈妈一直在寄信回来。并不多。而且你要知道，信是寄给我的。它们是写给我的，是我和我亲手养大的妹妹之间的通信！"接着，她软下口气，说，"秀英啊——我就跟你实话实说了吧。你妈妈来接你这件事，还得再等些时候。她有两个孩子，她的小丈夫又回去上学了。他们现在和他的父母住在一起。你以为她是一步登天，到了什么天堂？你以为美国就真是遍地黄金了？不是的，她连答应寄给我的钱都几乎拿不出来。在能够独立生活之前，她没有办法来接你。

"你是我的血亲。我答应过会照顾你，我会的，无论还要等多长时间。但你也必须相信我，不能再到处刺探，偷偷翻我的东西。我不会再说第二次。再有下一次，就不只是跟你谈谈话这么简单了。如果她准备好了，可以接你过去，到了那个时候，你一定会是第一个知道的人。她不给你写信，只是因为她感觉很糟糕。她知道你很好，因为我是这么告诉她的。不过，如果你想，我可以让你给她写信，但你得发誓，不能缠着她，不能催她。那只会让她过得更艰难。给她点儿时间。让她安心过她的生活。你还小，前面还有大好的人生在等着你。至于现在，你只要好好读书，相信我就行了。再大一些你就会更明白了。时间和耐心能解决一切问题。"

我从前门离开了姨妈的铺子，不想跟屋里的美惠打照面。霓虹灯和橱窗的灯光把街道照得很亮，抵御渐渐降临的夜。我走了很久。不知道姨妈的话里有多少是真的。但我还是想看到妈妈的信，哪怕只是看一眼她的笔迹也好。

姨妈遵守了她的承诺，允许我在她给妈妈的信上也写上几句话。不可以有绝望的哀求，不可以有期待向往。不然她会揍我的，理由是，做事没分寸。又过了些时候，姨妈说她收到了妈妈的信，信里只说，妈妈又怀孕了。

我做出高兴的样子，暗暗等待合适的时机，再去搜寻那些信件。每当感到害怕或烦恼时，我就摸一摸妈妈的耳环。它们就像安神念珠一样，能抚慰我的不安。

1971 年 1 月，我升上了初中。姨妈不知从哪里凑出了我的学费。

第十四章

由美用铅笔戳了戳我的肋骨，然后一指窗户。所有人的眼睛都亮了，每一颗脑袋都转向了窗外。"哇噢！"有人惊叹道。裴先生敲了敲手里的尺子，提醒我们回神，他是我们的数学老师，可他自己也被外面的景象吸引了——雪花从空中飘飘洒洒地落下来，每一片都足有棒棒糖大小。这是一场充满了诱惑的雪，让人按捺不住"我们去撒野吧"的冲动。大人们可能会担忧，因为它意味着或许又一个难熬的严冬即将到来；可对我们小孩子来说，大雪带来的就只有兴奋。细究起来，其中最大的理由大概在于，它意味着改变，意味着某种与平时不同的东西，一个可以让我们从禁锢、压抑中解脱出来的借口，毕竟，十三岁孩子的精力来得总比去得快，我们能消耗的地方有限。老话说，如果你的生意赶上初雪那天开张，就会繁荣兴隆；如果在这一天相亲，那就是命定的缘分；如果在这时候去买乐透彩票，就……诸如此类的迷信说法可以无限扩展。哪怕这些老太太嘴里的传说都只是幻想，我们还是很喜欢听。我的同学们都渴望地望着窗外，又齐刷刷地转头看向裴先生，他们的眼神都在祈求："求您了，老师，让我们出去吧，求您了，求求您了。"

"好吧。吃午饭！"裴先生让步了，比下课时间提前了整整十分钟。

同学们一窝蜂地冲出门去，寒气涌进来，迅速弥漫了教室。我看了一眼淑子，除了我，就只有她没出去了。准确地说，我的视线只是扫过了她，就当她和桌子、椅子一样，也不过是这教室里的一样物品罢了。她是被孤立的人。我穿过教室，走到屋子中间的炉子边去烤烤火，暖一暖身子。九十八个便当盒围着炉膛整整齐齐地摆了一圈，是在早上第一次课间休息时就放好了的。为了确保大家都吃到热的午餐，每节课间，同学们都会过来，依次调整锡饭盒的顺序，这样，每个人的午饭都能得到加热，不会有人的太烫，有人的太冷。饭盒里的饭菜都是熟的，有的更丰盛一些，连着里面的生泡菜也被加热，散发出叫人垂涎欲滴的热腾腾的香味，勾得大家都忍不住要流口水，考验着所有人的耐心。

九十八套便当盒，有的还是双层的。但这个数字是我猜的，因为全班一共一百个人。我没带午餐。另一个少掉的应该就是淑子的。我们俩平时都不带午餐。我们的情形差不多，在学校和在家里的日子都不好过。但她更糟一些。她不像我，还有一个妈妈可以当作念想，还可以梦想有一天会有人来接我离开。淑子必须照顾她生病的妈妈、她的小妹妹和弟弟。她要充当采买工人、清洁工、厨子，每次父亲喝醉了，她还是挨打受骂的那一个。可父母打孩子、老师打学生，那都是再正常不过的管教，所以除了是很好的闲话话题外，我们倒也并不太在意她身上那些青青紫紫的痕迹。无论在走廊还是教室里，你都很容易一眼看到淑子，虽说这是她最不愿意发生的事情。她总是贴着墙坐，缩成一团，极力不引起老师们的注意。她低着头走路，从来都站不直，体育老师对此总是很恼火，她的口头禅是："收腹挺胸站直了，等你们老了就绝对不会背痛。"一边说，还一边用尺子敲在我们的肚子、肩膀和背上，直到我们站得跟她的球棒一样笔直才肯罢休。可淑子刚好相反，走在过道上时，她一定会努力缩起身子，贴着墙壁，像是为占据了那一点点的空间而感到抱歉，或是需要倚靠着墙壁寻求一些支撑。她在班上连一个亲近的同学都没有。她身上的哀伤和被冷落感浓得都要滴下来了，没人愿意和这样的人做朋友，除了点名时，没人会注意到她什么时候逃了课。

我也逃课，但我不是被孤立的，至少，我不觉得是。我知道有些老师因为我在音乐和艺术方面的天赋而对我格外宽容。我有一小帮朋友，还有一个真正的朋友，就是由美。她和我从小学就是同学，现在又上了同一所中学。

为什么身体的一个部分暖和起来时，其他地方却会感觉更冷呢？我的手暖了，可我的双脚和后背却冷得好像贴在冰上一样。我站在炉子前，像烤鸡一样旋转身体，指望能让身体也暖和起来。可我的眼睛一直望着外面的同学。由美和同学们不停地转着圈，胳膊张得大大的，伸出舌头去品尝雪的味道，她们笑着，叫着，绕着圈儿地跑，疯得活像第一次看到雪的小狗一样。由美看到我了，她挥了挥手，冲向窗户，"嘭"的一声撞上去，脸贴着冰冷的玻璃，鼻子压在上面，两颗眼珠子一对，做了个鬼脸。她在叫我出去。我大笑着，也冲她挥了挥手。可我不能出去。不是因为冷，是因为我脱了线的鞋底、破了许多洞的外套和没有手套的双手，我的同学们是不会注意到这些的。我已经学会了如何有技巧地走路，抬脚时也尽量贴近地面，但不是拖着走，只是为了尽可能减轻那仿佛张着大口一样的鞋底拍在地面上的"啪嗒"声。由美退开去，捏了个雪球瞄准我，做出要穿过窗户投进来的样子，临出手时却飞快地一转，将雪球砸向了裴先生。他和其他几个老师一起站在楼梯口。雪球正中他的胸口。真是胆大包天！裴先生低头看了看自己的毛衣，又抬头看向由美。他抖掉衣服上的雪，下楼朝她走去。所有人都呆住了，满脸害怕。裴先生弯下腰去，团了一个大大的雪球，开始回击由美。

由美尖叫起来，那是疯狂而快乐的尖叫。所有的矜持都被一扫而空，一场疯狂的雪球大战开始了。那场面，就像是卷起了一场巨大的、不停盘旋的暴风雪。

由美有点儿迷恋裴先生，虽然他看起来比我们大得太多，已经三十岁了。其实也不止由美一个，所有学生都在不厌其烦地谈论他浅棕色的头发，与之相称的浅棕色眼睛，还有他鼻子和脸颊上的小雀斑。这些在韩国人里太少见了，充满了异国风情，因此也格外吸引人。当然，最令人印象深刻的是，他毕业于汉城大学。对于中规中矩的年轻韩国女学生来说，还有什么比一个曾经行走在汉城大学校园里的天才更有吸引力的呢？可在一次意外的发现之后，我们对他的热情多多少少冷却了些，看到的只是我们中的几个人，不过，到第二天早点名时，事情便已经传开了。

　　每天放学后打扫教室卫生，这是学生的责任。打扫完成后，还有人会继续留在教室里，聊聊天，继续学习。对于我们这几个上不起夜间补习班的学生来说，安静的空教室是学习和联络感情的最佳场所，大家在一起分享小说，甚至杂志，一直待到校园管理员赶我们走。杂志这种东西，说来是专为年轻人出版的，却绝对不能出现在学校里，理由只有一个：上面那些热门的连载故事所描述的都是禁忌之爱，是学生之间的爱情故事！要是被发现，就会招来严厉的惩罚。家长和老师都表现得好像我们这些学生都没有沉湎在这样的幻想里，好像我们生来就只是为了学习，只要醒着，每一分钟就都要用在学习上。他们从来不会错，而我们，绝大多数都会犯错。

　　有一天，也是在这样一个课后的校园时间里，我们听到有老师的怒吼斥骂声远远传来，跟着就是一连串打人的声音。我们冲出教室，循着声音找过去。声音是从一楼的教师大办公室里传出来的。办公室已经空了，只有裴先生和一个学生在。我们趴在大办公室外面，透过窗户偷偷往里看。裴先生在用他的长条尺打那个学生，一边打，一边不停地大声骂她。他狠狠地抽打她的双腿、肩膀和屁股。尺子断成两截，他就挥起巴掌用尽全力掴打她。一直打得她跌倒在地上，还不放弃，依然继续踢她，大吼着叫她站起来。她站起来。他便接着打，绕着圈，盯着她打。她没有哭出声，只是站在那里挨打。这场打骂持续了很久，很久。我们不知道究竟发生了什么。这个女学生是犯下了怎样罪大恶极的错呢?

老师常常体罚学生,但大多很随意,有时候只是用书扇一下脑袋,有时候也会更严重一些,但都是有节制的,都在管教惩戒的范围之内,会让我们知道自己要挨多少下鞭打,或是要在走廊上站多少分钟或多少小时。只要见到老师,我们一定会深深地鞠躬。他们拥有绝对的权力,可以采用任何他们觉得合适的方式管教我们。但大多数老师都会把注意力放在他们认为真正值得在意的学生身上。许多学生家长都会定期来学校给老师送礼物和午餐,里面常常夹带着一个装了钱的信封,这都是为了让他们的孩子能够在学校有更好的待遇,得到更好的教育。像是裴先生,就从来不会认真责罚淑子,因为她不值得他在意。

裴先生和那个学生之间的情形远远超出了正常惩罚的范畴,带上了一种别样的意味,某种黑暗的色彩,只是我们分辨不清。我们始终没能弄明白究竟是怎么回事,也不知道那个学生是哪个班的。就算有其他老师知道这场殴打,也不会让我们触碰到其中的真相。第二天,走进教室上课的裴先生依然是那位风趣幽默的老师,逗得我们哈哈大笑,但我们对他的喜爱终究还是消退了些。

这场风雪丝毫没有要停止的迹象,教室窗户很快变白了,从里面看就像牛奶瓶一样,同学们的身影也几乎看不见了。直到离上课只剩十五分钟时,同学们才磨磨蹭蹭地回到教室,一个个面颊鲜红,身上都湿了,大家拥到炉子边去拿各自的便当盒。一转眼，教室又回到平常的样子。便当盒当啷作响。金属筷子发出清脆的声响，家境好的同学都用银筷子，那是身份与地位的象征，是从古代流传下来的习惯，那个时候，我们的国王相信银餐具一旦遇到毒物就会变黑。有人在大声嚷嚷，有人嚷嚷回去，也有人压低了声音嘀咕嘟囔，有人大笑，有人说着悄悄话，有人把东西扔来扔去。我们这些中学女生还没被教养成端庄的年轻女士，还都是些野性未驯的吵闹生物。

由美打开她的便当盒。两个完美的金黄色圆形煎蛋耀眼地躺在米饭上面。另外几个格子里装着炒菠菜、洋葱胡萝卜鱼饼和放在加了糖的酱汤里煨出来的牛蒡根。另一个便当盒里俨然一片鲜红翠绿，是切片的泡黄瓜，摆得整整齐齐，像万花筒一样。

我知道由美会叫我一起吃她的午餐，这不是第一次了。这些年来，她见证了我生活的转变：从有妈妈在的快乐日子，到如今，来上学却没有午餐可带，上课却没有合适的文具。可无论情况如何变化，她始终拿我当朋友。

我纠结了一下，是留下来还是逃课。下一节是美术课。这原本是我最喜欢的一门课，只要内容是在美术教室里画石膏像、瓶花之类的静物铅笔画或蜡笔画。可一旦开始涉及更花哨一些的东西，美术课就变成了可怕的课程。比如刺绣，你得自己从美术品商店买材料，因为学校不提供这些东西。洪小姐是我们的美术老师，我很清楚她通常会做出什么样的惩罚：要么，让你在教室角落里罚站，因为你竟敢忘了带东西，这意味着对她这门课程的不尊重；要么，她就干脆无视你，一连好几个星期都晾着你，任由你坐在自己的位子上局促不安，而在这期间，你的同学们早已进展到了后面的内容。被孤立比被放任更糟糕。

我逃课了。提前离开学校，没有老师批假条，这很冒险，但在纷飞的大雪中，没有人发现我溜走了。

街上很安静。人们步履匆匆，缩着头，耸着肩。一个店老板探出头来，大概在盘算着不如干脆提前打烊。我忽略了咕咕乱叫的肚子，朝公共图书馆走去。从学校走到图书馆只要二十分钟。我饿了。如今这是常态，饥饿总是如影随形。家里有面条，可想到这个只会让我感觉更饿。姨妈会一次买一整盒面条，价钱便宜，又能填肚子。我有时会拿生面条当零嘴嚼着吃。可这些日子以来，天天都是面条，以至于吃的时候——甚至吃完以后——我常常忍不住要反胃，强压下去又会引起更强烈的胃疼。

李姐姐离开之后，姨妈很快就不再像以前那样整袋地买大米了，我们的邻居也都一样。如今，我们都是一小包一小包地买，一包米吃一个星期。米吃完了，我们就吃面条。偶尔，姨妈会让我去买一小包米，就只够一顿晚饭的量。她实在不好意思自己去。有一次，她说："你是小孩子，他们不会笑话你。"

可就是这小小的任务，也被我搞砸过。那是在季风季节里，我买好了米往家里走，瓢泼大雨毫无征兆地突然落了下来。我弯起一只胳膊护着装米的纸袋子，另一只手遮在上面。可下坡路太陡，我滑倒了。纸袋飞了出去，米粒四散，翻滚着洒落在泥泞的地面上，我们的晚餐就这样消失在了我的眼前。我吓坏了。赶紧翻身爬起来，跪在地上，追着去捡散落满地的米。

回到家里，预想中的惩罚并没有降临。姨妈只是看着那湿漉漉的破袋子叹了口气，那里面装着我努力搜寻回来的大米，脏兮兮的。我仔仔细细地淘洗大米，洗掉泥巴，择掉小石子儿。那天晚上，我们吃了顿缩减版的晚餐。

当天夜里，所有人都睡了以后，我把妈妈的耳环摸了出来。我熟悉它们的一切细节，将一切都牢牢地刻在了我的脑子里，就算以后再也无法将它们握在手里摩挲，也绝对不会忘记。我爬过去，小心地碰了碰姨妈的手。她转过头来看着我，用眼睛问：怎么了？我把耳环放进她的手里。她定定地注视着它们，又抬起双眼看着我。到最后，她也没有说话，只是慢慢地合起了她的手。现在，我永远地失去它们了。又过了会儿，一阵我从来没有听到过的动静传来：姨妈埋在她的枕头里哭了。

贫困仿佛成了激励仁淑发奋学习的动力。可我不同，学习让我畏惧瑟缩。我没有办法专心在学校的课业上。学习是没有情面可讲的。少做一次家庭作业，少上一节课，有过那么两三次之后，你就坠入了学业的黑洞。与此同时，你的同学们却在一刻不停地向前飞奔，早间补习、夜间补习，不断巩固学过的知识，赶超学校的教学进度，努力超前学习。渐渐地，我开始习惯躲进公共图书馆。在那里，没有人认识我，没有人知道我是多么贫穷，我可以沉浸在小说创造出的世界里，寻找一些我的朋友们连听也没听说过的书，为我在校园里学习成绩的不断下降寻找一些补偿。每当这个时候，我都会觉得自己又聪明，又老成。谁能说我不是这样的呢？图书馆里又没有考试。可在内心深处，我骗不了自己。我知道我不像仁淑那样聪明，至于康真，更是压根儿就无法与之相提并论。无论在学校还是在家里，只有优秀的学习成绩才算数，可我最多只能勉强攀上个平均水准。这份忧虑无时无刻不在啮咬着我的心。

陀思妥耶夫斯基、托尔斯泰、司汤达，甚至卡夫卡和加缪，这些名字都是美惠的大学同学来家里时随口聊到的。在我看来，这就意味着他们都是非常重要的作家。所以我去啃他们的作品，哪怕其实根本看不明白自己究竟是在读些什么东西。他们的文字艰深晦涩，对话很少，完全超出了我的大脑负荷能力。我常常从迷迷瞪瞪中骤然惊醒，发现自己的脸埋在翻开的书里，汗水和口水浸湿了书页。但我还是坚持读下去，最后竟真的找到了一种理解它们的方法。那就是，像看漫画一样去看它们。

不识字的时候我就会读漫画了，都是韩语的连环画故事。我说"读"，意思是"看"。我看的是那些卡通画，通过人物的表情、动作和场景的变换，解读出故事的内容，几乎不需要文字。

在这些伟大的著作里，我学会了过滤掉它们那些细碎、冗长的描述——植物、云朵、影子的形状和移动，它们有关宗教信仰、政治和哲学的探讨——只紧紧抓住故事线：每个人物都做了什么，相互说了什么；他们的言语如何影响其他人，如何发挥作用；这些行为最终导致的结果又是什么。到最后，梳理出我自己的解读，虽说那或许只是片面的真相，但它们依然将某些观念送进了我的脑子里。

韩国大作家李光秀的《爱情》就是这样一本书，厚重，堪称图书之中的猛兽。我想知道爱情是什么，它意味着什么，它对人们会产生什么样的影响。在《爱情》里，一位年轻女教师爱上了一名成功的医生，可医生有一个生病的妻子。为了接近医生，女教师成为他的护士，跟着他从一个地方到另一个地方，协助他治病救人，甚至帮忙照顾他的孩子和生病的妻子。在见证了教师和医生之间的深厚情意之后，心怀感激的医生妻子为他们送上了自己的临终赠礼：要求他们结婚。可他们最终也没有结合。相反，在余生里，他们围绕着彼此生活，眼看着对方做出错误的选择，经受痛苦。他们爱身边的每一个人，关怀他们，却始终不曾实践对彼此的爱。这一切都是因为，他们的爱是纯出于精神的，已经超越了相互迷恋的世俗之爱。

结局很让人失望。感觉一切都错了：一个女人和一个男人，却在努力对抗耶稣所赋予的、属于人类的爱。如果必须将我的爱平均分给身边的每一个人，那么，我自己也将不复存在——我永远不可能像爱妈妈那样爱由美，就算是李姐姐也不行。我肯定不爱康真或是美惠。我赞成自私的爱。尽管如此，男女之间超越爱情的感情依然吸引着我，那是一种融合了肉体、情感和精神的大爱，会激励着你变得更好，变得能配得上得到同样的爱。说真的，我其实并不知道所谓"肉体的爱"到底包含了什么，只在一些电影海报里窥见过一点儿，像是《乱世佳人》的海报，里面有亮灯的路灯杆、人行道边的墙和建筑物的正墙。

当我终于走到图书馆时，它却因为暴风雪而临时关门了。这突如其来的第一场雪也没能给家里带来好消息。我回去时，康真房间的障子门大敞着，成捆的书堆在屋外，顶上已经落了一层雪。屋子里，仁淑正在哭着打包东西。厨房门上倚着一个小包裹，装着我们的碗碟瓢盆和一个炒菜锅。姨妈在主屋里，把柜子里的东西一样样拿出来，分类打包。她铺子里的塑料模特、一台缝纫机、落地风扇和大多数布料卷都不见了。

下雪也好，不下雪也好，总之，我们被扫地出门了。

"妈妈以后要怎么找我呢？"这是我唯一的念头。

第十五章

清晨刺骨的风吹皱了我的脸。脚下的泥巴地被冻得梆硬，格外滑溜。我们被赶出来以后，还是继续待在了麻浦区，只是住得偏僻了些，在汉城西边更靠近汉江的城市边缘找了一个小屋安身。小屋就在麻浦火车站背后，这条山坡上的细长街道很难负荷繁忙的交通。它太旧、太老了，经不起大大小小的车日复一日地碾压。我们小屋的左右和对面都是店铺，从卖小摆设的、卖煤的、卖五金的，到补鞋的……五花八门，什么都有。甚至还有一家妓院，就在我们隔壁。我不知道这个妓院有没有让虔诚信教的姨妈烦心，至少，她从来没有表现出来过。不管它在夜里多么吵闹，家里也从来没人谈起它的存在。

凭借着姨妈的巧妙心思，我们的单间小屋被隔出了三个区域。她的铺子如今改名叫"改衣店"，在最右边，地方很局促，差不多只有她原来铺子的三分之一大小，但依然有一个橱窗、一个工作台和一面窄长的镜子。她的缝纫机和半身式的塑料人体模型都紧贴着窗户摆放，让人一看就能知道这铺子是干什么的。她在店里挂满了布匹，倒不全是为了展示，更重要的是遮挡粗糙的半成品墙面，也隔开旁边我们的生活起居空间。中间的区域是最小的，要是我们四个女人一起站进去，就得前胸紧贴着后背才行。可我们还是设法把所有必不可少的厨房用具都放了进去：一个高水缸；一个小橱柜，用来放碗和锅；我们在地上挖了个坑，储存烧饭和左边屋子取暖要用的煤块；还有一个尿桶，无论什么时候，你都绝对不会忽略它的存在。中间这个区域是我们的厨房、浴室、茅厕和出入通道。它三面都是门，右边的布帘子门背后是姨妈的铺子，正面的塑料拉门正对街道，左边的障子移门通向我们的主屋。左边的房间就是我们的主屋了，里面有个小窗户，开在朝向街道的一侧。窗户的大小足够让人把头伸出去，但你不会这么做的，因为很可能撞上过路的人。我们费尽九牛二虎之力才把那个大立柜塞进了主屋，然后把我们所有的东西都放进柜子里：毯子、枕头、衣服、姨丈的药箱……一切东西。这样才能在白天腾出地方来吃饭、学习。

每天早晨，我都会轻车熟路地把尿桶拿出来，将前一晚的排泄物倒进我们小屋门前的街边污水沟里，水沟满得要溢出来似的，每当有卡车或公共汽车轰隆隆地从门外开过，那污浊幽暗的表面就仿佛暴风雨中的池塘水面一样荡起波纹，污水飞溅出来，落在泥地上，闪着浅黄色的光，一面向空中散发着人类排泄物的刺鼻味道，一面深深地渗入湿漉漉的地面泥土里。尿桶就放在小屋进门的角落里，每天夜里，我们四个人都在那里解手。晚上是绝对不可能去外面上茅厕的。没有人愿意走到冰冷刺骨的街上去，那还得走过姨妈的铺子和另外三间店铺，然后转过街角，穿过房东的院子——谢天谢地，他从来不关院子门。进了房东的院子以后，你要绕过压水机，走进一条窄窄的死巷子里。茅厕就在死巷的尽头，一边贴着街道，一边竖着鸡笼，茅厕里没有灯。走进茅厕之后，隔在你和大街上过往行人之间的，就只有一片薄薄的、歪歪扭扭的木条隔板了。如果有人好奇，只要凑近一点，就能轻松地看到你在做些什么。

倒尿桶时，一辆公共汽车擦着我的面前开过去，离我只有几英寸远。每次遇到这种状况，我总会被吓得忍不住往后跳开，怎么也习惯不了。我总觉得，早晚有一天，会有某辆公共汽车侧翻过来，把我和我们的小屋一起压扁。进屋之前，我也总会再扫一眼我们的小屋，惊讶它居然还能屹立不倒。它就那么歪歪斜斜地勉强站立在陡峭的山坡上，抵御着地心引力，承受着来往车辆"轰隆、轰隆"的震动，这震动能一直震到我的骨头里。

姨丈回来时，我们五个人就睡得很挤了，得一个贴着一个，躺得笔直，活像一排整整齐齐的尸体。康真很少回来过夜，可要是偶尔回来了，我就要睡到所有人的脚下去，横抵在房门前，因为我是个子最小的一个。每次这么睡的时候，我总难免被某个睡觉不那么老实的人踹上两脚。自从妈妈离开，我好像就忘了要长高。我也曾经是班上最高的孩子之一，可如今，我发现自己无论什么时候都只能站在第一排。失去独处空间也有一个好处：我安全了，不必害怕康真了。

还有几天就是 1972 年的新年了。对我来说，这是件值得高兴的事情，因为姨妈答应给我一件新外套——从她的旧外套里挑一件给我。我终于可以摆脱身上这件穿了很久的衣服了，它之前是仁淑的，最开始是美惠的。姨妈的座右铭是：好衣服能让你如虎添翼，为你叩开一道道大门。因此，她对衣服非常爱惜，穿得也很精心。

所有学生都必须穿校服，这条规定体现出的是政府为抹平贫富阶层之间的外表差异所做出的努力。可惜并不奏效。我们都知道谁是谁。没有什么能逃过我们这些十四岁女孩的眼睛。裁剪良好的外套，长得能在脖子上绕好几圈的厚厚的大围巾，每天都雪白干净的衣领和手帕，没有刮痕的书包，装着豪华午餐的多层便当盒——这些全都是财富的标记。通过观察细节，我们将彼此分门别类。

"你要的外套——啊，是的。就是毛领子那件，在下面倒数第二个抽屉里。"姨妈说，"拿出来给我，得改一下才行。"她说的是一件柔软厚实的黑色羊毛料子外套。在学校，只能穿海军蓝色或者黑色的外套。姨妈会拆掉毛领子，再把衣服改成我的尺寸。她的大部分衣服都收在立柜下面倒数第二个抽屉里，虽然在多年的穿着和磨损之后已经旧了，但都叠得整整齐齐的，好好收着。可是，当那个抽屉被拉开时，里面窜出来的味道几乎把我呛得背过气去。事实上，这些天来我一直闻得到这样的味道，和我早已习惯了的那种臭味不太一样。我只是一直找不出它到底是从哪里来的。我跟其他人说起过，但她们都闻不到。姨妈说我的鼻子又出现幻觉了。

我拿开最上面一层的衣服，味道更浓了。一种让人禁不住要屏住呼吸的恶臭冲鼻而来。在那里，就在抽屉的最底下，五六只刚出生的小老鼠崽子正湿漉漉地卧在姨妈的旧衣服上吸它们妈妈的乳头，它们小小的身体光秃秃的，躺在那里，活像没煮过的手指香肠——这些灰白的、浅粉的小怪物！咬碎的毛、发亮的黑色粪便、母鼠分娩时流出的黏液和发乌的血痕散布在它们周围，全都粘在姨妈那件外套的毛领子和内衬上。

　　最叫人毛骨悚然的是，母鼠身边还散落着一些细小的白色骨头，证明它吃掉了它自己的孩子。那母鼠的眼睛在亮着的灯泡下发着光，冷冷地盯着我，没有感情，没有一丝波动。

　　它看上去完全没有害怕的样子，稳稳地一动不动——这是它舒适的家，而我，是入侵者。我跌坐在地上。

　　所有人都冲了进来。

　　姨妈对姨丈说："亲爱的，把它们弄出去。"

　　"洗干净了改一改，照样跟新的一样好。"姨妈对我说。

　　可我知道，我不会穿这件衣服的。我又穿回了仁淑的旧外套。

第十六章

转眼到了 1972 年的三月。

这个三月的清晨似乎比二月里的随便哪个早晨都要更冷一点，也许是因为我的心里已经在渴望着近在眼前的春天了。二月向来都是我最爱的月份，它是冬天里最严酷的时节，那些最黑暗、最寒冷的日子都出现在这个时候，可即便如此，依然有生命的迹象在这样的日子里静静萌发，努力向上生长，追逐太阳和新鲜的空气——老的终究压制不了年轻的，冬天总要败给春天。

三月的太阳升起得很慢，这个时间，天还黑着，空气冰冷。每天早晨，我要往房东的院子里跑两趟，打回水来把我们的水缸装满，好方便姨妈煮饭，大家洗漱。地方太小了，我们都是轮流洗漱。压水机冰冷的手柄灼痛了我的手掌，随时准备着要带走我的某块皮肤。

站在昏黑的街上，我能看到仁淑在姨妈的铺子里，刚刚结束了通宵的学习，一星昏暗的光亮悬在她的头顶和练习册上方。她就像一只一心一意的信鸽，生来只为了一件事：进入汉城大学。

要是她能够成功，我们家就会有两个汉城大学的大学生了。对于任何家庭来说，这都是了不起的成就。足够让姨妈昂首挺胸，像冲天而起的火箭一样，她当之无愧，拥有夸耀的权利，能够弥补她所经受的这一切苦难与贫穷。可在那之前，仁淑首先得通过高中入学考试，然后再熬过三年艰苦的高中。

整晚整晚地在灯下学习，仁淑的眼睛近视了，这给她的学习带来了不便。姨妈不知想了什么办法，为她配了一副眼镜，以我们家的情况而言，这绝对是昂贵的奢侈品了。眼镜往往和"书呆子"联系在一起，放在年轻姑娘身上，算得上是个大缺点了。可仁淑骄傲地戴着。我也喜欢她戴眼镜的样子，显得她很聪明，还顺便掩饰了她容貌上的许多缺陷。仁淑才十五岁，前额和面颊上就已经冒出了一颗颗的粉刺，都是红红白白的斑点。每一颗都俨然一副随时可能爆开来的架势，一旦真的破了口，就会连带着带走一小块皮肉，在她脸上留下永远的疤痕。同样挺直的鼻梁，在康真和美惠的脸上是那样完美，长在仁淑的脸上却稍嫌太长、太宽了些。可她不在乎。

追求学业有成的并不只有仁淑和姨妈，每一位家长和每一个学生都深陷其中，耗尽了所有精力。放学时很常见的一幕景象是：妈妈们和住家女佣们一起挤在校门口，只为等着把热饭热菜递到孩子手上，方便他们在路上就赶着把晚饭解决掉。放学以后，学生们大都直接去接受私人辅导或参加夜间补习班，直到宵禁时间才结束，却也不过是为了第二天一早六点就赶着先去上个早间补习班，然后赶到学校上课，赶夜间补习，把这一切从头再来一遍。仁淑参加了夜间补习，只是姨妈不会带着晚餐等在校门口。那太奢侈了，她做不到。

我没上夜间补习班，姨妈很勉强才能供得起仁淑一个人的学费。姨妈从来不会从背后走过来看看我是不是在学习，不会问我要成绩单看，也不会因为我回家晚了或者周末整天不在家而责骂我。我可以自由地做任何我想做的事情，去任何我想去的地方。我的朋友们晚上都要补习，所以我把放学以后的大部分时间都消磨在了图书馆，要不就去各个教堂听音乐。可一年一年过去，这种自由变成了焦虑。我感觉自己在学校和家里都成了局外人，被抛下，被推到了边缘。在内心深处，我很害怕进不了一所体面的高中——除了音乐和美术，我几乎门门功课都不及格，可这两门课对考上好学校毫无用处。我听说过一种特别的学校，专门为有音乐天赋的孩子开设的。想象一下吧，每一天，所有的时间都用来学习音乐和唱歌……那样的地方根本就不该被称为"学校"。可我身边没人听说过这样的学校，没人知道它在什么地方，你要怎样才能被录取，学费怎么样。想要打听这种学校的具体情况，不是打个电话就能解决的，没那么简单。我也根本没进过电话亭，只是看着它们就那么突然地在我们这一区里冒了出来。至于姨妈，要是我跟她说起这样的学校，她一定会盯着我，好像我突然得了失心疯一样。每当对于前途的焦虑与恐慌累积到再也无法忍受时，我就去想妈妈，想象自己可以在美国读书。这能安抚我。

教室里静得叫人心慌，只有纸页上响起的"沙沙"声透着兴奋，是唯一的声响。似乎有人已经知道，有什么不寻常的事情发生了，或是就要发生。高小姐进来点名时，全班都安安静静的，那让我们兴奋的源头就跟在她身后：一个新来的转学生。可她和一般的新生不同，虽说模样跟我们很像，却绝不是我们中的一员。她柔和、圆润的脸庞仿佛小天使一样，被一头丰盈的秀发修饰得很好看，和我们一样，她剪的也是齐耳短发，却似乎更蓬松些，不那么整齐，却不觉得乱。她的双眼也不像我们的那样充满了警惕，一副随时准备着上战场争个你死我活的样子。她的校服是宽松的，不合身，却说不出究竟有哪里不对。都用不着听她说话，我们就知道，她是个外国人。

和妈妈一样，许多人在战争结束后离开了韩国，到遥远的异国他乡去追寻更好的生活。美国是人们最梦寐以求的地方。出去了的人很少回来，全家一起回到韩国的就更少了。这个学生为什么会回来呢？高小姐解答了我们的疑惑：她的父亲是一名韩国外交官，派驻美国好些年，现在被召回了。

等到高小姐让她跟全班打个招呼并自我介绍时，我们都被迷住了：她说的是韩语，但语调迟疑，似乎不是太确定。她的名字是"惠瑞"。她柔软的美国腔说起来就像嘴里包着棉花糖一样，让她有了一种天真、脆弱的气质。她像个孩子一样看着我们，毫不设防，含着没来由的信赖，让你忍不住想跑过去，拍拍她的肩膀，说：好了，好了。这种与众不同的气质让她显得格外迷人，就像雏菊地里长出了耀眼的向日葵，叫人一见就禁不住喜欢。所有人都目瞪口呆，心醉神迷。我们全都对她一见钟情了。

后来，高小姐在英语课上让惠瑞读一段课文。她的朗读在我们听来就像音乐一样，有韵律，流畅，迷人。这是多么大的对比啊。我们千辛万苦也发不好"th"和"v"的音，"l"和"r"也总是弄混，我们的舌头没办法区分它们。我们读起英文课文来总是磕磕绊绊，不那么流利。

听她朗读，让我想起了那个绿眼睛的男人，想起他舒展随意的身体语言，毫不掩饰的凝视目光，他尝试说韩语时也是这么带着点儿含糊，跟惠瑞一样迷人极了。可这些记忆让我痛苦，我不愿意想起它们，不愿意回忆妈妈，这么多年过去了，她的面容已经一点点模糊，几乎变成了传说里的人物，变成了我只有在黑夜里才可以抓得住的东西。越是不把她当作真实的，我的日子就越好过——唯一的例外，只在我对未来感到恐惧的时候。

我想漠视这新来的转学生，却忍不住定定地看着她，挪不开眼。

今天是充满了惊奇的一天。高小姐提前结束了我们的英语课，说还有一件事情要宣布。她首先表扬了我们的班长杜顺，说她热情积极，跟着又表扬全班同学团结友爱，关爱我们的同学，在有人需要帮助的时候乐于伸出援手。

杜顺走到教室前面，手里拿着一个厚厚的信封。她感谢所有人在这件事里贡献的力量，说她很骄傲能将这笔应急资金交给我们班上最值得大家关心、关怀的同学。

淑子坐在离我不远的地方，和平常一样垂着头，心不在焉地用手指绕着头发，像是根本没在听一样，可她一定在听——这笔钱多有用啊，可以给她妈妈治病，给他们一家买些吃的，还能让她有午餐吃。

杜顺的发言结束了。教室里一片沉默。淑子没有站起来。事实上，杜顺报出的也不是她的名字。由美用胳膊肘推了推我。所有人都在微笑地看着我。他们是为了我募捐的。我垂下眼睛，不知道该怎么办。我感觉浑身都在发烫。难怪我不知道募捐的事情，难怪没有人来找我捐款。

由美又推了推我，这一次是在提醒我，应该走到前面去，接受这笔钱。我站起来，却迈不动步子，我的脚软得像是马上要融化的蜡。我用力攀着课桌边缘。杜顺又在说话了，说我是个出色的歌唱者和绘画者。说这笔钱是为了帮助我通过考试。然后，她用带着几分玩笑的声音说，大家还都指望我像去年那样，为班级在全市合唱大赛和学校的绘画比赛里再赢回来两块奖牌呢。她的演说像是永远不会有尽头一样，不料却结束得那么快。我局促不安，羞耻得完全没有办法挺直身子。教室里安静极了，所有人都在等待我走上前去，接过那个信封，也许还希望我能发表一番表达感谢的感言。我没有动。我做不到。我得靠着桌子才能站得住。我嗫嚅着，用尽全力来控制身体的颤抖："一定是弄错了。我不需要经济援助。我很好。请把它给需要的人吧。"我坐了回去。四下里响起窃窃私语的声音。我的座位上像是长出了钉子。每一秒都让我觉得越发烧得厉害。我恨不得就地蒸发。

高小姐静静地开了口："是的，一定是有什么地方弄错了。"说完，她让杜顺把信封收起来，回头再看看该拿它怎么办。

午餐铃响了。由美用胳膊肘顶一顶我："一起吃饭吧！"教室里一片"嗡嗡"作响，学生们纷纷打开便当盒，有人站起来伸个懒腰，舒展一下胳膊腿儿。可我走了出去。我跑过一整条街，想要甩掉那将我紧紧攥住不放的羞耻。我不想要她们那样看着我，那样怜怜悯地笑着，心里还想着：可怜的，可怜的秀英。我不要可怜。羞耻感再度升起，吞噬着我。我跑得更快了。这么多个日子，为什么偏偏是今天？这下，那个新来的转学生永远都会记得我了。

我不知道我的贫穷表现得这么明显。我不知道我看起来竟然比淑子更可怜。憎恨涌上心头。我恨我自己竟然会感到纠结。一部分的我竟然在为没有接受捐款感到遗憾，因为这些钱真的很有用。我可以用它缴纳去年十二月就该交的学费。我还能回去接受捐款吗？我可以跟淑子分，那样我的感觉会好一点，不会那么羞耻。我用力甩开了这个念头。淑子只是借口罢了。我跺了跺脚。我的骄傲跑到哪里去了？

我漫无目的地在街上徘徊，脑子里一遍又一遍地回放教室里的那一幕，无法摆脱那份不适，甚至怒火。我对自己发誓，无论如何，今天回家就去向姨妈讨要我的学费。我可以哀求，可以哭，如果一定需要付出代价的话，挨打挨罚都行。突然，一个念头钻了出来：我从来没听到仁淑或美惠抱怨过拖欠了学费，也从来没见过仁淑缠着姨妈要求买书或学习用品。

回到家时，桌上摆着一顿很不寻常的丰盛晚餐：菠菜蛤蜊汤、烤鲭鱼，还有整碗的白米饭。我们很久没有吃得这么好了。

晚饭后，姨妈想出去散散步。这是我们搬到这里来之后的第一次餐后散步。这算是个好兆头吗？至少，是个适合提出学费问题的好场景。

姨妈愉快地走在路上，呼吸着新鲜的空气，一派轻松模样。仁淑和我跟在后面。我们顺着火车站往陡峭的山坡上走。广场窄窄长长地延伸出去，人们飞奔着去赶他们的末班列车。广场周围的小摊贩正忙着收摊，结束这一天的营业。

姨妈在一个做红糖包子的摊子跟前停下来，给我们两一人买了一个。寒夜里美妙的待遇。然后，我们转身往家走。我迟迟没有提起学费的事情，唯恐破坏了这个完美的傍晚。我已经想好了，不把同学为我募集贫困捐助金的事情告诉姨妈。那会让她感到羞辱，就像我那样。也许更糟，她也许会生气，会说我是个笨蛋，竟然不要那笔钱。

最后，我终于还是小心翼翼地说出了口："姨妈，我的学费……我们能不能先付一部分，也好对学校有一点交代？高小姐说，我要是再不赶紧把学费交了，你就得去学校当面做出解释了，要不然她就要来家访。"

姨妈继续往前走，像没听到一样。然而，安静地走了几步之后，她说："明天就把学费给你。"她神色平静，叫人难以捉摸。我便也保持了平静，尽管心里的疑问仿佛气泡一样噗噗地不停往上冒。我真的听到了这句话吗？是什么让她改变了主意？

接下来那段回家的路程是迷人的。寒冷的空气冷却了我们发烫的手指，它们黏黏的，因为沾上了包子里溢出的糖汁。摆脱了沮丧的姨妈拉起我和仁淑的手，我们手牵着手，一起走。她干瘦的手握起来感觉很好，甚至有几分熟悉感，尽管我记不起什么时候曾经牵过她的手。午夜的宵禁警报还有差不多一个小时才会响起，可公共汽车和出租车已经载着它们最后的乘客匆匆开走了。城市已经在我们的脚下睡着了，天空一片黑暗，让人不由得生出错觉，像是行走在繁星闪烁的诸天之间一般。我的心胀鼓鼓的，一种无法言喻的幸福感淹没了我。仁淑一定也有同样的感觉。她突然冲到前面，尽力张开胳膊，转着圈，身形轻巧流畅，像优雅飞翔的蜻蜓。我紧紧握住了姨妈的手。我想象着一个和善、仁慈的姨妈，一个亲爱的姨妈。我假装自己是她的孩子。这一晚，我感觉自己是属于她的，我想属于她，急切地渴望着。我希望她能像爱仁淑一样爱我，那样，我就能像仁淑一样那么有安全感。那晚，我没有哭着睡着，而是蜷起身子，依偎着她，有了这样的力量，我还可以坚持下去，努力学习，好好展望未来的人生。

这一晚，一切都很好。

第十七章

我像个跟踪狂一样，透过宗小姐房间的方形小窗户偷偷往里看。说是看，也是听。她枯瘦的身体弓着，像一只鹳。她正在弹一段舒伯特的《即兴曲》，流畅、欢快，仿佛恋人之间的喁喁低语。我知道这段音乐，只是拼不出也念不准它的名字。我以前听过宗小姐弹琴，也在她的唱片里听到过一位俄国钢琴家演奏的舒伯特，她说那是顶级的钢琴家。我着迷地看着她。无论手指舞动得多快，她的身体都伫立不动，因为她是个内敛的人，无论言语还是举动，从来不会有夸张的表现。

宗小姐是在学期中段的一天突然出现的，作为客座音乐老师，接手了我们的合唱团。我们听说她是我们的校友，是一位天主教的修女。她在学校里并不穿修女服，而是白衬衫配黑裙子，外面套一件黑色长袖毛衣，相当标准的鹰钩鼻上架着一副厚厚的圆眼镜。她没有带班，老师的大办公室里也没有她的桌子。她有一个单独的房间，在礼堂背后，避开了学校最主要的区域。她行事说话跟我们那些令人望而生畏的老师都不一样，也不跟他们多往来，更从来不会用她的戒尺教训我们。在所有学生眼里，她都是个谜：总是独来独往，不依附于任何人，不受任何人的恩惠。只要是教过的学生，她全都认识。就算熟络之后，她也从来不问任何有关个人或学习情况的问题，可我怀疑她早就知道了我的困窘。我的穷是不言自明的。而她是我见过的最冷静的人。

刚开始练习合唱时，她就让我出列，单独试唱了一段正在排练的曲目。听完后，她什么也没说，只是继续带着我们排练。没过多久，她叫我放学以后到她的办公室去，又让我唱了一遍。之后便把独唱的部分分配给了我，还说，如果愿意的话，我可以去找她，她会指导我提升演唱水平。所以，只要有一点时间，无论午餐时间还是放学以后，我都会去打扰她。她并不介意，甚至可以说，她总是很欢迎我。但有时我也不会让她知道我就在门口，特别是在她弹钢琴的时候。就像当初妈妈悄悄来看我上钢琴课那样，我只是隔着窗户看她，静静地听，不去打扰她，不让她分心。

在她的指导下，我找到了上学的目标和理由。宗小姐的房间里有几件弦乐器、管乐器和一架立式钢琴，除此之外，桌子上还放着一台唱片机。在这台机器里，我听到了以前从来没听过的音乐，比如，格里高利圣咏。我们朝鲜人的传统声乐叫"盘索里"，只有一个人唱，歌唱者要像演戏一样扮演故事里的所有角色，乃至于所有音效——雨声、笑声、怒号的风声。盘索里丰富多彩，充满了戏剧性。格里高利圣咏却完全相反，它神秘、抚慰人心，是和谐一律的男声合唱在迷雾中飘扬；它柔和顺畅，高低起伏，不带一丝世俗的欲望，将听者也带入到另一个世界之中。她带领我认识了巴赫、维瓦尔第、贝多芬……许多许多的音乐家，耐心地为我讲解他们的音乐，讲述他们的人生。有一次，她放了一张亨德尔的《赞颂吾主》。它那么美，让我的心也跟着飞翔起来，当两位女高音歌唱时，一切都消失了，只有她们的声音在交缠着，盘旋着，越飞越高。我几乎无法呼吸，飘飘荡荡地悬浮在她们的歌声中。上帝一定就在她们的声音里。

宗小姐对市里举办的合唱比赛很有兴趣。她希望我们能赢。为了参加比赛，我们要准备三段演唱。她选择在最后一段的开头让我独唱，于是，我们不那么正式——甚至于有点儿偷偷摸摸的声乐课就这么开始了，有时连星期六也会利用起来。除了音阶，她也教我唱意大利的艺术歌曲，她说这是因为它们的旋律线很干净，有助于打好美声发声的基础。她告诉我，要把整首歌想象成一道单一的思绪，一次简单的呼吸，让连奏处流畅，哪怕是快板的段落，哪怕是钢琴弹奏的前奏与间奏，由始至终，都要一气呵成。她开拓了我音域的上限，只是通过快速音阶练习，就让我冲破了高音C的界限。练习时，她让我往后站，远离钢琴键盘，免得我太关注自己究竟唱到了多高，可我心里都清楚，因为每一个琴键的音都已经记在了我的脑子里。

一如她所料，我们的合唱通过了地区选拔。接着，我们又打进了四强。到决赛时，所有人的紧张和兴奋都达到了顶点。

我们和来自全汉城的老师、家长和学生们一起，鱼贯走进人头涌动的音乐厅。我们排成了紧凑的三排队形。宗小姐让我站在第一排的女高音区域，就在她的左边一点点。

她缓缓抬起双臂，用目光聚拢我们的注意力，张开手掌，那样轻柔，仿佛在放飞一只雏鸟。只这一个动作，我们就化为了一个整体，我们的四部和声就像一个人唱出来的。莫扎特的《圣体颂》是第一轮的指定曲目，这是一支宁静、空灵的曲子。接下来是一首朝鲜族民歌《鸟打令》，被改编成了合唱版本。这首歌本身是不适合合唱的，但宗小姐巧妙地调动起我们的声音，让一部分人模仿鸟鸣，一部分人模拟收获时农民欢乐的声音。听众渐渐激动起来，有人开始加入进来，挥着手，甩起了他们的胳膊——这些舞动的手臂让人感觉如此熟悉，每个韩国人在高兴时都会这样。尽管还有一首没唱，但观众已经为我们送上了雷鸣般的欢呼。

宗小姐耐心地等到我们和观众都平静下来。然后，她望向我，轻轻地合了合双眼——这是一个信号，示意我，要准备演唱赛萨尔·弗朗克的《天使食粮》的第一节了。这一段，我们已经练习过那么多次。所有合唱团都要唱一段阿卡贝拉。唯一允许使用的乐器只有一个小小的定调管，用在每一段的开头，由一个人小心地吹响它，确定起调的音高。但在这最后一个部分，宗小姐不让我们用定调管，说如果我能不需要辅助就直接清唱，效果会好得多，震撼得多，然后，和声再紧接着我的领唱加入进来。但之前出乎意料的欢呼和现场的兴奋让我乱了方寸。我不确定自己还能不能找准调子，能不能从头到尾都唱对。令人不安的沉默笼罩着现场。就在这时，宗小姐仿佛读懂了我脑海里的担忧，抬起头再次看着我，向我露出了一个最最灿烂的笑容。相识以来，我们还从没在她脸上见到过这样的笑容。看着这个笑脸，我放松下来，张开嘴，发出那个充满了力量的"pa"音，独唱开始了。随后，宗小姐示意合唱加入，她们演绎的四声部围绕着我，承托着我。很快，我们的歌声飞向了天花板，飞向最后排的观众，再折返到我们自己这里。就连我们自己也不禁要为这样崇高圣洁的美而敬畏，而惊叹了。它搏动着、回响着，在我们的演唱结束之后还久久萦绕不息。听众席上一片死寂，片刻过后，骤然爆发的欢呼声几乎让这屋子也摇晃起来。我们为我们的学校夺得了冠军奖牌。

比赛结束的一个星期之后，宗小姐的那间小屋子里没有了灯光。她在这里的半年任期结束了。她的下一站是越南，她要深入到越南战争最惨烈的战场。

她最后留给我的话是："你应该继续唱歌，如果你愿意，可以给我写信，寄到我的修道院，无论我人在哪里，都能收到这些信。"

第十八章

"看看这个玩意儿。不，不，不是脸，那就是张大饼。你该看看她妈妈，那才叫令人心碎的脸呢……几秒钟之内就能让你融化。可爱？她？你说真的？那你可真是够瞎的。不过呢，她倒的确有点儿特别的东西……看那对奶子。"

"噢，真的。"

"是的，我懂你说的了。"

"你们明白了吧，那才是她最棒的地方。"

"看着够大的，毕竟她人才这么小一点儿。"

"她多大了？"

"上中学了。你多大了？"康真问。我没问答。

"哇哦，简直就是两个甜瓜！"

"第一流的好东西，不是吗？"

"美味佳肴。"

"你尝过了？"

"哈哈哈哈……"

他们都在盯着我的胸脯。开始还是遮遮掩掩地压低了声音说，如今已经变成了肆无忌惮的评论和大笑。一个人伸出手，指着我的胸对旁边的人说着什么，那人疯狂地点头表示赞同，其他人也想知道他们在说什么。话被传开去，所有人都狂笑到全身发抖。

放学回来，我进了门才发现满屋子都是醉汉。康真说我不能走，他要把我介绍给他的朋友们。他的声音里含着某种危险的味道，所以我没敢动弹。六个剃着部队寸头的男人盘腿围坐在矮桌边，康真坐在正中间。

他们又喝了一轮烧酒，那是我们朝鲜族人的伏特加。我一直低着头，把破了洞的袜子从我的大脚趾上拽出来。

"现在，朋友们，请让我奉上一份好菜！她什么都能唱！"康真大方地说，他已经喝得满脸通红了。六个人都红着脸看着我。

"唱《阿里郎》！"一个人拍着桌子大叫。

人人都在点头，死死地盯着我，等着。

"秀英啊，唱点儿什么。随便什么。让我们乐一乐！"康真诱哄我。

他们开始在桌子上又拍又敲。空酒瓶摇晃着，有几个滚动起来，相互撞上，发出"哐啷、哐啷"的脆响。十来瓶还没打开的烧酒也岌岌可危，眼看就要翻倒。屋子里弥漫着酒气、烟味、烤鱿鱼须的味道和汗臭味。

"来吧，秀英啊，唱啊！"康真醉醺醺的声音坚持道。

拍击声更大了，很快变得整齐划一。

"我想看看她唱歌能不能配得上她那对瓜。大声唱。"有人在吼。

"等会儿她唱的时候,注意看她的鼻子。她的鼻孔会动,一张一张,一张一张的。最好笑的是……"

他怎么知道我唱歌的时候鼻子是什么样的?很快我就反应过来了,我在教堂里也唱过独唱。

"不想唱的话,就把你的奶子亮给我们看看。"又一个在叫。

一个人从他们中间蹿出来,朝我直冲过来。他跌倒了,脸朝下扑了下去,额头在地板上敲出一声巨响。

"哈哈哈哈!"

有人笑得坐都坐不住,东倒西歪的。我感觉腿上有点湿湿的。低头一看——我失禁了,尿还在继续流,一直流过我的裤子,在地板上漫开来。不等我逃走,那个摔倒的男人就抓住了我的腿,抬头朝我的裙子里看去。他的手沿着我尿湿的腿上下摩挲了一下,然后把他的手指送到鼻端,闻了闻,跟着舔了起来。所有人都嗥叫起来,彻底失控了。我冲出房间,冲向房东的家,冲进了茅厕和鸡笼之间的小巷。我瘫坐在腐烂的稻草上,鸡群"咕咕"地叫着找东西吃。鸡不在乎,就在我身边觅食。我一直在发抖。我得把衣服换掉。我想把它们通通撕碎。我想尖叫,我想要有什么被惩罚,什么都行;羞辱需要报复,可我什么也没有,于是,我开始打我自己。我打我的头、我的胸,掐我的胳膊和腿,用尽了全身力气。我希望来一辆公共汽车,把我们那个破房子撞倒。

"给康真和他的朋友们唱唱歌怎么了？他多久才能回家一趟？你唱个歌就那么金贵了？能换钱吗？你从什么时候开始变得这么自以为是的？"事后，姨妈还把我给骂了一顿，说我大惊小怪，说康真不过是想跟朋友们炫耀一下自己小妹妹的歌声。

那些男人是他部队里的兄弟，来庆祝他服完兵役的。三年的义务兵役会中断大多数年轻男人的教育，但是没有人逃得过。现在，康真要回到他当家教的人家，同时继续读完大学。

可是，仅仅三天之后，他就因为家里出的一桩丑闻冲回了我们的小屋。

"我说过要你们为了我干这种事吗？你们怎么能这样！简直匪夷所思！要是给我的朋友知道了，要是被学校发现了怎么办？他们说不定会取消我的奖学金！"康真像个疯子一样大吼大叫，在屋子里走来走去，直逼到姨妈和姨丈跟前。仁淑和我什么也不知道，只能呆呆地挤在角落里，渴望弄清楚这一切究竟是怎么回事。我们见过康真和姨丈起冲突，很多次，但从来没有像这样过。

"你们是教会长老，看在上帝的分上！真是耻辱，我宁愿把自己给杀死！"康真一拳砸在障子门的门框上。整个屋子都跟着晃了晃。

"冷静一点，好好说。康真啊，求求你了。坐，先坐下来。"美惠哀求道。

"你们跑去当基督徒，里面有哪怕一丁点儿是真心的吗？你们毁了我，我们！这一切真是让我恶心——所有这些，你们，还有这个恶臭的家！"康真是真的气疯了，他抓起水碗砸在墙上，水泼在了姨丈的裤子和地板上。

姨丈从来不会有什么突兀的举动，这时却以不可思议的敏捷跳起来，冲向康真，抓住他的肩膀。姨妈和美惠挤进他们中间，极力想把他们两个分开。仁淑缩在角落里，紧紧地蜷作一团，哭了起来。

"你这个忘恩负义的杂种。好啊，我们这就来个了结，就现在。还活着干什么？我们都白活了这一世。辛辛苦苦一辈子，受了这么多苦，就养出这么个自以为是的狗屎玩意儿当儿子！"姨丈大吼道，"是啊，你是伟大的汉城大学的人！你以为这些都是靠你自己挣来的。我们牺牲了多少？结果呢，回报我们的就是这么个自私的、不知感恩的混账当儿子。有什么意思！大家一起死了算了！"

姨丈把姨妈和美惠扒到一边，扑向康真，伸手就要去掐他的喉咙。康真仰面倒了下去。他们撞破了门，直接摔倒在了厨房里。尿桶打翻了，轱辘辘地滚开去。姨丈一拳砸在康真的下巴上。康真更强壮，翻身把姨丈压在身下，掐住了他的喉咙，掐得他透不过气。姨丈努力要把康真甩下去。姨妈平时总是护着康真，这时却捡起尿桶胡乱砸康真的头，尖叫着要他松手。康真松开，站了起来，像是被自己的举动惊呆了。姨丈也爬了起来。他径直走到碗柜跟前，拿出菜刀，转身朝康真走去。康真发出一声挫败的号叫，冲出门去。

"你不是我儿子了，你这个该死的混账！永远不要回来！我发誓，我会杀了你。"姨丈冲着他的背影大叫。

仁淑和我不敢问究竟出了什么事。可第二天就是星期天，上教堂的日子，我在那里找到了答案。

姨妈和姨丈那天都没去教堂，这还是从来没发生过的事情。我有一段独唱要唱，所以照常去了。可刚到教堂，我就觉得有点儿不对劲。唱诗班的人都躲着我。这太不寻常了，他们向来对我都很好，很和气，一方面是因为我唱得好，另一方面，也是因为我是教会创始人的外甥女。可今天，来做礼拜的人只有平时的一半。祷告室里的气氛也有些躁动不安，往常心平气和等待礼拜的祈祷者不见了，取而代之的是扎堆的教区居民，一边说着什么，一边还摇着头。长老们和林牧师都不见踪影。

最后，一名长老进来，宣布当天的礼拜取消了。说是他们在忙着召开一场紧急的长老会议。

我去内室挂我的唱诗班袍子。会议室就在隔壁，我听到有人说到了"金长老"，那是姨妈的头衔。于是，我把耳朵贴在门板上，想看看能不能听到什么。

从他们愤怒的大吼和指责里，我梳理出了三个令人震惊的事实。

第一，姨妈和姨丈被指控挪用了教会多年来积攒的基金，那是准备用来建新教堂的，几乎是从教会初创时就开始攒了。第二，林牧师因为疏于职守被解雇了，因为这笔基金是由他和姨妈共同掌管的。第三，林牧师疏于职守是有原因的，用其中一位长老的话说，"换个角度看"，很可能就是因为他和姨妈有私情。教堂看门人赌咒发誓地说他亲眼看到过。

我差点儿没忍住笑出声来。说姨妈和林牧师是情人关系？这太荒唐了。从生理上说就不可能。林牧师是真的很老了。他的脸总会让我想起沙皮狗，褶子一重叠着一重地耷拉下来，从下巴一直垂到脖子，搭在他的白领子上直晃荡，总在他布道时引开我的注意力。他连走路都吃力，根本离不开拐杖。可转念一想，我记起了还住在之前的房子里时，他的确经常到家里来，说是来进行一些特别的祷告会，要不就是跟姨妈讨论教会事务。每当这时，我们小孩子总会被赶出去，好腾出地方来让他们独处。就算是搬到现在这个破破烂烂的小房子之后，他也来探望过我们。如今想来，他的造访就有了另一种意味，额外蒙上了一重阴影。不过，即便如此，我还是很难相信这部分指控。

人们花了两三个星期时间来调查真相。姨妈的确动用了教会的基金，用来养家，支付我们的学费。姨丈基本上没参与挪用事件，原因显而易见：他很少在家。但教堂长老们宽宏大量地一致同意：应该由姨丈来承担责任，这样姨妈就能留在家里照顾一家大小。姨丈被判了两年监禁。

可六个月后姨丈就回来了，彻底变成了另一个人。我们几乎认不出他来了。他英俊的脸上再也没有了从前那魅力无穷的温和神气。如今的他，就像戴了一张空白的面具，没有一丝表情。他再也没有开口说过话，仿佛他生来就是个哑巴一样。他似乎不认识我们了。我们觉得他能听到我们说话，可他从来不回应。他吃东西，但吃得很少。他不再看书，不光是他的医学书，就连过去最爱的《韩国日报》也不看了。他只是坐在那里，透过我们对着街道的那扇小窗户往外看。没有什么能惊动他，哪怕是偶尔有大卡车挟着震耳欲聋的轰隆声开过也不行。他也睡觉。除了上茅厕，他从来不出门。姨妈会陪他去茅厕。我们全都很不安。直到最后，他在我们眼里变成了一件家具，就像他身后的高立柜一样。再过了一阵子之后，我们就不再理会他了。姨丈再也没有回去过。姨妈另外找了一个教会加入，离原来的那一个很远。

第十九章

　　姨妈以她惊人的能量把我们的小屋折腾了个底朝天，好让它多少显得能见人一点儿。整个上午，我都在她的指挥下忙着修修补补，打扫卫生。就连仁淑和美惠都放下学习来帮忙了。今天，康真要带他的未婚妻回家。

　　虽然那样大闹了一场，在整个审讯过程和服刑期间，康真还是一直站在姨丈身边支持着他。不管心里究竟是什么感受，康真从来没有因为自己身为罪犯的儿子而表现出分毫羞耻。他定期去探监。姨丈在监狱里病倒时，是康真努力为他争取病释，成功让姨丈的两年刑期中止在六个月上。

　　除了美惠，我们都没有见过康真的未婚妻。我们对她所知不多。只知道，她名叫"济茵"，她和康真都在汉城大学念书——这实在惊人，但姨妈却担心她作为儿媳妇会不会太过于有头脑了。他们交往已经有五年了，就连康真服兵役的三年期间都没有中断，要知道，许多年轻恋人都熬不过这么长时间的分离。康真这些年来一直是她两个侄子的家庭教师，他们就是这么认识的。

最惊人的是，她是独生女儿，家里在汉城拥有一所大医院，她父亲是医院的首席心脏科外科医生，而她完成医学专业的学业后也要进入医院，跟着父亲工作。

我们还听说，她家里一开始是不同意他们俩的关系的，因为有钱人不跟穷人搅和在一起。我们比穷人还穷。不只是穷，我们没有任何社会关系，找不出任何有能力的朋友或亲戚。可姨妈无所畏惧，夸口说康真配济茵实在是屈就了："就凭他的相貌和那么优异的学业成绩，只要一读完法律学位，全韩国的人家都会排着队抢着要他当女婿！"据说，只要进了汉城大学，整个世界就都臣服在你的脚下了。

姨妈这一生都是为了这个儿子而活，康真也没有辜负她，非常看重自己身为长子的职责。朝鲜人的传统是由长子照料双亲的晚年，不是次子，不是第三个儿子，也绝对不是女儿——女儿早晚是婆家的人。等康真结婚以后，照道理，他和他的新婚妻子要跟姨妈和姨丈住在一起，为他们养老送终。姨妈一直指望着能住进康真买下的大房子。

早前吃早饭时，姨妈做了一段虔诚的漫长祈祷，感谢上帝保佑她付出的努力与经受的苦难没有白费；感谢他听到了她的祈祷，救赎她于践踏她、唾弃她的众人之中；感谢他从不曾舍弃她，他忠诚的女儿。今天，她终于收获回报了，从今往后，前方只有光明坦途，璀璨闪耀。可不知怎么，她突然生起气来，把筷子"啪"的一声拍在桌子上："要是她仗着家里有两个钱，就以为我会在她面前点头哈腰，那她就大错特错了。绝对不行。我绝对不会允许一个傲慢自大的泼妇进门当儿媳妇。不，做不到！记着我说的，她家里人一定会想要羞辱我，炫耀他们有钱，扔几个臭钱出来，像打发乞丐一样对待我们。我是绝对不会对他们卑躬屈膝的。那样的话，我早晚要杀了我自己！我也是从有钱人家里出来的，也有钱过。我很了解财富是怎么回事，早就清清楚楚。我打赌他们只是暴发户，天晓得他们怎么发达起来的。没人能干干净净地白手起家。姓'杨'，谁听过这个姓氏啊。"

我们听过很多次有关外公的矿业公司的故事了，可在姨妈的嘴里，它一次比一次大，一次比一次辉煌。

"我们为什么不能找家餐厅见她？为什么他就非得把她带回这个狗窝里来？他还是生我的气，一定是这样，他想羞辱我，炫耀他有钱的女朋友，惩罚我害得他父亲进了监狱……"她突然停下来，低头上下打量自己。我们从来不说姨丈坐牢的事。假装他只是去那边待了一段时间，回来就生病了，一直都没有好而已。

"妈妈，他只是想把她介绍给我们所有人认识罢了，包括父亲。您知道的，他去不了餐厅。"仁淑安抚她。

"好吧，我看她反正早晚也是会知道我们家的情况的。"姨妈说，"我只希望她不要改变主意，再闹得跟康真分手。真的……谁会想要嫁进一户穷成这样的人家呢？哈。金钱就是敌人……是金钱本身，不是人。"

我一直在努力对付墙纸，它们曾经也是白色的，如今边边角角都翘了起来，我用手指摁，用手掌压，想让它们服帖。可不管加多少糨糊，边角永远都会翘起来，它们太旧了，加上屋顶漏雨，一直渗水下来，墙纸都变脆了。糨糊肯定没有问题。我是用吃剩下的米饭做的，把饭粒碾碎，加点儿水，调成糊糊。姨妈平时就是这样做的。屋里没什么可收拾的了。于是，我把垫子拿出来，巧妙地放在地上秃了或是破了的地方。这些垫子只有在重要场合才会被拿出来——上一次，是康真部队里的朋友们来的时候。

姨丈在睡觉，面朝着墙壁。待会儿姨妈还得把他弄起来，收拾得体面一点，好见客人。

我的下一项任务，是用新鲜泥土铺厨房的地。每隔一段时间，厨房的地面就会变得又湿又臭，臭是因为平日里洒出来的尿和我们洗漱做饭时溅出来的水都渗进了土里。我从后街上挖来一些土，铲掉旧的，填上新的，再拍实了，暂时盖住那股子恶臭。

"当心点！别把我身上弄脏了。我刚换了条干净裙子。"美惠说。她刚好在碗柜边切苹果。

姨妈一直在兴奋和焦虑之间来回摇摆，已经筋疲力尽。虽然平时并不怎么出汗，可康真推开房门时，她却正抬着胳膊在擦腋窝。济茵，那位未婚妻，跟着走了进来。

姨妈立刻找回了她的镇静。"究竟是什么风，把这么漂亮尊贵的年轻女士吹到这个卑微简陋的家里来了？"这是她的开场欢迎辞。

济茵只是深深地鞠了一躬。

姨妈当先走进我们的主屋，在正对房门的上位坐下。跟着坐下之前，济茵和康真先对着姨妈鞠躬行礼，是非常正式的那种，整个人趴伏在地上，弯下腰，头贴着地板。想到她是那么有钱，我们又是真穷，这一幕实在让人尴尬。可姨妈没有退缩。就这样，仪式开始了——拜见未来公婆的仪式。

济茵端庄地脱掉了她的黑色厚大衣。她里面穿着一件样式简单的灯笼袖毛衣和一条灰色长裙，裙子十分得体地遮住了她的腿——在未来的婆婆面前露出腿，是会被看成没有礼貌的。唯一能显示出她是有钱人的，只有戴在那只纤细手腕上的金表。她的面容白净无瑕，脸色稍微有一点苍白。她的身高给这屋子里的所有人都带来了压力，甚至比康真还高，但最惊人的还是她的沉静端庄。坐定之后，她就不再挪动。这让她有了一种尊贵、优雅、甚至贵族一般的气质——虽然我从来没有见过贵族是什么样子。她谈吐动听，对姨妈彬彬有礼，说的每一句话都完整清楚、谨慎得体，而且体贴入微。可没过多久，一辆公共汽车轰响着从门外开过，打断了济茵那刚说一半的大段问候，她没能忍住，瑟缩了一下。我们都太习惯外面轰鸣的噪音，已经不会为它们分心了，可这一刻，所有人都格外敏感地意识到了它们的存在，只祈祷在这场会面结束之前不要再有第二辆车经过。除此之外，济茵坐在地上的样子也有些不自在，似乎并不习惯这样。我们听说过，那些特别有钱的家庭都已经跟着西方改变了生活习惯，他们在起居室里坐的是椅子，睡觉是躺在舒服的床上，就是我在妈妈的军队基地里见到过的那种。可我疑心她的不自在还有别的原因。

济茵在未来的婆婆面前有些手足无措，更何况这地方阴沉破败，就像姨妈直言不讳地说的，简直是个"耗子洞"。在韩国，拜见婆婆是大仪式，对于所有未过门的韩国媳妇来说都是非常可怕的，相反，所有的婆婆都欢欣鼓舞地期待着这一天。虽说战争结束后许多规矩都已经渐渐松弛，但婆婆依然是个可怕的形象。姨妈可以轻松阻止康真和任何她不认可的女人结婚。反观此刻的姨妈，即便在这样糟糕的环境下，依然拿出了一个婆婆该有的威严样子，坐得板正笔直，瘦削的身体挺立着。就像手握最后一块筹码的赌徒，她把贫穷摊在了桌面上，赌济茵不敢不向她低头。康真则像是一个玩刀的杂耍艺人，巧妙地在他对姨妈的敬重和维护济茵的舒适中维系着平衡，他双手将一片苹果奉给姨妈，同时用胳膊轻轻碰一碰济茵，安抚她：他就在她的身边，和她在一起。康真把他的妹妹们介绍给济茵，顺带着也捎上了我，我也算是他的妹妹。

看起来，姨妈对这次会面的进展十分满意，只是总还时不时会扯一扯她的上衣，因为她胸罩的垫子总往上跑。现在见的是未来的家庭成员，她更是格外在意自己的形象。她的骄傲和好胜心依然如故。

突然，我们听到一阵颤响，跟着便是一股恶臭在房间飘散开来。黑暗的屋角里，姨丈正挣扎着想要站起来，他的旧四角裤前后都脏了。除此以外，他什么也没穿，凹陷的胸膛一直塌进了褶皱叠着褶皱的肚子里去。他之前一直缩在角落里，骨瘦如柴的身体上盖着一条被单，以至于我们完全把他给忘掉了。姨妈太心烦意乱，也忘了扶他去上茅厕。不等我们有人反应过来，他就跌倒了，就那么，穿着他弄脏了的内裤，坐在地板上，空洞的眼睛死死地盯住了济茵。康真和仁淑冲过去，把他扶出了门。我拿来湿抹布清理他留下的狼藉。

"他这样已经一年多了。"姨妈平静地陈述，没有说抱歉。

济茵同样平静，对姨妈说她之前已经知道了姨丈的情况，如果姨妈同意的话，她希望有幸招待姨丈到她家的医院，进行全面的检查和治疗。

"噢，要是能那样就好了，能彻底找出问题出在哪儿。我们负担不起进医院的费用……"姨妈留住了后半句没说完，转头又说，"但我们不想给你添麻烦。上医院的花费太高了。我们不能这样麻烦你。"

济茵又邀请了一次，这是惯例。

"嗯，我们再想想看吧。不过还是要谢谢你的好意。"姨妈没把话说死。没有人会在别人第一次提出帮助时就接受。那会显得太没有教养了。济茵也没再多说，不然就会被认为太霸道，是在炫耀。只是双方心知肚明，事情已经定下了。

依照传统，济茵还带了礼物上门——包装得漂漂亮亮的、重要的礼物。给姨丈的是一个光滑发亮的木头盒子，盒子里的金色丝布上躺着三支红参，每一支都足有我的手掌那么大，几乎已经成了人形了。我们只在韩国的传统药房里见到过整棵的人参，悬空竖在一个密封的玻璃罐子里。就算是姨丈还在当中医时，也只会隔一阵子才买一点儿白参，多半还都是切好片的。不只如此，他还会再加工，把它们切得更薄一些。红参并不真的是红色，更像一种浅浅的柿子色，它是非常珍贵的药材，价格高得吓人。当济茵说起这些都是五十年以上的人参时，我们的下巴都惊掉了。

济茵为姨妈带来的是一篮子新鲜水果和一盒上等牛肉，水果是冬天里非常难得的好礼物。她看上去有些苦恼，因为少准备了一份给我的礼物。她不知道我的存在。我借口要去再打些水回来，赶紧离开了房间。

"她算不得多漂亮，这是好事。"康真和济茵离开后，姨妈下了结论。她一边说，一边伸展双腿，看上去心满意足，就像刚刚饱餐了一顿美味的猫一样。我们很久没有看到她开心的样子了。"漂亮的妻子永远都是麻烦。我是多为你担心啊，美惠！长了这样一副样貌，有谁会愿意娶你当妻子啊。"她抱怨道。可我们都没上当。她很以美惠的美貌为傲，还预言过，这份美貌必然会帮助美惠嫁入大富之家。

我也盼着康真结婚。这样，他就再也不会回来过夜了。

第二十章

济茵上门不久之后，她家里人就邀请我们一家进行了一次正式的晚餐会面。我不在受邀之列，只是旁听了他们回来后激动不已的谈论。济茵的父亲再一次提出，希望姨丈能够成为他们尊贵的病人，同时承诺会为他提供一间单人病房。姨妈优雅地接受了这份邀请。

今天，所有人都去济茵家的医院了。姨妈要留在医院陪姨丈，美惠和仁淑会由济茵招待去吃晚餐——那必定是一顿丰盛的晚餐。虽说美惠和仁淑的年纪都比她小，济茵还是得像尊重长辈一样尊重她的这两个小姑子，用心对待她们，努力赢得她们的认可。美惠和仁淑就是年轻版的姨妈，有足够的权利刁难她。

大家都走了，小屋是我一个人的了。终于，我又有机会找妈妈的信了。这一次，我一定能找到。我计划把整个屋子仔仔细细地搜一遍，每一个角落，每一道墙缝都不放过，哪怕这得花去一整天的时间。我首先去的依然是姨妈的铺子。

缝纫机抽屉不像当初在老铺子里那样整齐，仿佛她已经不再在意这些东西了。纽扣、线轴、钩眼搭扣、钩子、大头钉、画粉……所有零碎都胡乱丢在几个抽屉里，有的还跟散开的线绞在了一起。我从她的工作台下面把盒子、纸样和叠起的布料都拖出来，逐一翻检。我像工蚁一样搜寻过铺子里的每一个角落，结果却是一无所获。

我走进厨房区域，环顾一圈。这里什么都藏不了。接下来就只有最后一个地方了，我们日常起居的房间，里面唯一的家具就是那个摇摇晃晃的老立柜。

我从最下面的抽屉开始搜，然后是第二排，第三排。我得踮起脚尖才能翻检第三排的抽屉，姨妈的旧拎包都放在这几个抽屉里。太久没用，皮包都已经发硬了，棱角上的皮面剥落下来，包扣变得暗淡灰黑，有几个包还粘在了一起。我一个一个打开它们。空的。空的。空的。只剩最后一个了，它藏在抽屉的最里面，摸起来有点鼓鼓囊囊的感觉。我把它拿了出来。

包里是妈妈的信。整整齐齐的一沓，七封，蓝色的、折成三折的航空信，每一封上面都盖着美国的邮戳。"嗡"的一声轰响在我的耳蜗深处炸开，像是里面藏着一个工厂，工厂的机器在这一瞬间突然开足马力转动起来。我的嘴开始发干。这些信在我的手里，俨然发着光。我把它们送到鼻子跟前——没有妈妈的味道，只有一股老皮包的霉味。我飞快地动手拆信，又停了下来。不对，不能这样。为了这一刻，我已经等了太多年，一定要慢慢品味才行。我把这些信按照顺序排好，最早的放在最上面，最近的在最底下。这并不容易，因为有的邮戳已经模糊了。

从她离开到现在，已经快七年了。从最早的信里，我知道了，妈妈生了两个女儿，还经历了两次流产。她自己认为两次流产的都是男孩，至少第一次一定是。她又怀孕了，非常希望这一次能是个男孩。生男孩是朝鲜族妻子们的责任，她把这份责任也带去了美国，可是在那里，没有人在乎这些，也没有别的朝鲜人会因此嘲笑她。一个女人究竟能经历多少次生育？我真害怕她的肚子会破掉，从中间断成两截。她的婆婆是个古板虔诚的天主教女士，身材高挑，她接受了妈妈，人也宽厚和善，但妈妈很担心她的宽厚不能惠及自己以前犯下的错误。他们借住在公婆家的地下室里，因此，在拥有自己的家之前，她选择先对我的存在保密。她的公公是个英语老师。而约翰，她的丈夫，就要完成他的土木工程学位的学习了，平时还利用课余时间在一家大型建筑公司里兼职。妈妈发现，要适应一个新的国家、一个新的家庭和全新的风俗人情，比原本想象的更难，她很怀疑自己会不会永远也习惯不了。她的英语能力在韩国备受称赞，也是她自己引以为傲的资本，可到了英语母语的国家里，就显得远远不够看了。

她时时刻刻都能意识到自己是个外国人。"很高兴秀英一切都好，希望她没有给你们添太多的麻烦。"她在每封信的结尾都这样说，就像是一个终止符，是长篇交响乐章最后的终结乐句。

妈妈的战战兢兢和她如履薄冰的处境让我难过。我希望她永远是我记忆中那个样子：阳光、漂亮、自信，无论走到哪里都是人群里的焦点。这很自私，但我无法靠这样一个脆弱、不安、悲伤的妈妈的形象熬下去——这样的话，我就什么依恃也没有了。

我愿意相信她始终思念着我，一如我思念着她，相信只是这样一封薄薄的航空信无法承载她所有的感情。也许，她和我一样，一旦开了口，那些压抑已久的渴望就会决堤，将她淹没。所以，她只能把我藏起来，等到无人看见的时候才拿出来思念。她知道我在这些金发白肤的人中间没有立足之地，就像她也没有一样。也许那就是她从来不给我写信的原因。她只能不断生孩子，打造一个属于她自己的部落，这样，她才能找到归属感。她已经找到了自己的安稳小巢，只是这个巢穴暂时还只容得下她和约翰两个人的血肉。

　　她说起她寄来的包裹："毛衣都合身吗？那件红色外套怎么样？她现在一定长大很多了。我尽可能估计了她的尺寸。要是不合适，就卖了吧，应该能卖个好价钱。"

　　我从来没见过这些衣服。

　　接下来的一封信里稍微多透露了一点她的经济状况："请注意查收寄给你的钱。我很抱歉这次迟了一点。钱有点紧张。我在找工作了，但带着两个孩子，还怀着一个，这很难。"

　　有一封信特别长，看时间是两年前寄来的。在这封信里，她说一直想我想得厉害，已经影响到了她的生活。她都不确定那是对我的思念，还是对抛下我的负罪感了。有些时候，一片落叶都能让她哭起来，这已经让约翰开始担心了。他们一直在存钱，但进展不够快。直到有一天，她们在杂货店里发生了一个小小的意外，事情全都暴露了：

　　当时，妈妈和她的婆婆在店里买东西。一个小女孩站在两排货架之间哭。她走丢了，找不到她的母亲了。妈妈冲过去，一把抱住那个女孩，不可遏止地大哭起来。小女孩被这个抱着她的陌生人吓坏了。她的母亲赶过来，从妈妈紧紧拥抱的怀里把自己的女儿解救了出去。妈妈蜷缩在角落里，继续啜泣着，一遍又一遍地呼喊我的名字。人们聚集过来，经理也被叫了过来，在大庭广众之下竟发生了这样的状况，她的婆婆惊呆了。当天晚上，约翰向他的父母坦白了我的事情。让妈妈惊讶的是，他们非常同情，责怪她怎么可以把我保密了这么久。

现在，这是我手里的最后一封信了。读着这封信，我的腿软得几乎站不住。我要去美国了！他们已经把为我办移民手续和买机票的钱寄来了。这笔花销很大，但约翰卖掉了他珍贵的集邮收藏，那是他从小就开始搜集的。妈妈估计办移民手续和护照大概需要六个月左右的时间，到那个时候，约翰的学业也该完成了，可以找到一份全职的工作，他们会有自己的房子，很大，我到了也能住得下。她没有忘记曾经答应过要给我买的钢琴，也许那可以成为我跟他们住在一起以后的第一份生日礼物。她说我的小妹妹们都很兴奋，特别是最大的那个，她叫"卡莱娜"，才五岁，但说话做事已经像个十五岁的孩子一样了，温柔文静，富有爱心，而且很聪明，远远不像这个年龄的孩子。她的名字听来多美啊。我捧着这封信读了又读。可是，有什么不太对劲。我翻过去看信封，邮戳的日期是一年多以前。整整一年过去了，我甚至从来没有听说过这件事——这件事情，这么多年来我唯一期盼的事情，就这么悄无声息地来了又走了，姨妈连提都没提一下。我有些眩晕。我听到自己嗓子里发出了一声古怪的"咕咕"声。我想，我大概是要疯了。回头又看了一遍日期，我细细回忆那个时间。没错，就是搬过来以后姨妈第一次带我和仁淑出门散步的那一天，那天的晚餐很丰盛，她给我们俩买了糖包子，还答应给我交学费的钱。就在那一天，她把本该用来让我离开去和妈妈相聚的钱塞进了自己的口袋，花掉了。这么说，我要永远地被困在这里了。

可是，这之后的信呢？妈妈没再问过移民手续的进展了吗？她算过我应该什么时候抵达美国吗？姨妈又给出了怎样的解释呢？后面的信在哪里？我冲回立柜边，想把它们找出来。

"你在找什么？"一个轻柔的声音响起。

我被吓得尖叫一声，跳了起来。康真从容地缓步走了进来，反手关上房门，他抽走了我手里的信。他在笑，没有一丝惊讶的神色。这么说，他也知道这件事。他掂了掂姨妈的旧皮包。

"这不是我母亲的皮包吗？还有这些信。噢，都是寄给她的。她说了你可以读吗？比如说，给过你这样的许可之类的？"他用皮包敲我的头，不重，只是足以表达他的不赞同。

他为什么没有和其他人一起待在医院里？这是我脑子里闪过的第一个念头。

"来，让我们先把这些东西放回包里，恢复成你找到它们时的样子。"他说。

我把那些信折好，摞整齐，放回皮包里。愤怒暂时退居其次，我的全副身心都在警惕着眼前可能发生的暴行。

"我母亲梳洗化妆的东西在哪里？她要留在医院里陪父亲过夜，需要这些东西。你能去把它们拿来给我吗？"

我从立柜最下面一层的抽屉里拿出她的梳妆篮子，用一块布包好，递给他。

康真悠然地坐下来，这才重新看向我，再看向姨妈的皮包。

"这么说，你知道了。你去不了美国了。至少短期内是不可能了。你妈妈花了五年时间才攒下一笔接你走的钱，不是吗？再攒这么多钱需要很长时间。钱啊，钱——可惜她没有钱。你哪儿都去不了了。把这个牢牢地记在脑子里。"他拍拍我的脑袋，强调这一点，然后才接着说，"现在，我们来说说你翻她东西的事情。我们该怎么办呢？你觉得我该怎么做才好？还是我来告诉你吧。我们把这个秘密守住，就你和我。你的姨妈永远都不会知道。你可以相信我。明白吗？现在，我们有了只属于我们两个人的东西了。从现在开始，如果你需要东西，或是想找人说说话什么的，就来找我，好吗？"

真是一派胡言，难道我会找一头饿狼来保护自己吗？何况他现在说话的样子就让人很紧张，像戏弄老鼠的猫一样。我想冲出门去，可他就堵在我面前。

"我累了。你不累吗？"他说着，滑下去仰面躺在地上。"啊，就是这样。太舒服了。来，过来躺在我身边。我们睡一会儿。"他轻轻地拍了拍身边的地板。我没动。他抓住我的手腕，用力把我拉倒在地。我躺在地上，每一根神经都绷紧了。我不知道哪一种会更糟糕，是服从他，还是抵抗他。他弯一只胳膊撑着头，转头看着我。然后，他拉开我的领口，探头往里看我的胸。

"你妈妈是个真正的美人儿，你知道吗？"他想解开我的内衣。我整个人弹了起来。他拧着我的手腕，逼我躺回去。"停止挣扎。别动。没用的，这只会让你受伤。你总不想太难过吧。"

他用力揉我的乳房。很疼。我想把他的手推开，他一巴掌扇在我的头上。然后张开手，圈住我的乳头，慢慢地收拢，开始捏。

"喜欢吗？我敢打赌，就连你妈妈的都没这么棒。闭上眼睛，放松……好好感受……你会喜欢的……我知道你，一直都知道你。你就是为这个而生的，你这辈子等待的就是这个。你以后会想要更多的。只要你开口，我永远都可以满足你。"

他抓着我的大腿内侧，用力掰开我的双腿。他的呼吸越来越急促。我奋力反抗。"嘭"，他一记重拳砸在我的肚子上，一下子就让我闭过了气去。他翻身跨骑在我身上，胳膊肘顶在我的锁骨之间，原本英俊的脸变得像教堂屋顶上的滴水兽一样。

"乖乖躺着，把腿张开。这一次，我怎么都要拿到我要的。我一直想进入她，没办法，只能勉强用你来代替了。所以，你最好乖乖听话，把你自己交出来，换成她的话，一定也会这样的。"我的脑子空了。身体也是。我僵住了。要是可以的话，我情愿连呼吸都不要了。他横过一只小臂，压在我的喉咙上，另一只手拽掉了我的裙子和内裤。然后脱掉他自己的。他把长裤褪到膝盖上，拉链头深深地划过我的大腿。一阵尖锐的刺痛贯穿了我。我逼迫自己不要反抗。"让它去。让他去……不要反抗……"我一遍一遍地告诉自己。我整个人都瘫软了。

就在这时，曾经的情形又发生了。我从自己的身体里飘了出来。"不，不，不。别走。不要离开。现在走了的话，就回不去了。"我拼命祈求。这一次，我的离开像是对这具身体的最后告别。"别飘走……留下来，留下来。会过去的，只要我们不动……我们没有办法，只能这样……忍一忍……我们会找到办法的……留下来。拜托，留下来。"我努力同那个想要离去的自己抗争。可我已经完全升起来了，这会儿正飘浮在天花板上，俯看着下面的自己：康真趴在我的身体上，像一头庞大的海怪，翻滚着，狂暴地破坏着；而我，沉在海底，一动不动，无知无觉，静静地等待着风暴过去。

康真已经离开了。屋子里一片死寂，只有我的脑子依然在咆哮，我的双腿张开着，大腿内侧和下身上满是黏腻的、血迹斑斑的、湿乎乎的东西。

我们的小屋亮灯了。

说明美惠和仁淑已经跟济茵吃完了晚餐，回来了。黑夜吞噬了白天，宵禁的警报很快就要拉响，把所有人都赶回屋子里去。下雨了。我坐在我们小屋前的路缘上，不想回去。嘈杂刺耳的笑声、说话声和歌声从隔壁妓院里传出来，灌满了宁静的夜。一个醉汉跌跌撞撞地走出妓院，用额头抵在门框上支撑着身体，对着我们小屋旁的墙壁就开始尿尿。一个年轻女孩扭动着腰肢出来找她的客人。她跟我差不多年纪，也跟我一样又瘦又小。她的客人尿完了，两只胳膊胡乱挥舞着，身体失去了平衡。女孩熟练地把他拉起来，露出了藏在韩服短上衣下面的白色腋窝。那腋窝就像一个淫荡的笑脸。回身往妓院里走时，她冲着那男人的耳朵嘀咕了几句什么，"咯咯"地笑着，暗示一般地用屁股撞了撞那男人的大腿。可就在跨进妓院大门之前，那女孩回过头来，冲着我上下打量一番，涂得暗红的嘴唇向上一提，露出了一个讥嘲的笑。这样一张年轻的面容，目光却是冰冷的、硬邦邦的，像个老人一样，真是叫人难以置信。她才不过十几岁的年纪，却已经是个老道的妓女了，而且到死都会是个妓女。

我飞快地撇开头，假装没有看见她，假装她根本不值得我关注，假装哪怕只是看她一眼都会脏了我自己。我颤抖着，不是因为冷或下雨，而是因为读懂了她那个公然挑衅的眼神：我很可能就是下一个她。她和我，差得并没有那么远。如果事情照这样发展下去，我早晚有一天会变成她的样子，只是时间问题。要是我没有通过高中入学考试怎么办？甚至，就算我考过了，姨妈说没钱给我交学费，怎么办？可这些还重要吗？我已经脏了，不干净了。妈妈比任何时候都显得更加遥远。我要怎样面对她呢？我想哭，可哭只能让人自哀自怜。自哀自怜就说明还隐隐地保有希望，希望还有公平正义，希望有人伸出援手。

宵禁警报拉响了，急促，尖锐，清晰可辨，跟昨晚、昨晚的昨晚和以前的无数个夜晚一样。可我已经不一样了。我不再是女孩了。

第二十一章

我掐住一朵金合欢花的淡绿色花萼，从雌蕊上摘下来，蕊头上凝出了一滴甜蜜的花露，我凑上去，吮掉。那淡淡的馥郁甜美滚过我的舌面，引我想要更多。我太渴了，能把整棵树都吞掉。我又摘掉一朵花蕊，吸吮花蜜，接着又一朵，再一朵，直到地上铺满了残花的尸体。

我眯起眼睛，偷偷抬头去看李姐姐，她也在狼吞虎咽地吮吸金合欢的花蜜，太阳在她的背后，亮得刺眼。我们的手全都黏糊糊的。我冲着李姐姐哈哈大笑，她的脸上粘满了花瓣。她也笑起来，指着我的脸。但她一定不是在笑我，我从来就不邋遢。我笔直走到她跟前，踮起脚尖，因为她比我高很多。我帮她摘掉粘在她脸上的花瓣。她站着不动，让我摘。但我摘得越多，冒出来的花瓣就越多、越厚，很快，她的整张脸都被盖住了，眼睛、鼻子和嘴都看不见了。

我疯狂地想把她从花瓣里救出来。我害怕她无法呼吸，可她看起来很平静，就像一尊花儿做成的站立的佛。她闻起来有天堂的味道。我知道这种味道，是妈妈的味道。我的动作更快了——妈妈在里面！必须把她救出来。我大把大把地扯下那些花瓣。可我看不到妈妈，也找不到李姐姐，花瓣下面只有更多的花瓣。很快，地上就落满了花瓣。大地好像在动。我凑近了去看，是那些花瓣，它们抽搐着，颤抖着，变成了蠕动的白色幼虫。它们翻滚、扭转，努力竖起身子，往我的脚上爬，爬上我的脚踝，我的小腿。它们爬满了我的双腿。我用力跺脚，想抖掉它们，却失去了平衡。我不再是站立在地面上了，我跌进了蠕动的蛆虫的海洋里。

"秀英啊，醒醒！"有人在推我的腿，拍着我的脸。是姨妈。她低头看着我。我很高兴能从满地爬的蛆堆里逃出来。

"你折腾得像要淹死了一样。来，来吃点儿东西。一个多星期了，你一直躺在这里，半死不活的。拜托你，不要把我惹毛了。我已经有个废人要照顾了。差不多就行了。坐起来，把这碗粥喝了。"姨妈揽住我的肩膀，努力想把我撑起来靠在墙上，她很坚持，却总是半途就泄了劲儿，反倒耗尽了我的力气。

我不想看见我们斑驳的墙壁、漏水的天花板，不想操心我们的老立柜会不会在某个时候就轰然倒下。我不想用大拇指的指甲去掐爆那些永远无处不在的虱子，也不想看到它们的卵排列在我们的毯子、枕头甚至内衣边上，孵化，带来醋酸一样的刺痒。我不想再漫无目的地游荡在街上，消磨放学以后和图书馆关门之后的漫长时光。最最重要的是，我不知道要怎样才能抹去康真的暴行。躺在我的小角落里更简单一些，可以暂时摆脱这一切的纠结：该躲开哪里，躲什么，躲谁。生病是我的庇护所。夜晚也是。夜晚是属于我的，我可以无声地尖叫，倾泻白日里的羞耻与恐惧，任由黑暗吞噬我。我可以把脸埋在枕头里哭泣，洗净自己，帮助我维持理智，不陷入疯狂。

姨妈递给我一碗大米粥。我伸手接过勺子，却没能拿住。它简直有一吨重。姨妈帮我捡起来，问："秀英啊，要是让你给你妈妈写封信，你会不会感觉好一点？"

我混混沌沌的脑子抓住了这句话。上一次给她写信是很久以前的事情了。但这其实并没有什么意义，因为姨妈会守在旁边，盯着我写了些什么——必须是一个快乐、聪明的十几岁的女儿向妈妈送出的问候，必须欢欣鼓舞。

"把这碗粥喝光，我就让你给她写信。"

她亲自动手喂我，我吃了。她起身出去拿铅笔和纸。

姨丈也在，坐在房间的另一边，空白的脸直直地对着我的方向。我心里冒出一个念头：说不定我最后也会变成他那个样子。姨妈回来了。她让我跟妈妈说我病了好几个星期了，需要吃药，还需要看专科医生，请她寄些钱来。"但愿这能为我们弄来点儿钱吧。"她拿着我的信出去了。

每次病到这个程度，就会让我感觉整场病都是我脑子里幻想出来的东西。没有哪个地方真的痛，却哪里都痛；我睁开眼，天亮了；再睁开眼，天黑了。只有光明与黑暗无尽地交替。最后，我彻底被黑暗的一边拉下去，坠入了浓黑之中。有时候，黑暗会变成一条上山的小路，有什么在背后追赶我，可我逃不开，因为小路变成了沼泽，我的双脚被卡在了石头里。有时候，黑暗就是我躺着的这间屋子，屋子里飘着一个小小的气球，在墙壁之间弹来弹去，快乐地，快乐地，弹过来，弹过去。与此同时，它变得越来越大，夺走了屋子里的空气。很快，气球变得那样庞大，撑满了整个房间，填满了每一个角角落落，挤压着躺在下面的我，它庞大的躯体压在我身上，夺走我的呼吸，闷住我的口鼻。

我回到了老教堂的院子里。我要到老地方去找李姐姐，因为妈妈在那里。可教堂的院子变成了昌先生的家。他家在一面陡峭的小山坡上，跟那个教堂很像，只是小一些，凌乱一些。我最后一次见到昌先生，就是跟着妈妈去军营的那一次。有趣的是，这么多年过去了，他那破破的小屋还是从前的样子。看，那是他儿子，麻子哥哥，他朝我走过来了，依旧是那样满脸带着金子般灿烂的微笑，眯缝起眼睛，大大地张开双臂，要来拥抱我。

"秀英啊。我一直在等你呢。你长大了，长得多么漂亮啊。"

他一把捞起我，抱着我转了个圈。房子、树、天空都在转动，我感到眩晕，却"咯咯"地笑出了声，好像还是七岁一样。可叫我惊讶的是，他的皮肤变得那么光滑，人变得那么英俊，他脸上的那些深深的麻子坑都不见了。就是因为这个，他才有了"麻子"的外号，现在没有麻子了，我该怎么叫他呢？他转过身，背对我蹲下，让我骑到他的肩膀上去。他要驮我。我跳到他的背上。他飞快地冲下山坡，就像我们以前常常玩的那样。他没有抱怨我现在变得这么重了——我十四岁了，已经完全长成大人了，你知道吗？回来的上山路上，我一直在笑，因为他一直在说那些说过了很多次的话。我也在说。

"秀英啊，哥哥永远爱你。"

"直到你死？"

"直到我死。"

"那要是你死了以后怎么办呢？"

"死了以后我也爱你。"

"还会背我？"

"还背你。"

"为什么呀？"

"这样你的脚就不会被弄脏了呀。"

"到你成为大画家以后也一样？"

"到那时也一样。你也会很有名的，人人都会在我的画上看到你，认识你……"

多奇怪啊。我们都知道麻子哥哥许多年前就自杀了，在他十八岁的时候。可现在，他却在这里，和我们从前一样，只是没有了麻子。他那时已经接到了弘益大学的录取通知书，那是一所著名的艺术院校。可昌先生说，不可能。"艺术家都是懒汉无赖，不是踏踏实实过日子的路子。他们到头来不是饿死，就是抽鸦片抽死。你别想指望这样浪费我辛辛苦苦赚来的钱。真是丢人！"他们吵啊，吵啊。最后，麻子哥哥放弃了。可没有了他的艺术，他也不想活了。他的父亲在自家后院里找到了吊在大树上的他。

到头来，甚至都没有一场葬礼可以让我再去看看他。

"秀英啊，醒醒。由美来了。你不想跟她打个招呼吗？"是姨妈在说话。由美低头看着我，要笑不笑，要哭不哭的样子。

"秀英啊，你这是怎么了？你怎么这么瘦。你还好吗？"她掏出她那一直叫我嫉妒的、熨得平平整整的雪白的手帕，擦了擦她泪汪汪的眼睛。"大家都问候你，希望你早日康复。高小姐也是。"由美把一叠康复问候卡塞进我的手里，"合唱比赛就要开始了，我们现在整个就是一团糟。我们没有独唱歌手了。要是你再不快些好起来，惠瑞就要唱你的独唱部分了。记得她吗，那个美国来的女孩？谁知道她还会唱歌啊。可她不是你，她唱起歌来就跟她的人一样，松松垮垮，字都咬不清楚，没有味道。啊，她也希望你好起来，她不想被骂，要是我们唱得不好的话，她就要挨骂了，哈哈。宗小姐走了，你也不在，合唱都不好玩了，一点意思都没有。"

听到合唱团和宗小姐，让我有了坐起来的冲动，可由美按住了我。

"快点儿好起来就行了，快一点吧。没你在，学校里好无聊。一切都无聊透了。我妈妈和妹妹们也一直问起你。妈妈说她会给你做你最喜欢的炖土豆。记得她的炖菜吗？"

说实话，她的炖菜也就是还行的水平。我喜欢的其实是土豆，喜欢它们朴实却微妙的味道，令人无法抗拒。我太爱吃土豆了，以至于有一次妈妈还吓唬我说要找个种土豆的农民把我嫁掉。我说："不，妈妈。我会赚很多很多钱，想吃多少土豆都能自己买，什么都能自己买！"

　　如今竟能听到还有人需要我，这感觉很古怪，毕竟，连我自己都不想要自己，不需要自己了。由美离开后，我有了想要好起来的动力，可我连站都站不起来。我的双腿完全是一副干瘪的模样，膝盖像拳头一样突着，再往下，只有两根骨头连接着脚踝。我的皮肤松松地挂在骨头上，晃晃荡荡。我还发现了一件事：就算是在我已经对疾病和来势汹汹的黑暗举手投降的时候，依然有某个东西深藏在我的内心深处，在看着我，牢牢地拽住我，那是某个不会被压垮、不会被打碎的东西。它没什么声响，也不大，但始终都在。这个小小的东西在我的身体里搏动着，看护着我。现在，它在敦促着我，告诉我：还不到消失的时候，还有许多东西在等待着我。我聆听着它的声音，慢慢坐了起来。

第二十二章

由美和我在上小学之前就认识了，从没分开过。她家跟我们家之间就隔着几户人家。由美有点跛脚，只是很轻微的一点，是小儿麻痹症的结果。可是，等到了结婚的年纪，这一丁点儿的跛脚就会变成难以逾越的障碍。我们还住在老房子的时候，邻里之间太紧密，很少能藏得住什么秘密。每一件事、每一个人都被摆在放大镜下，里里外外，每分每毫，都被解剖、被解读、被谈论。好心的邻居看到由美的腿会替她操心："啧，啧，啧，可怜的小东西，谁会娶她当老婆啊。"有的人却会排挤她，仿佛认定她的人生已经完蛋了。可由美从来感觉不到这些。她的父母非常宠爱她，把她保护得很好，尤其在意我们这些街坊邻居家的孩子。由美的妈妈经常请我们这些小孩到她家里去，招待我们吃小零食，只为了让我们愿意跟由美玩，也免得我们当面取笑她。尽管如此，小孩子还是会在背后偷偷管她叫"不配对的筷子"，这是很大的冒犯，毕竟，有谁会用不成对的筷子吃饭呢？就连最穷的人都不会。要是有哪个新娘子不小心把不成对的筷子摆在了餐桌上，那就只有祈祷老天保佑她了。

由美不在乎自己得过小儿麻痹症这件事，她无所畏惧。她玩游戏很认真，很努力，从来不作弊。就是因为这个，我特别喜欢她。我们俩很快就成了好朋友。我们常常一起倒挂在横杠上，看着颠倒的世界，比谁坚持得久，谁会先掉下去。玩跷跷板我们也要比赛，要努力把对方弹起来，那非常惊险，况且她的平衡不那么好，可要是有谁敢对她格外手下留情，她是一定会生气的。

我们还会偷偷钻进漫画店里，把最新的漫画整套拿出来藏在凳子下面，一口气看下去，看到忘了时间。正经人家的年轻女孩绝对不能在漫画店里被人看到，那地方又黑又乱，还得跟满身臭气的男孩子们胳膊挨着胳膊地挤着坐在一起。姨妈对此很不赞同，她说漫画是在往小孩子的脑子里塞垃圾，漫画店更是滋生小混混的地方。可由美的妈妈却会成套地把漫画租回来，让我们在家里看。她希望由美待在家里，安全，快乐。她常常坐在旁边陪着我们，手上做着家务，时不时地拍一拍由美的屁股，动作间带着那么浓厚的关爱，就连我都能感受到温暖和满足。

姨妈的裁缝铺子关门后，我们不得不搬去了麻浦区更穷的片区。与此同时，由美父亲的当铺生意却越来越好，他们一家搬去了麻浦区更富裕的区域。但我们之间依然只隔着步行可达的距离。

每逢节假日，她父亲的当铺就特别忙，她父亲总要工作到很晚。由美的妈妈会做好热腾腾的晚餐，让她和我一起去送饭。他那家开在钟路区的店铺简直就是个自然历史博物馆。铺子里有大理石雕和玉雕；有一个翎羽完整的孔雀标本；一整张虎皮做的垫子，老虎凶恶的大嘴张开着，随时会吃人的样子；还有一把日本的武士刀，刀柄上嵌刻着一只展翅高飞的金色仙鹤，姿态安然，这只是一柄专为杀戮而生的刀，却依然被如此用心打造，精工细作。此外还有许多面具，韩国的和日本的都有，每一个都奇形怪状，却又十分迷人。韩国的面具模样吓人，感觉像是一笔刻成的，有某种流转的能量精髓蕴含其中，但它们总是眯缝着眼睛，仿佛随时可能爆发出一阵大笑似的。日本的面具则不同，就算是笑，也显得十分严肃。它们雕刻精细的白脸看上去邪恶鬼魅，更像是来自黑暗、阴冷的幽冥世界的东西。

从当铺里出来之后，由美和我总会手牵着手穿过夜色中的街道，口袋里装着她父亲给我们的零花钱，我们会奖励自己吃辣年糕和鱼饼，汤也是辛辣的，仿佛有火焰在舌头上燃起，再随着温暖的汤汁一路烧到脚趾，让我们忍不住要使劲跺脚。

由美和我都快十五岁了。她比我高一些，可班上的同学还是管我们俩叫"双胞胎"。我最信赖的人就是她，需要帮助时我一定第一个找她。可这一次，我不敢确定了。一旦把康真的事情告诉她，我们之间的一切就都改变了。我们的友谊会立刻终结，她再也不会像从前那样看待我，她会从朋友变成施恩者，我则会沦为被可怜、被救助的对象。为了保护由美的纯洁，她妈妈一定会禁止我们来往。他们可以接受我穷，可以接受我是个事实上的孤儿，甚至接受我私生子的身份，但绝不能牵扯到性方面的不洁。这是一个可怕的坑，所有父母都会害怕自己的小女儿跌进去。我们从来不谈论男孩子，更别说性了。是的，我们的确会偷看登载着爱情故事的杂志，我们喜欢读那些暗地里的书信往来、黑暗中偷偷的牵手，甚至拥抱！可小说里也从来没有提到过康真对我做的那种事情，一点点可以联想类比的都没有。我们如今还分男校和女校。我们被教导：在进入大学以前不可以有对异性的好奇心，上了大学，才是该考虑谈婚论嫁的年纪。约会也一样，是大学生的专利。如果你和一个男孩子手牵着手走在路上，那他最好是你的弟弟，或是某位年长的亲人。否则，你就可能被停学。至于我这样的事情，是会被开除的。我们教会里也有一些男孩，包括我所在的唱诗班里也有。可我们都会保持距离，哪怕真是对某个男孩有好感也不敢有分毫逾矩。我从没听说有哪个在我这个年纪的女孩曾经遇到过像我这样的问题。

"不要把你的痛苦经历拿出来说。不要表现出你的软弱。他们只会利用它来对付你，在你背后嘲笑你。"这是姨妈在妈妈去美国前叮嘱她的话。她是对的——我能得到的只会是可怜和嘲笑，就像他们嘲笑由美的腿一样。

一个圈凭空落下，把我套在了里面。只要保持沉默，就没有人可以打着帮忙的旗号，把我拉出去，放在聚光灯下，蜚短流长。所以，我必须保守秘密，独自找到脱困的办法。可我不知道该怎么去找。

"由美啊，到我房间来一下，帮我看看这条新裙子要怎么弄。

我弄不清楚了。买的时候明明感觉很合适的，现在怎么不对了。还有，赶紧收拾一下。爸爸很快就要带客人回来吃晚餐了。"由美的妈妈在障子门外说。我该走了，离开他们温暖、快乐的家。这也意味着，我今天不能在他们家吃晚饭。由美的妈妈向来慷慨，她宽厚的身体里有一颗同样宽厚的心。只是无论多么慷慨，她也不可能邀请我留下来跟他们的贵客共进晚餐。

平时，如果我在他们家，又刚好赶上晚餐时间，由美的妈妈就会二话不说，直接在桌上多加一双筷子和一碗堆得冒尖的大米饭。我不知道他们家的用人会不会觉得我可怜，但至少还从来没有人表现出来过。我去他们家，许多时候都是贪图能有点儿好东西吃。这些日子以来，我过分地贪恋他们家的热情招待，去得很勤，而且每次都待到很晚。

我出门的时候，烤牛肉饼的肉香和炒蔬菜的芝麻油香气已经飘出来，在他们家院子上空盘旋了。我的胃想要留下。也许我可以走进厨房，随便找一个他们家的用人，说一句"好香呀"，他们家的用人都很和气……可我逼自己离开了。

从由美家走到我们的小屋最多不过十五分钟的路程，两个街区的反差却总是显得那么惊人。只要转过几条安静的小巷，他们家那个富有的街区就消失了，被我们乱哄哄的马路取而代之，几乎每天都有各式各样的店铺在马路边冒出来。我们的小屋还在更下面。

我很怀疑今晚家里有没有东西可吃。虽说和济茵家确定了关系，婚姻大事近在眼前，可我们的境况并没有什么改变。我们贫困依旧，窘迫根深蒂固。姨丈出院回家了，病情毫无进展，只是他的病终于有了名字：中风。治不好的。

迈进家门，我看到的却是一顿很不寻常的晚餐，屋子里水汽蒸腾，热火朝天，弥漫着一股令我窒息的恶心味道。姨妈、仁淑和美惠躬身围坐在矮桌边，大吃大嚼，嘴巴咂得"吧嗒"作响。仁淑跑过来拉我一起吃。我们的矮桌中间放着一口大锅。油珠在浑浊寡淡的汤面上泛着光。肿胀的鸡爪上挂着皱巴巴的皮和尖指甲，支棱在汤面上。对角上是漂浮的鸡头，尖尖的嘴壳还在，一颗灰蒙蒙的蓝色眼珠朝天瞪着。锅边的桌面上堆着些啃得干干净净的鸡骨头。姨妈从房东那里赊账买来了这只鸡，就这么整只放进清水里煮，甚至没有加一两片姜进去盖一盖它浓重的腥味儿。我站起来，说我不饿。

姨妈一边撕扯一只鸡翅膀，一边冲着我的背影大骂："你这个自以为是的婊子。你以为你有多高贵，看不上这个……你还是过得太舒服了，就是这么回事。你还不知道什么才叫饿肚子。滚出去！"我强忍住一阵恶心。

"我早晚有一天要把你的鼻子割下来。娇气得像个孕妇一样，整天这也闻不得，那也闻不得。到了肚子里还不全都是一回事！"她追着我的后背大骂。

我坐在平日里常坐的路缘上，想呼吸点儿新鲜空气，却只闻到妓院里飘出来的酒臭和发馊的肥猪肉味道，让我本来就在抽搐的胃雪上加霜。我站起来，想甩掉这种感觉。就在这时，姨妈刚才的话突然在我的脑子里响了起来："娇气得像个孕妇一样。"我听说过，有的孕妇会对某种特定食物的味道感到恶心，这是一个信号，会让所有期待孩子到来的人高兴得跳起来。我算了算上一次月经的时间。因为生病和这段时间的混乱，我完全把这事儿给忘了。这一次，已经晚了两个星期了。我的眼前突然一片漆黑。

第二十三章

"嘿，你，那个学生！下车了，我这趟车到终点站了！"司机大声说。

我醒过来，公共汽车上已经空了。

"辛辛苦苦又一天，又是一天过完了，日子就是这么过掉的。看看，你见过这么好的天气吗？这是春天的天气吧？春天的味道啊，总是能闻得出来的，没错，就算是在冷得要死的冬天里也一样。可我的春天在哪里啊……我这日子过得真是没意思，死不了，也活不好。"他絮絮叨叨地抱怨着，又抬头看了一眼后视镜里我迷迷糊糊的样子，重新提高了声音，说，"你这一整天都待在我的车上干什么？为什么没去上学？你真是学生，还是从哪里偷来的这身校服？想睡觉就回家睡去。我真是羡慕你们这些小孩，在哪里都能睡，什么时候都睡得着。想当初我也是这样。"他慢吞吞地下了车。

我望了望车窗外的停车场，场地里停满了空的公共汽车。我从来没到过这个地方。我下了车，顺着公共汽车之间的缝隙绕来绕去，穿过停车场走到最里面，那里有一间小小的车场办公室。时钟显示已经是下午一点了。办公桌旁只有一个人，我问这是哪里，他偏了偏头，让我自己看他背后的终点站牌。牌子上写着"长安洞"。汉城东边最远的一个区。走回去的话，得花上一两个钟头。我已经走了一整个上午，直到实在走不动了，才上了这辆公共汽车，掏出我所有的钱付了车费，只图能歇一歇脚，也不必费神去想接下来该往哪里走。这趟车来来回回地沿着东西方向开，我一直看着外面的人和街道发呆。脑子里却乱哄哄的，无数担忧挤在里面，七嘴八舌地缠着我问："我们该怎么办？你打算怎么办？你有什么计划吗？"我没有，一点头绪也没有。

我已经吓呆了。我在学校的课本上看到过一点有关怀孕过程的解释，可那太简单、太抽象了，我看不懂。这个话题是禁忌，课本上只用了一段话来介绍它，我们的老师更是只把它当成了额外的课外参考内容，从来没跟我们讲解过——也可能是讲这段的时候我刚好逃课了。就算我能鼓起全部的勇气去问姨妈，甚至由美的妈妈，她们也只会直接把我堵回来："这问的是什么啊，你怎么会想要问这个的，为什么要浪费时间来琢磨这种事情啊，你成天都在想些什么！等你将来结婚以后自然就知道了，现在只要把心思用在读书上就对了。"更糟的是，这样可能适得其反，引起她们的警惕。那她们就会注意我，怀疑我。

所以，我一直在等待寒假结束，好像只要回到学校，那些担忧就能神奇地自动消失了。可到了回学校的日子，我却迈不进那道大门里去了。我做不到，只能转身走开。我再也不属于校园了。我无法面对同学们天真无邪的谈笑，所有诸如高中入学考试之类的担忧都已经不再有意义。我只关心一个问题：我要怎样才能消失？不是去另一个地方，不是去找妈妈 —— 不再是了 —— 而是彻底地消失，就像从来没有我这么一个人出生过一样。当然了，这些念头并不是第一次出现，自从妈妈走了之后，我就常常有这样的念头。可如今，这份冲动重重地跺起了脚，急切地催促我付诸行动。可究竟要怎样才能变成从来没出生过呢？我列出了一份参考列表。

第一种：从天桥上跳下去，被大街上来来往往的汽车撞死。汽车还是新鲜的东西，司机们还在因为不懂得避让行人而声名狼藉。为了让人们走天桥过街，大的街道上都装上了隔离栏杆。到处都能看到有关车祸的警示牌，就连公共汽车的车身上都是，画着被撞碎的人头骨，鲜红的血泊中有豆腐一样黏黏白白的脑浆溅出来。非常有效的警告。噩梦一般的死法。但还是有人跳天桥寻死。

第二种：跳汉江。可我听说要是这样的话，市政部门就会有人来敲我们小屋的门，要求姨妈支付环境污染的清理费用，那她一定会狠狠地咒骂我，不管我死了还是没死。太多人跳汉江寻死了，多到都变成了一种环境灾害。再说了，我不想变成水鬼。

第三种：上吊。感觉上，这种办法操作起来很难，需要安排好时间、地点和具体手法。

第四种，也是最吸引人的一种：一氧化碳中毒。无论有钱人还是穷人，所有韩国人的家里都有一种独特的地下取暖系统，烧煤的，叫"温突"。可有时候，致命的一氧化碳会泄漏出来，透过破裂的地板飘进人们睡觉的屋子里，每年冬天都有很多人这样丢了性命——据说这种死法一点都不痛苦，只是再也醒不过来了而已。它又简单，又不至于太戏剧性，这很吸引我，只是有一个问题：我们的小屋里永远有其他人在。不管他们多可恨，我还是没想过要拖着他们一起去死。

所以，一切又回到了原点。整整一个上午，无论是走路还是坐车，这些念头一直在我的脑子里打转。

从公共汽车站回家的路上，我绕路去了老教堂的空地。在这个温暖的正月里，金合欢的树枝看上去就像一颗颗顶着乱发的脑袋。麻浦区在我的脚下展露出了它的全貌。每隔一两个月，它的模样就会有些变化，新建筑不断吞噬老房子，抹去战后贫穷的痕迹。很快，这一切就会扩展到我们的街区，把我们勇敢无畏的小屋、隔壁的妓院和周遭的一切全部推倒。我不知道，到了那个时候，我们又能住到哪里去。不过无所谓了，我多半活不到需要操心这个问题的时候。

我站在山崖边，想学着当初李姐姐那样大吼。几年前，是这个举动给了她离开姨妈的勇气。只是如今看来，却不免显得有些孩子气。我一屁股坐在地上，眼睛盯着晴朗的天空，它深邃、无垠，又无情，没有一丝云彩敢闯进来。风向变了。一股奇怪的味道飘过来。我转头朝教堂的方向望去。在光秃秃的荒地另一头，有黑烟正升上天空。我站起来，过去一探究竟。

两个男人背对我坐在塑料工具箱上，望着下面的城市。他们抽着烟、喝着酒，正在聊天。他们的右手边立着两把木头草叉，草叉之间隔着大概两米的距离，上面横架着一根长棍。棍子上穿着一只中等大小的狗，从嘴巴穿进去，屁股穿出来，狗脖子被长棍撑着，挺得笔直。它的头变成了一个小小的圆东西，只勉强从两只竖起的耳朵上才能辨认出来。它的四条腿大张着，看上去又不检点，又痛苦。它的皮肤表面已经被烤得焦黑，尖牙从光秃秃的下颌骨上突出来，活像恐怖电影里的怪兽。油脂顺着它的头滴在下面的火堆上，"啪、啪"地炸开来。它绷紧的焦黑皮肤裂开来，发出"毕毕剥剥"的声响，仿佛大旱天气里龟裂的土地。血从它皮肤的裂口里渗出来，汇成一道道红色的小溪，滴进"哗啦啦"作响的火里，冒出恶臭难闻的气味。黑烟盘旋着飘上半空，邪恶又迷人，染黑了湛蓝澄净的天空，就像孩童用蜡笔抹脏了白纸。

我觉得恶心，却挪不开眼睛。只能捏住了鼻子。

一个男人回过头来，看到了我。

"你饿了？想来点儿？"

可另外一个着急地用胳膊肘捶了捶他，指着下面的街道。

"看，下面。示威游行的又来了！"

他们俩都站起身，走到山崖边上，伸长了脖子想看清整个场面。我也学着他们往下看。

"哇哦。不是什么小打小闹哟。这是到现在为止最大的一场了。"高个子的那个男人说。

学生们一波又一波地从侧街小巷里涌出来，汇入大街，一目了然的高中黑白制服和大学生的便装混在一起。就在他们前方不远处，警察也已经集结起来，列出了整整齐齐的方阵，每个人都戴着头盔和护具，手持塑料盾牌和长棍。

"真是些发疯的小王八蛋啊。他们爹妈拼了老命送他们去上好学校，结果呢，他们就这么拿着自己的小命瞎玩。图什么啊？"

"如今可赖不到日本人头上去了，也赖不着美国人，眼下这些都是我们自找的。所以，来吧，让我们自己打自己吧……给他们点儿颜色看看，可怜的小崽子们。我支持你们！"矮一些的那个大吼。

学生们开始有序又谨慎地向前推进，举着大大的条幅，不断高呼："学生联盟反对朴正熙！""拒绝独裁！"可是，当队伍行进到警察方阵跟前时，前进的速度开始减慢，由盾牌和护具组成的坚墙迎面逼近，把他们震慑住了。后面的人群还在源源不断地继续涌上来，可前排的学生已经渐渐停下脚步，被推得像海浪一样前后摇摆起来。后面有人朝警察扔出一块石头。然后又是一块。很快，石块如雨点一般投向警察。有警察闪身躲避，防线被撕破了。学生们大吼着口号合力一个猛冲，向前推进了一大段。可警察们努力稳住了阵地，举起盾牌，摆出必要时就要真的挥棍动用武力的架势。作为警告，警察把一个催泪瓦斯扔进人群。学生们散开了，可很快又聚拢来，甚至聚得更紧，反手掷出了更多石块。更多催泪瓦斯划过半空，留下粗壮弯曲的轨迹，将大街笼罩在了灰色的烟雾里。烟雾升腾，朝我们这边飘过来，跟烤狗的烟混在一起。混合出双重的可怕恶臭。

我知道催泪瓦斯的滋味，知道那种大葱胡椒的刺鼻味道，那种流泪、咳嗽、鼻涕横流的感觉。身为初中生，我们并没有真正参加过这类游行，但总难免有不小心被卷进去的时候，比如，在错误的时间出现在了错误的地点。我们也听到过有学生被催泪瓦斯砸中脑袋丢了性命的传言。

突然间，那些灰暗到令人窒息的过往都从我的身体里消失了。我欣喜若狂。所有那些怎样去死的纠结，所有那些忧惶恐惧，都不见了——就是这里了！在这混乱的大街上，挤满了游行者，弥漫着催泪瓦斯的烟雾。这就是最好的地方。

我拔腿冲出教堂的空地，奔向山坡下的大街，逆着向外逃散的人潮往里挤。我努力冲上大街，挤进人最多的地方。我就要消失了，消失在这尖叫、烟雾、混乱和暴力之中。我感受到了狂野生命力的冲击，几乎眩晕。我把书包放在两脚之间，挺直了身体站立着，任由人们冲撞我，推挤我。不过短短数秒之间，我就两眼模糊、呼吸困难了。我流着鼻涕，喉咙里起了火一般地痛，眼泪一直流。可还不够，我还想要更多，比这多得多——我想被击倒，失去意识，然后死去。烟雾遮盖了一切。就算是近在眼前的人，我也几乎看不见了。一个肩膀撞到了我的身上，一只脚从背后踢中了我的膝盖窝。我扑倒下去。下意识地伸手去抓前方一个移动的人影，却还是摔在了地上。一只脚踏到我的身上。更多只脚接踵而至。我静静地迎接落在我身上的一切。在这疯狂的迷乱中，我感到了平静。

一阵短暂的平静突然到来，人群散开了。就在这时，我看到几步开外出现了一双长短不齐的腿。是由美。我抬起头向上看，认出了她修长的身体轮廓。我想开口叫她，可喉咙还在灼痛。我爬上前去。由美的袖子被扯掉了，有血流下来。旁边是惠瑞在搀着她。惠瑞也在哭着叫妈妈。她大概是不知道该往哪里走——她跟由美和我不一样，她不住在这一区。我爬起来，向她们走去。有人撞到我身上。我再一次跌倒在地上，重新挣扎着努力往前爬。由美已经晕过去了，她的脸上又红又肿，眼睛紧闭着。我抓住了她流血的胳膊。人群推挤着，一直要把我们分开。惠瑞和我抓紧了书包，带着由美，极力走在一起。终于，我们从大街上挤出来，逃进了一条小巷子里。

后来惠瑞才告诉我，因为游行警报，学校提前放学了。虽然知道有危险，可她们还是没能抵挡住这种大场面的诱惑，结果却不小心被卷了进去。

我冲进游行队伍是为了寻死的，到头来却在医院里照顾由美。那天晚上，我的月经来了。

第二十四章

由美和我从来没有讨论过月经的问题，这也是一个禁忌话题，仅次于性。仁淑比我大一点儿，可也没有提醒过我。至于美惠，就更别指望她会做什么了。仿佛有什么心照不宣的约定，所有女人对于自己这些特殊的日子都避而不谈，也绝不会为经受的痛经或其他折磨有任何表示。要不就是我太愚钝，没有察觉。初潮到来时，我认定自己是得了某种不可启齿的疾病，就要死了。有那么多种不同的死法，我却偏偏要因为那个提都不能提的地方流血不止而死去，一定是因为我生来就是个坏种。姨妈是我唯一可以求助的人。"噢，已经来了？长大了呀，是不是？别担心，你不会死的，没那么快。你长大了，是个女人了，就是这么回事。"她一边说，一边翻出几块粗布和两个大安全别针递给我。月复一月，我替换着重复使用它们——每一块小布头都是非常珍贵的。可无论洗多少次，揉搓得多么用力，粗布上的污渍永远洗不干净，它们永远都那么硬，磨得我大腿内侧发痛，还得小心别让垫在里面的纸掉出来，结果就是，每到那几天，我走起路来就活像鸭子一样。

现在，我的月经回来了，我的人生又有了指望。效果立竿见影：我不再在意我们那岌岌可危的小屋，姨妈的漫骂也显得可爱起来，我甚至很乐意迎接那些尖锐的刺痛。我又是女学生了，我对同学们的羡慕妒忌也跟着升华了。一直以来，我都很嫉妒她们无忧无虑的样子和纯洁无瑕的韩国少女气息。

我回归校园，心态完全不同了：我想上高中，任何高中都行，然后，我会另外想办法去找妈妈。我怀疑我在课业上至少落下了两个年级的进度，说不定有三个，特别是在数学和科学课方面。光是理清楚我有多少东西不懂就是个大难题，花掉了我许多时间。我不断回溯又回溯，最终发现自己不得不从七年级开始补课，整整两个学年的课程。我借来由美的旧课本，因为我自己的已经被姨妈卖掉了。本来买的也是二手课本。我的同班同学从初一就开始做高中入学考试的练习了，这样无休止的高强度学习要一直持续到我们考上大学才算完。只有到了那个时候，我们才能松一口气。

我开始跟仁淑一起熬通宵。她一开始有些生气，因为觉得我是在学她，但终究还是让步了。我们一起学习，就像同一战壕里并肩作战的两个士兵。我甚至比仁淑熬得还要晚，我热爱这些漫长宁静的夜晚，在黑夜里，我的头脑会格外专注、活跃。我很后悔浪费了这么多年的时间，游手好闲、自怨自艾，殊不知最好的解脱之道一直就摆在眼前。

让我吃惊的是，我竟然很喜欢数学。它一开始的确令人望而生畏，可一旦从最基础的代数开始入手，一步一步走下去，一切就渐渐开始变得清晰而富有逻辑。无论多么复杂的数学题都只有一个答案。只要我能牢牢记住并严格地遵循解题步骤，正确运用数学公式，唯一的正确答案就会在数字与图形的迷宫尽头等待我。多么美啊！宛如一段乐章，正确与错误泾渭分明，和现实生活完全不同，在数学的世界里，没有含糊的灰色数字拉拉扯扯，逼得人发疯。

"金秀英。金秀英在哪里？"早点名时，高小姐问。我埋下头去，可她的声音准确地找到了我的位置："午餐时间到我的办公室来。这一次，不要再让我失望了。"所有人都转头看着我，窃窃私语。被叫去老师办公室通常只意味着两个字："麻烦"。当然，我知道她找我做什么。她已经失去耐心了。我是个坏学生，学习成绩一塌糊涂，学费缴纳方面更是毫无信用度可言。我总是拖欠学费，这是最糟糕的冒犯。她没有当着全班的面说出来，就已经是给我留了情面了。有时候，要是欠缴学费的人太多，她是会当众点名的。

高小姐的办公桌在教师大办公室的最里面，靠着窗户，窗户正对学校操场，雨点敲打在玻璃上。办公室里差不多空了，只有两三个老师还待在各自的办公桌前。

她透过眼镜片的上方凝视着我。"你上个学期的学费还没交，这个学期的也拖到现在了。我说过，让你的父母到学校来，可你也没有照办。你这样让我非常为难。我很抱歉，但不得不通知你，学校打算给你一个警告。这个月的月底是最后期限，不然你就要被开除了。"

"求您帮我写信给我妈妈！"我冲口而出。

"帮你——什么？"

"求求您！帮我写信给我妈妈。她在美国。"

高小姐看着我，满脸怀疑。很少有人能真正认识在美国的人，人们只是听说有些人得到了这样的好运。所有人都坚信，只要到了美国，就能立刻变成有钱人。可我，班上最穷的学生，却在这里说自己的妈妈在美国。

不等她训斥我撒谎，我就一口气说了下去。我告诉她，我找不到人帮忙……我需要给妈妈寄一封信，可我不敢，因为姨妈……

只是提到姨妈，我就失控了，几乎没有办法继续说完我的恳求。我一直想着，要言简意赅、有条有理地向高小姐求助，请她帮忙给妈妈写一封信。这样，一来可以为我争取时间，不至于被开除；二来，可以让妈妈直接把学费寄给学校；再来就是，让她来接我。要真正解决我的困境，去美国是唯一的出路。可现在，我却语无伦次，抽抽噎噎，涕泪横流，一股脑儿地把我这七年来的生活通通倒了出来——关于姨妈，关于妈妈寄来却被她拿走了的信和钱，关于她如何不让我离开，只为了能继续从妈妈手里掏钱。我把一切都告诉了她，除了康真。康真的事情不能说。她会把我当成麻风病人一样避而远之的。我全身冰凉，牙齿"咯咯"地打战，像是吞下了一整桶冰块。

高小姐没有打断我，一次也没有。直到我说完，她才从椅子上站起来，把她的手帕塞进我的手心里。

"我从来没有听说过这样的事情……你保证刚才说的全都是真的？还有别人知道吗？"我说由美和她家里人知道一些。

"你可以回去了。叫由美来见我，马上来。"她顿了顿，又补了一句，"把你妈妈的地址给我。再给我一个可以让她联系到你的电话号码。"

午餐时间已经结束，落在最后的几个学生正挤在一把伞下，叽叽喳喳地尖叫着往教室里跑，努力保护她们洁白的衣领不被雨点打湿。我顶着倾盆大雨坐在学校的长凳上，鞭子似的雨水让我渐渐冷静了下来。我在脑子里一遍又一遍地回想和高小姐的谈话。突然间，我意识到，我犯了个严重的错误：我向官方权威人士告发了姨妈。要是高小姐告诉学校，学校又报了警，那么……我从没想过要把所有事情都说出来，谁知到头来却像个靠讲述悲惨故事求取怜悯的乞丐一样喋喋不休。姨妈暴怒的脸出现在我眼前，还有康真的脸。可话已出口，也吞不回来了。

"好吧，这样更好。既然如此，就听天由命吧。"我只能这么安慰自己。

姨妈在铺子里做衣服。除了主屋里的姨丈，其他人都不在家。和平时一样，他躺在地上，头顶着高立柜，破旧的被单勾勒出他细长的胳膊和双腿。他醒着，空洞的双眼让我心里发虚，但我认准了他不会出声。我走过去，踮起脚尖，脚边就是他的脸。他没有闪避。要是我不小心没站稳，很可能就会一脚把他的鼻子给踩扁了。我一边竖着耳朵听姨妈铺子里的动静，一边垂下一只眼睛觑着姨丈，双手轻轻地拉开了他头顶正上方的抽屉。血一阵一阵地涌进我的耳朵，发出活塞一般"砰砰"的回响。

要是康真说话算话，那些信就应该还在原来的地方。他遵守了承诺。我没有把那个手袋拿出来，只是凭着感觉拧开扣环，抽出一封信，塞进衣服口袋里，然后飞快地出门往公共茅厕走。途中要经过姨妈的铺子，我只希望万一被她看见的话，能让她以为我是着急要去上茅厕。

我把自己锁在茅厕里，拿出信，想确认一下妈妈潦草的笔迹是不是足够清晰，能让高小姐看明白。希望姨妈不会发现——至少明天之前不要发现，因为那个时候，我已经把信交到高小姐手里了。到那个时候，就再也没有回头路可走了。

第二十五章

那是星期天的上午。仁淑和美惠都出门了。姨妈正在化妆，准备去教堂。我趴在我们的矮桌上学习。就在这时，有人用力拍响了我们的门。

急促的拍门声未落，就传来了由美激动的声音，大声叫着我的名字。我跑出门去。她一定是一路跑过来的，连气都还没喘匀。

"你妈妈……她打电话来了。她要说话！她在线上等着！"

这不可能！十天前高小姐才把给妈妈的信寄出去。照姨妈的说法，信寄到美国要花好几个星期甚至好几个月的时间。电话号码是由美直接提供给我用的，都没有事先征求她爸爸妈妈的同意。我们俩都没想到妈妈真的会打电话过来。越洋电话贵得离谱，何况并没有多少人家能用得起电话这种奢侈的东西。

由美兴奋得冒泡。多半是因为她家也从来没有接到过越洋电话，更别说是从美国打来的了。"你妈妈想跟你姨妈说话。快。"她又喊了一句。

"什么？为什么是我姨妈？"我的心沉了下去。我疯狂地对她比画"嘘"的手势。一定不能让姨妈听到她的话。可已经晚了。姨妈已经从门里出来了。她一把将我拨开。

"你在胡说八道些什么？你说秀英妈妈打电话来了是什么意思？什么电话？"

由美这才意识到自己闯了祸，只能嗫嚅着又说了一遍。

姨妈一脸茫然，跟着便转头看我。"你做了什么！她为什么会打他们家的电话找我？你背着我偷偷干了什么，你这个……"她抬手就要打我。

"我们得快点儿过去了，秀英姨妈。她还在电话上等着您呢。我妈妈在接电话。请快一点……那是美国来的电话，电话费可是……"

姨妈一把攥住我的手腕就往外走："我们跟着你！"

我们就那样出发了——姨妈的妆才化到一半，家里那小房子的门大敞着。由美跑在前面，不时带着惊恐的神色回头瞥一眼拽着我手腕的姨妈。

我想跟妈妈说话，想了那么久！可绝对不是在这样的情形下。不是和怒气冲天的姨妈在一起，让她守在一旁听着我对妈妈说出的每一个字、每一句话。不知为什么，我一直设想高小姐会和妈妈一起把问题悄悄地解决掉，不让姨妈知道，然后，在某一天，我就突然到了妈妈的怀抱里，好像魔法一样。可现在，我的害怕更甚于兴奋。等到这通电话结束之后，妈妈依然远在千万里之外，可姨妈却会把我拖回家去。好消息终于到来，却是装在死亡包裹里一道送来的。

我去过由美家那么多次，这一次，是最快也是最慢的十分钟。由美推开她家大门，狗儿疯狂地叫了起来。它冲向姨妈，却被拴在脖子上的皮带勒住了。姨妈对它视而不见。她也完全没有留意由美的家是多么富丽堂皇——那样气派漂亮的木头大门，那样宽敞的水泥前院，还有那么多房间，足够由美三姐妹一人拥有一个自己的房间，还能再分出下人房来。姨妈径直冲向由美指的房间。她胡乱蹬掉鞋子，冲进去，就在我的眼前甩上了房门。由美的妈妈也出来了，给姨妈留出私人空间。我只恨不能原地连做一百个开合跳，把飙高的肾上腺素降下来。现在只能焦躁不安地走来走去，停不下来。由美抓着我颤抖的肩膀，想安抚我。可转眼却变成了我们两个手牵着手，一起来来回回地走。由美试着把耳朵贴到门上，却也只能摇摇头，她什么也听不到。至于我，我太害怕了，根本不敢靠近那扇房门。

然而，很快就有了动静。姨妈那人尽皆知的尖厉嗓门将咒骂声断断续续地送到了门外。

"你这个愚蠢的、忘恩负义的臭婊子……你怎么敢，我为你做了这么多！"她刺耳的声音穿透了房门，在整栋屋子里回荡。各个房间里的人全都跑了出来：由美的妈妈、由美的两个妹妹，厨房里的两个用人。所有人都聚在院子里，目瞪口呆地望着由美爸爸的房门，现在是姨妈在里面。他们原本都礼貌地回避了，可如今，这事儿已经成了闹剧。

"你这该死的疯婆娘，你竟敢这么跟我高声大气地嚷嚷！我他娘的一手把你养大……你就那么容易相信一个陌生人的话，倒不信我？你有没有问过我究竟是怎么回事？我！你怎么敢说我虐待她！她是你生下的小杂种，是你丢下不管的——是的，是你，不是我，你这个猪脑子。我养她养得比你强得多。你知不知道我是怎么样一次又一次忍饥挨饿，就为了省下一口饭来喂她？你他娘的就是这么回报我的？"

由美的妈妈惊呆了，姨妈这样污言秽语地糟蹋她宝贵的电话，让她目瞪口呆。由美的狗冲着房门高一声低一声地拼命叫个不停。它发狂般的吠叫声撞在院子的水泥地上，又弹上半空。左邻右舍的狗听到这动静，纷纷跟着叫了起来。我真庆幸由美的父亲不在家。不然，他早就挂断电话，把我们扔出去了。

这段疯狂的通话奢侈地持续了整整四十五分钟——七年来她们之间唯一的对话，却从头到尾都是一场丑陋的大战。姨妈有时候也会尖叫，会骂人，会威胁，都有可能，但从来没有像今天这样过。但更让我吃惊的是，妈妈一直没有挂断电话，没有屈服在姨妈的怒火之下。

这是一场马拉松式的争吵，但直到最后一刻，我依然怀抱着一丝希望，希望能跟妈妈说上一句话，哪怕只是听听她的声音也好。

终于，姨妈出来了，她满脸通红，神色可怖。所有人都散开了，为的是给她留点儿颜面。她把电话挂断了。她没有向由美的妈妈道谢，甚至连看都没看她一眼。相反，她的眼睛一直死死地盯着我。她弯腰捡起鞋子，对着我的脑袋狠狠砸了过来，跟着就冲上前来，扬手扇了我一记耳光。我的脑袋"嗡嗡"作响。她又是一记耳光扇过来。就连他们家的狗都呜咽着缩回了自己的狗屋里。不等有人开口说点儿什么或做些什么，她就一把扯着我的头发，把我拖出了他们家的大门。

她的手指关节狠狠地抵在我头上，压得我的头皮火辣辣地疼。她就像浑身冒火的食尸鬼，飞快地走在大街上，横冲直撞。一个都到了姨妈这种年纪的女人，是怎么做到还能走这么快的？我跌跌撞撞，几乎是被她拎着在走。她一路都在痛骂我："你脑子坏掉了吗？想挑拨我和我亲妹妹之间的关系？让我在由美一家人面前丢脸？你好大的胆子！竟敢背着我搞名堂！跟她胡说八道，满口谎话。谁能想到，我竟然养大了一条蛇！你那个豌豆粒大的脑子里到底在想些什么玩意儿？你以为你妈妈能跑回来把你带走？她没那本事！你还是得待在我这里。我送你上学读书，到头来你对我做了什么？你真应该去死，你这忘恩负义的蠢货，混账王八蛋！"

这是星期天的上午，路上没几个人，更不会有人多看我们一眼，多关心一下。家长拥有管教孩子的绝对权威。这俨然一幕"愤怒的妈妈逮住了不听话的女儿"的场景，只会让所有人都站在姨妈那一边，心想："这种小浑蛋就该吃点儿教训。"

回到家，她一把把我操进主屋，从外面锁上了房门。

"不许动。敢跑出去的话你就试试看。我会逮住你，把你那根柴火棍儿一样的脖子折成两段！"

好几个小时过去了。姨妈没有进来，扔下我苦苦煎熬，不知惩罚究竟要什么时候才会到来。我胡思乱想，满脑子可怕的猜测，这本身就是一种折磨，还不如赶紧挨上一顿打，了结这一切。可一个又一个小时过去，等待我的依然只有无尽的等待。我只能安慰自己：事情是你做下的，当然只能自己忍着，早晚会过去的，至少她还没把你给杀了——暂时还没有。可这么一想，我的心情反倒更低落了。她为什么要找姨妈，不找我？她是不是不相信高小姐信里写的那些事，她是不是不相信我？她明明知道姨妈的脾气。她难道想不到，给姨妈打电话会让我陷入多么大的危险吗？要是能在姨妈出来前拦下由美就好了，可我那时候完全没有机会。我的运气是有多差！也许，妈妈是真的不想要我了，觉得我如果能彻底没了才更好。我细细回想她们吵架过程中漏出的只言片语和回家路上姨妈的怒骂，寻觅一切细节。可我找不出这样一通电话到底有什么好处。

　　哪怕只让我听一听她的声音呢，那也是多么美妙的事情啊。我甚至不知道自己是不是还能记得她的声音。我记得她叫我"我的小狗狗""我的小猴子"，记得当时的感受，却记不起她声音的音色和色彩了。

　　夜晚降临了，我们的小窗外已经一片昏黑。

　　"怎么回事？门怎么锁上了？出什么事了吗？有人在家吗？"是仁淑在推门，她从补习班回来了，总算带回了一点活气。

　　"仁淑啊，这边进来。"姨妈在铺子里扬声叫道。她那边的门开了又关上，寂静再度笼罩了一切。不知道姨妈是不是在跟仁淑说这通美国来电的事情，如果是，她也一定是压低了声音在悄悄地说。不过区区一门之隔，我却连一丝动静都听不见。

再晚一些，美惠也回来了，同样直接进了姨妈的铺子。可这一次我听到她们的声音了，美惠的尤其清楚："我就知道她会干出这种偷偷摸摸的事情来。我那时候就该把她推进粪坑里去。那就是只母狗，我讨厌她。她干出了这种事情就是该死，妈妈。我们为什么不做点儿什么呢？还等什么？"

虽然长了副漂亮面孔，美惠无论脾气还是说话做事都跟姨妈如出一辙。姨妈安抚住了她。

寂静。

晚餐时间到了，没有吃的。我竖起耳朵想听听他们的声音。没有。

睡觉时间到了。没有人进屋。怎么可能？就算最便宜的旅馆，也不是我们负担得起的。把我锁起来就这么重要？我根本不知道跑到哪里才能不被姨妈找到。由美家是唯一的选择，但我不能给他们找麻烦，特别是在已经发生过这样的事情之后。

姨丈倒是一直待在角落里没动过。姨妈只来带他出去过一次。古怪的是，没有别的人睡在旁边，他反倒更像个活物了，仿佛随时可能站起来，拖着僵尸一样的步伐朝我走过来。

我整晚都迷迷糊糊的，一直处于半梦半醒之间，做了许多噩梦，跟杀手搏斗，在黑夜中冰封的小路和山头奔跑。

第二天是星期一，上学的日子。可姨妈没有开门放我出去。

第一节课，第二节课，午餐时间……我在脑子里数学校的日程表。我想到了由美，她会想些什么，会担心我为什么没出现吗？姨妈很克制，很冷漠。她没有要求我做出解释。我也没有道歉。我保持着温顺的态度，仿佛被锁起来只是平常的事情一样，就当是休了一天病假。姨妈解除了我的日常杂务——刷马桶、取水、帮忙做饭、洗洗涮涮。我不能出去上厕所。她让我用马桶，然后亲自去倒马桶。她进屋只为给姨丈喂饭，或是带他去茅厕，每次出去都会锁上房门。她给我送过两次吃的，都是面条。不用说，都美味极了。

到这天下午，我的头脑开始陷入了混乱。我不知道自己在等什么。这屋子也开始捉弄我。有时候，它变得那么小，那么压抑，闷得我几乎无法呼吸。有时候，它又无限向外推开去，越过一条条空旷的大街，越来越大，我却变得越来越小，眼看着自己变成了一条趴在水泥地上的小小蠕虫，在烈日下被晒到干瘪。我努力去回想歌唱的方法，想宗小姐放给我听过的那些音乐，可我的意识却沉默不语。我翻开课本读书，可上面的字变成了妈妈的信，变成了那通电话……由美，她的狗在叫，老师，班上同学吵吵闹闹地聊天……到最后，就连这些画面也凝滞了，渐渐淡出，直到彻底停下，重新变回课本上的一个一个字，我的脑子就像姨丈的眼睛一样空洞。

第三天，姨妈推进来一碗米饭，配了点儿泡菜。如果她能看我一眼，或是放下饭碗的动作能稍微温和那么一点点，我就会扛不住了，我会乞求她的宽恕。可她没有丝毫流连，依然那样无情又冷酷地关上了房门，和前两天一模一样。

已经是第三天了，我感觉自己渐渐冷静下来了，胡思乱想了太久的大脑需要一场充分的休息。任何声音都不会再让我兴奋激动了。我睡着了。中途醒来的话，我就逼自己继续睡。后来，我听到一个温柔的声音，问我想不想出去，想不想去呼吸些新鲜空气。

我睁开眼睛。是康真，正低头看着我。他的声音很友好，甚至带着些关切。我别无选择，只能跟他走。我跌跌撞撞地走出门，新鲜空气和刺眼的光亮仿佛刀刃一样向我刺来。我们走在街上，康真很悠闲，我很戒备。这不是表兄妹间的那种散步。我突然意识到，这还是我们第一次一起走路。事实上，在过去的十年里，我从没看到过他在外面是什么样子——除了教堂，可教堂也是在室内。不过，康真也从来不跟仁淑或美惠一起散步，再小一些的时候也没有过，他从小就是个目标明确的年轻人。

不知从什么时候开始，他凑过来，张开胳膊揽住了我。面对我的瑟缩，他笑了起来，轻轻晃一晃我，说："秀英呀——怎么这么紧张？别担心，一切都会好的。我们只是出来吃顿晚饭，早就该这么做了。不过现在也不算太迟。"

他在公共场合里十分有光彩。只靠着眼角的余光我也能瞥见，他的一举一动是多么从容不迫，他穿着光亮昂贵的棕色皮鞋迈出的步伐是多么自信。凭他当家庭教师的薪水是买不起这双鞋的。我想，应该是济茵送的。他裁剪良好的长裤看起来刚熨过，挺括笔直，一直垂到鞋面上，只在脚踝处显出一道几不可见的轻微折痕。他身姿挺拔，像行走在阅兵队伍里一样，可不知怎么，就算这样竟也不乏悠闲时髦的气息。两个穿校服的高中女生迎面走过来，磨蹭着放慢脚步，一眨不眨地望着康真，眼里全是惊叹与爱慕。她们相互推推挤挤的，像十来岁的小姑娘一样"咯咯"地傻笑，什么端庄，什么羞怯，在这样英俊的年轻男人面前全都荡然无存。康真手上加劲，把我往他身边用力揽了揽，像是故意要让她们羡慕。

他把我带到了一家中餐厅，比我平时被差遣去买外卖的地方高档得多。晚餐时间还早，整个餐厅里就我们两个客人。康真为我叫了炸酱面。他温文尔雅的风度让服务生丝毫不敢轻慢。康真问我还想不想吃点儿别的，然后为自己点了一道我从来没有听说过的菜色，好像很复杂的样子。

近晚的温和阳光透过窗户照进来，为这幕场景更增添了一抹戏剧色彩。一首哀伤的老情歌从收音机里飘出来。康真手指轻轻一弹，点燃一支香烟，吸了一口。他吐气时，烟雾丝丝缕缕地从他口中飘散出来，又被他的鼻子吸进去。他坐在黑漆高背椅上，看上去像电影明星一样，英俊、镇定、自信，甚至还带着几分罗曼蒂克的气息。

菜上来了。虽然很饿，可我还是没办法安心品尝。吃完之后，他又拈出一支香烟。

"秀英啊，我们俩的关系不一般，你，和我。这个你是知道的，对吗？你知道我有多喜欢你。"他的声音低沉、油滑，一边说，还一边意味深长地看着我，别有所指的样子。

我不觉得有这样的东西存在。夹在我们之间的，只有让人难以启齿的、卑劣恶心的东西。我坐在椅子上，局促不安，不知道他到底想说什么。

"瞧，你也是这么觉得的。我们两个之间不需要秘密。你可以相信我……我会照顾你的……姨妈没有打你，对不对？是我叫她不要打的。"

我从来都听不明白他想说的究竟是什么。无论是当初侵犯我的时候，还是现在，从他嘴里吐出的话，都只会围绕着他自己打转，却被他说得好像都是真情实感，对他和对我都同样重要似的。

"你想写信给你妈妈，为什么不告诉我呢？我信任你，你却背叛了这份信任。这让我很难过。如果那就是你想要的，唉，我本来是可以帮助你的，事情原本可以简单一些，对你，对我们所有人都更容易。可现在，你看，你让你的姨妈蒙了羞，伤了她的心。"

我听在耳朵里，暗自琢磨。这感觉上更像是在为他和姨妈争取时间，好想清楚究竟该拿我怎么办，就像我也必须想清楚接下来该怎么办一样。毕竟，他们不能一直关着我。我恨康真。"恨"，这个词还不够强烈，太无力，太软弱，远不足以表达我的感受。我恨他入骨，恨不得立刻就能报复他，现在，就在这个位子上，把那双脏筷子插进他的眼睛里，一边一支。可我只能无助地坐着，心怀恐惧，只要和他在一起，这种恐惧就会出现。不过，真的见到他，反倒没有在想象中见到那样可怕。何况这里是公共场合，让我感到安全。

"我知道你在学校里过得不容易。我会帮你交学费，这样你就能好好读完初中。高中和大学也一样，我会照顾你。如果功课跟不上，我也可以指导你。"只怕是连他自己都感觉到了这话说出来的感觉不对，他很快就换了个语气，"你明天就可以去上学了。但不要在外面乱晃。放学就立刻回家。听懂了吗？不许再违抗我……"他站起来，释放了我。这才是我认识并且了解的那个康真。

回家的路上，我只觉得心神不宁。这一关过得也太容易了，只被关了三天，就自由了？最后竟然还被带出来吃了顿好饭。我知道一定不会只是这样，可到底是怎样？

正如康真答应的，姨妈第二天就放我回去上学了，带着我拖欠了许久的学费。

第二十六章

由美高兴疯了，像个假小子一样不停地挥着拳头用力擂我的肩膀，显然，在我连续三天的了无音信之后，终于松了一口气。她担心得要死，甚至不顾她妈妈的阻拦跑到我们家来找我，却只见到了姨妈。可那时我刚好跟康真出去吃那顿奇怪的晚餐了。由美翻了个大大的白眼，夸张地猛摇头："哇哦，你姨妈真是……真的很吓人。她冲着我破口大骂，说是我在惹事，还说我要是再不滚，她就要朝我丢盐巴了，说我是魔鬼，带坏了你，还说绝对不让我再靠近你。你敢相信吗？吓得我赶快跑了。"姨妈有时候的确会朝人丢盐，这是她觉得骂已经不够解气时的终极攻击手段。

昨天，和康真吃过晚饭回到家时，姨妈就在她的铺子里等着。我们谈了会儿，准确地说，只是她在说话。

"秀英啊，跟我说实话吧。这是谁的主意？我不相信你会背着我给你妈妈写信。你不是这样的孩子。是由美和那头肥母牛是不是，是她妈妈，对吧？她们哄着你这么干的，对不对？"

我没有回答。我可以否认，但我非常清楚，她知道是我自己做的，这么说不过是为彼此找个台阶下罢了，毕竟日子还得过下去。姨妈打定了主意，要把整件事归咎于毫不相干的由美和她妈妈。由美的妈妈确实有点儿胖，但说她是"肥母牛"就过分了，那纯粹是出于嫉妒的诽谤之词，毕竟，这年头没有多少人能吃饱喝足，更遑论腰肥体壮了。韩国还是个贫穷的国家。

"他们怎么知道我们家的事情的？谁给他们的权利可以跑到我们家来横插一脚？我可以去告他们的！行了，事情已经这样了，我很抱歉过去疏忽了你。这都是我的错。可你知道的，我尽全力了。我不知道你一直以来都那么不快乐。"这个姨妈和过去三天的那一个太不一样了。的确，这些年来她变了许多：越发的瘦，越发的憔悴，一心只想着找钱。读书是摆脱贫困的唯一出路。姨妈会不顾一切地为她的孩子创造读书的条件，过去是这样，未来也会是。遗憾的是，她的羽翼之下从来就没有我的位子。

"秀英啊，从前的事情，我们就都忘了吧，重新开始。我会更关心你的需求的。至于你妈妈，还有那笔她寄来打算接你去美国的钱，那简直就是开玩笑——她以为那几个钱就够了？那连机票钱都不够！还有其他开销怎么办？拿什么去办你的移民文件？拿什么去给你办护照？我这么多年来照顾你又怎么说？我得到什么了？如今这些开销比七年前大多了。我一直都在跟你说，你妈妈要不就在发癫，要不就在犯蠢，从来没办法把事情考虑周全。但我答应你，只要收到她的信，我一定首先让你看。行吗？

我们达成一致了吗？我们没事了，对吧？"

我点头同意，任由她继续说妈妈怎样怎样。没有哪个正常人会当面反驳姨妈。可我已经有了一个自己的计划。要是妈妈真的没有办法接我走，我就逃出去，出家，当修女，像希尔德加德·冯·宾根那样，她是十二世纪时德国的一位女修道院院长。宗小姐有一次在合唱团排练时跟我们说起过她。合唱团里没人愿意听一位中世纪修女的故事。可我印象很深。希尔德加德·冯·宾根一生都献身艺术，是作曲家、作家，也是哲学家。既然那么早以前就能有像她这样的修女，那么，我现在也可以。或者，就像宗小姐那样也很好。我很容易想设想她那样的生活：既是音乐家，也是修女，行走各国，帮助别人。我打算联系她。虽说她如今身在越南的丛林深处，可她的教会一定能把我的信送到她手上。

将来当不当修女这事儿暂且不论，至少现在，我很高兴再次看到同班同学们熟悉的面孔。由美和我跑下楼，去学校的小卖部。那里卖书、铅笔、本子、美术用品、运动服，也卖午餐盒饭、零食和不含酒精的饮料。我们痛痛快快地大采购，捧了满怀的东西回来当午餐。这一次，除了学费之外，姨妈还给了我足够买午餐和坐公共汽车的钱。

"金秀英是在这里吗？"一个其他班的学生探头进来问，"高小姐叫她过去。"我下楼朝教师大办公室跑去。我本来也打算吃完午饭就去找她，跟她说妈妈打电话来的事情。

一走进教师办公室，我就看到她正在跟一个男人说话。那男人靠在她的办公桌旁，手指间还夹着一支香烟。他看起来不像老师，也不像学生家长。高小姐招手示意我过去。向来冷静少言的高小姐兴奋不已，激动得几乎难以自持。

"秀英啊，这位是帕克先生，你妈妈派来的私家代理人。他会帮你办理移民申请，安排你去美国！"

我简直不敢相信自己的耳朵。她说什么？什么代理人？

高小姐又说了一遍："秀英呀，你妈妈要接你去美国了。帕克先生是来帮助你的，他知道该怎么做。现在，他需要先跟你谈一谈。"她递给我一张准假条。"这就跟他去吧。"

我头晕目眩，跟在那个男人身后出了办公室。

走到走廊上时，他问我这附近有没有咖啡馆。我跟他说了一家。

"我会在那里等你。你在学校里多待一会儿，等十五分钟左右再出来找我。但是，不要跟任何人提到我，也不要说你要去什么地方。"他交代完这几句话就离开了。

我脑子里一片空白。我想回去找高小姐再问个清楚，又怕这样会坏事，虽然并不知道坏的究竟会是什么事。于是，我等了十分钟，然后走出学校，去了那家咖啡馆。

在我们这些学生眼里，学校周围的咖啡馆就相当于专为学生开设的地下酒吧。不至于非法，但老师们都很看不惯。家长也不赞成我们去这类地方，说它们是在浪费我们宝贵的学习时间。在家长和老师的眼里，这股从美国传来的咖啡潮流对少年人的身体十分有害。但我们等不及长大。我们都想把自己看作大人，做大人才能做的事情。所以，只要有机会，我们就会去咖啡馆，也许是放学之后，也许是晚补习的间隙里。它们是日复一日无休止的学习苦役中的小小绿洲。在咖啡馆里，我们可以放松，远离成年人审视的眼睛，至少，在轻轻啜饮着咖啡，享受着柔和的灯光和音乐时，可以感觉自己已经长大了。西班牙的古典吉他手安东尼奥·塞哥维亚在高中生和大学生中非常受欢迎，因此，咖啡馆常常放他的音乐，带着我们这些初中生也不得不跟着听。咖啡馆的墙上装饰着从西方流行诗歌里摘出来的名言金句。埃德加·爱伦·坡是最受推崇的。我们直接背诵他的英文原文诗作，只为保留它们原汁原味的美丽韵律，特别是那首《安娜贝尔·李》。即便是我这样最糟糕的学生，也能全文背诵，用英文念出来。在我们眼里，咖啡馆是时髦的地方。由美邀请我一起来过几次，每次都非常享受，但我并不常应邀，我不愿成为总是单方面接受恩惠的人。

现在还是下午上学的时间，咖啡馆里空荡荡的。帕克先生独自坐在一个昏暗的角落里，依然在抽香烟。可就算屋子里挤满了人，我也能一眼就看到他那头蓬松的卷发——那让他看起来像是在屋里也戴着头盔似的。除了追求时髦而烫头发的女人之外，绝大部分韩国人都是直头发。所以，他非常显眼。我们有句老话，说卷头发的人脾气都特别坏。我很好奇，要是他和姨妈对上，不知道谁更厉害一些。姨妈可没有卷头发。

"你妈妈委托我来带你出去。这就是我来这里的任务。"我刚坐下，他就开门见山地说，"接下来的两三个星期里，我会带你去各个部门办理你的移民申请手续。高小姐会给你开准假条。我们就在这家店碰头，然后从这里出发。我们尽量利用你们学校上课的时间把所有事情办妥，要低调，迅速。所以，在我看来，这整个过程中最重要的只有一条：你一定不能把和我一起做的事情告诉任何人。放学回家以后，你也要表现得和平时一样。不要提起我。你不认识我，也没有任何人跟你提到过我或你的妈妈。不要告诉你的朋友。我们都不希望被你姨妈发现。那会让我很难完成任务，更别说对你的影响了。都清楚了吗？"

我唯一能做的就只有点头。我不希望因为胡乱提问给这件事带来任何不好的兆头。我从来没敢想过会有这样的好事，就连做梦也没有。

"我们明天就开始。学校几点上课？"

我告诉他，是早上八点。

"好。明天准时到学校。先上一节课。九点到这里来。等我们办完事情之后，你还是回学校去，上完剩下的课再回家，就像是你一整天都待在学校里上课一样。记住了吗？"他拿起香烟盒，起身离开，没给我留出丝毫消化或提问的时间。我有满肚子的问题。

我回到学校时，数学课刚上了一半，但裴先生没有责骂我。一定是高小姐跟他说过帕克先生的事情了。接下来的课对我来说完全是白费。我的人坐在教室里，心却变成了乒乓球，在教室的墙壁之间弹来弹去，疯狂地乱跳。这三天太不真实了，从妈妈的信，那通电话，到如今帕克先生的出现。妈妈是真的懂得怎样给我带来惊喜。可一个人怎么可能对这样的人生骤变有所准备啊？放学回家时，我一直提醒自己："在抵达美国之前，不要受伤，不要生病，不要走到梯子下面去，那会带来坏运气，不要踩到沥青马路上的裂缝，那也是败坏运气的。"世事的转变是多么快啊。生命突然变得无比珍贵。

"想什么呢，想得这么专心？"

我抬起头，吓了一跳。是我最不愿意见到的人。康真站在姨妈的铺子门前，抽着烟。他从来不会连着两天回家的，此刻却出现在了这里。他抓住我的书包。"这边来。"他侧身让开半步，叫我进铺子里去，自己也跟我后面进了屋，反手关上房门。姨妈不在，但她的工作台上还放着一盘吃到一半的甜瓜。这么看来，她肯定没有走远。康真坐在她工作的凳子上。

"学校里怎么样？回去感觉好吗？"他摆出一派和气的样子，问。

我低着头，害怕他会从我的眼睛里看出我经历了多么不可思议的一天，窥探到我的秘密——帕克先生。

"我能看一下你的书包吗？"他说。但并不等我回答，他就打开我的书包，兜底拎着翻倒过来，把里面的东西全部抖搂了出来——铅笔盒"哐啷"一声摔开了口，铅笔和橡皮擦纷纷滚到地上，我的课本和作业本也都掉了出来。康真首先检查空书包，仔细摸过内袋和每一处边角褶皱。然后才捡起课本、作业本，一本一本，一页一页地翻开，浏览我抄写的笔记。

"过来。"他说，"近一点。"他把手伸进我的校服口袋里。里

220

面什么也没有。他摸过我的胸前和前后腰，又把我的裙子上上下下拍了个遍。

"今天有什么不寻常的事情吗？在学校里的时候有什么人跟你说过话吗？"

我摇摇头。没有。

他完成了搜查，说："你可以进去了。但记住我昨天说的话，有任何需要，第一时间来找我。"

我的双面生活开始了，这是第一天。

第二十七章

所有人都被关在教室里，街上空荡荡的。在这个静谧安宁的晨间时光里，我的脚步声落在水泥地上发出响亮的回声，像走在地道里一样。我沿着学校那道长长的石头高墙往外走，不停地左顾右盼，竖起耳朵听有没有其他人的脚步声跟在后面——说不定就是康真，说不定他正用他那种让人毛骨悚然的方式在跟踪我。

咖啡馆在这条街尽头的街角附近，店门开在繁忙的主干道上。帕克先生靠在门框上，抽着烟。咖啡馆还没开门，时间还太早了些。他很快地冲我轻轻点了点头，碾灭香烟，慢条斯理地往前走去。我落后几步跟着。来到下一个街角后，他扬手招了一辆出租车，上车后就开着车门等我。

接下来的两个星期里，帕克先生带着我去到了汉城许多我没去过的地方，有时候，一天内会两次去到同一个地方。我很担心有人会认出我，然后去告诉姨妈或康真。最紧张的一次，是去医院做体检的时候。据我所知，我们去的很可能就是康真未婚妻家的医院。要是刚好碰到她怎么办，要是她就是为我做检查的其中一位医生呢？我们只见过一次，我对她印象很深，却指望她不会记得我。我不是个很容易让人记住的人。而且，多亏了姨丈，我姓"金"，不姓"吴"。

一个医生测量了我所有的身体数据，为我做了各种检查，有点儿像检查准备送上拍卖场的牲口一样。他还给我打了所有必需的疫苗。

我们还去了照相馆，拍移民文件和护照需要的照片。自从妈妈离开之后，我仅有的拍照经历就只有全班一起拍的集体照，一次是刚开学的时候，一次是学校集体出游时，后面一张还是我们花钱买下来的。所以，这个专属于我一个人的拍照环节有着格外重要的意义——认真地站在高高的摄影脚架和照相机背后的摄影师，那些大灯，还有站得笔直的我——仿佛在宣告着："金秀英是真的，我是真实存在的。"

移民局里人很多，都不情不愿地排着队，推搡着争夺任何有可能抢占先机的机会，哪怕只有一分钟的优势。帕克先生从来不会显露出懊丧挫败的神气，他总是稳稳地抱着手里的文件，仿佛有的是时间，一切尽在掌握，他只是在做着他非常擅长的工作。他拥有无尽的耐心，在我们去到的每一个地方耐心等待，等待文件盖下章来，等待将文件提交上去。在这些漫长的日子里，他总是带着我就近找一家简单的小店里吃午饭。可到了餐桌上，他又会突然一反常态，像个妈妈一样把菜盘往我面前推，示意我多吃点，再多吃点儿。这和他生硬冷淡的模样实在是太不相称了。

帕克先生话不多，也不怎么笑，只有一次例外。那时我们正在移民局排队，碰巧遇到了他的一个朋友。短短几秒钟之内，他就完全变成了另外一个人。他整张脸都亮了，发自内心地高兴起来，甚至像由美常常做的那样，不停地用拳头擂他朋友的肩膀，力道大得我觉得那人都快被打倒了。后来，有什么惹得他们大笑起来，帕克先生那颗仿佛自带头盔的大脑袋往后一扬，从喉咙深处发出了低沉而响亮的笑声，整个身体都因为真心的快乐而晃动起来。这场面太有感染力，引得我也莫名其妙地跟着笑了起来。

还有一件事，让我觉得他其实是个特别温暖的人。每次到了我该回学校的时候，无论要等多久，他都一定会看着我上了公共汽车以后才离开。他这样陪着我等，让我觉得很局促，甚至有点儿不舒服。还从来没有人像这样关心过我。

我们在这两个星期里做了很多事情，可直到最后来到美国大使馆，我才切切实实地体会到了这一切所带来的冲击。美国大使馆是一幢醒目的建筑，威风凛凛，有着高耸的石头正墙、光可鉴人的地板和高高的天花板。在这里，我又一次见到了美国人，还生平头一次看到了黑人士兵，他们黑色的眼睛里闪闪地发着光。他们会大方地直视你的眼睛，露出大大的单纯微笑，像是在说："见到人类同胞，我很高兴。"

走出大使馆时，我才感到了真正实在的希望，仿佛有人把我过去的那七年整个打包起来，扔掉，然后将一张通往美国的通行证递到我的手上，填上了那段空白。我终于敢放自己去想象插翅远飞的那一刻了。

第二个星期的最后一天，在陪着我等公共汽车的时候，帕克先生递给我一个信封。"喏，拿着。你妈妈想把这个给你。拿去买些你想要的东西。我是说，吃点儿好的。给你自己贴点儿肉。长大点儿。"

信封里是整整齐齐的一沓现金。我盯着它们，脑子已经跑马一样地飞了出去……我可以想吃什么就吃什么，可以每天坐公共汽车上学放学，甚至还能请由美到咖啡馆去喝咖啡。"收到书包里去，别让人看到了。"他提醒我。

坐上公共汽车以后，我还一直忍不住想要伸手去摸一摸装钱的信封。从它上面，我能感受到妈妈的温暖。我觉得更自由，也更踏实了。但眼下有一个难题需要解决：我不知道该把钱藏在哪里。不能把它们带回家。要是被姨妈发现，那不只是钱，就连我的未来都会在一瞬间化为乌有。虽说姨妈近来突然变得十分和气，可我知道，她始终在警惕地盯着我。我也不能请由美帮我保管，那样的话，她一定会打破砂锅问到底。藏在学校的课桌里也不安全，因为我们每个人的课桌并不是固定的。每天放学打扫卫生时，我们会把所有课桌都推到一边，空出一半教室来，扫地、拖地，然后再把桌椅通通推到另一边，打扫另一半。桌子会全部打乱重排。所以，把钱藏在哪里，这是个头疼的问题，但也是个叫人愉快的头疼问题。

几天后，我照常放学回家，康真又来了，正在和姨妈说话。我迅速转身走开，可他已经看到我了。他大声叫我回去。我们站在厨房的碗橱边。姨妈在她的铺子里。她和我们之间只隔着一道帘子和短短几步的距离。我能听到她的剪刀"咔嚓咔嚓"裁剪布料的声音。这多少给了我一点安全感。他照样检查了我的书包，只是没那么仔细。可到搜身时，却做得更过分了，狭窄黑暗的厨房为他提供了掩护，他一边搜，一边问我那些老一套的愚蠢问题：在学校有没有新认识什么人？有没有人特别跑来接近我？还说，有什么事就让我首先找他。

我否认了所有问题，站在那里，咬紧了牙关，任由他蜘蛛脚一样的手指在我的校服里面上上下下地摸索。他一直没有发现我的钱。它们很安全，卷在塑料纸和一张报纸里面，藏在房东的鸡笼背面，那里有一块小小的空地，地上只有几小堆的碎石、东一摊西一摊的鸡粪和腐烂的稻草。那是最安全的地方，没有人会没事跑到那里去晃悠。

康真的手指还继续在我的身体上摸索探查。可我突然意识到，姨妈就在隔壁房间，我根本用不着忍受这些。就算是对她来说，这样的事情也未免太离谱了。我突然有了勇气。于是，我靠到碗橱上，轻轻地推了一下。碗橱只靠几根单薄的木腿支撑着，原本就摇摇欲坠，因此立刻失去了平衡，碗、钵、煎锅，所有东西都掉下来，砸到康真身上，吓了他一跳。一把刀更是尖头朝下，扎破了他的右脚脚背。他大叫一声，姨妈立刻冲了过来。伤口不大，但挺深，转眼便有血冒了出来。姨妈扶着康真快步回到铺子里，帮他包扎。一阵满足的战栗掠过我的身体。终于有这么一次，我占了上风。我把那歪歪斜斜的碗橱推回去，可它已经立不住了。得找点儿东西来加固一下柜子脚才行。我轻轻拍一拍它，表达感谢，然后才弯腰从地上捡起那些摔出了凹坑的锅碗瓢盆。这些东西都是铝做的，容易变形，却很难摔破。

那一次之后，康真再也没有回来搜我的身。姨妈依然端着和气的样子。仁淑和美惠从来不提妈妈打来的那一通电话，也不提我被关了三天的事。我有些好奇，姨妈和妈妈在那之后究竟还有没有通信往来。但我已经想得很清楚了：我不会再去翻她的包找新的信，这已经不重要了。

第二十八章

"啊，她回来了。时间刚刚好！秀英啊，快进来。我们正说到你呢。来，跟我们的客人鞠躬问个好。"姨妈说。

一个身宽体壮的威严妇人正在跟姨妈说话，她的手里还摇着扇子。

"坐。坐到这里来。"姨妈拍了拍身边的地板。

趁着坐下的空当，我偷眼瞄了一下这位来访者，却正撞上了她的目光。这妇人耷拉着厚厚的眼皮，眯缝着一双残忍无情的小眼睛，上上下下地来回打量我。她肥胖惨白的大脸盘子上敷着厚厚的粉，涂得血红的嘴唇和又粗又黑的弯眉毛趴在上面显得格外醒目。她的下巴足足叠出了好几重，直接搁在巨大的胸脯上，胸脯又懒洋洋地架在高高腆起的肚子上。她在我们这个狭小的房间里，感觉就像是被硬塞进了笼子里一样。只是"坐下"这么一个动作，似乎就已经让那妇人热得无法忍受，脸上立刻沁出了一层光亮的油汗。她拼命地扇起扇子来。

"这是我外甥女，秀英。我跟您说过的，她唱歌唱得非常好。

随便哪个歌手都能模仿得像模像样，只要听过一次就行。她在学校和教堂里都是唱独唱的。"姨妈把"教堂"这个词咬得特别重，仿佛它意味着什么格外的价值。

那妇人点点头，眼睛依然锁在我身上打量评估。终于，她发表了一句评论："她个子很小。"

"是的，她比这个年纪的孩子个头要小一点，但还会长的。"姨妈说，紧接着又补了一句，"再说了，您要大个子做什么呢？大的东西滋味儿都不好。小的才好。"

我不敢置信地看向姨妈。她的眼睛藏在眼镜背后，冲我眨了一眨："秀英啊，我们过会儿再说。好事情，天大的好事。"

"为什么不现在就唱几句给我听听呢？"那妇人说起话来活像乌鸦在"呱呱"地叫。

我依然不敢相信地看着姨妈，她扫了我一眼，很快说："等下一次吧。我得先跟秀英说一下。"

"这样，那好吧。"妇人把她的折扇收起来，敲了敲大腿，表示这次会面结束。"那我们下个星期再谈一次，等你跟她说过之后。"她用折扇点了点我，说。

她艰难地爬起来，努力稳住平衡，让她的双腿能支撑住那庞大的上半身，然后才摇摇摆摆地走出门去，在身后留下一股浓郁的恶心味道。姨妈追上去，在门口跟她悄声嘀咕了些什么。

回身进屋的姨妈满脸都在笑；温热的、不同寻常的、危险的笑。

"秀英啊，来，我们聊会儿。"她一边说，一边在我对面坐下来，"你从五岁就跟着我了。我像抚养自己的孩子一样养大了你……你们几个我都一样爱，你、仁淑、美惠、康真……"

每次听到她这样说话，我就紧张。接下来的从来都不是好事情。

"家里的情况你都清楚，很困难。康真虽说找了份家庭教师的工作，到底也帮不上多少忙。何况他还在念书。我们也不能指望他的未婚妻，他们还没结婚呢。至于你妈妈，自从你搞得我们两个翻了脸，她也不写信了，也不寄钱来了。你说说看，你妈妈是有多蠢。花那么多钱打越洋电话，就为了跟我吵一架，发泄她自己的痛苦，让我在所有人面前难堪。她完全可以把这个钱寄给我，给我们帮点儿忙……那么一通电话能给我们带来什么好处？什么都没有。零。是我逼她把你扔给我的吗？不是，这是她自己的选择。既然如此，现在我们的生活变得艰难了，她也没理由怪到我头上来。又不是我想要这样的。听好了。站在你的角度上来说，我才是你的家人。该是时候把你妈妈忘掉了。让她去吧。让她过她的日子去，我们过我们的。我们有我们的活法。我会一直照顾你，跟从前一样。我绝不会丢下你不管。

"相信我，我想了很久，考虑了很多，所有能做的我都做了，可现在，我没有办法了。我没办法供你们所有人上学，没法同时供。"姨妈的声音微微颤抖，她的挫败感是真的。

"美惠还有一年就要毕业了，不可能让她现在从大学里退学。要是这样，她就再也不可能有机会找到一份体面的工作，找到一个好丈夫。至于仁淑，你也看到了她学习多刻苦。那样没日没夜地拼，全部心思都只在这一件事上。康真说她的成绩完全有机会考上汉城大学。我们又怎么能剥夺掉她这样的机会？等到仁淑大学一毕业，她就能挑一份好工作，全力支持家里。所以……现在是你帮忙的时候了。我对你的要求算不上什么，非常少。你不用牺牲任何东西。你的生活也不会有任何改变。"

来了。就是这样，所以在妈妈那通电话打来之后，我一直不敢轻易释怀。

"你刚刚看到的那位太太，黛西夫人……"姨妈发不出双元音的音，在她嘴里，"黛西"被念得像"推吉"一样，跟韩语里"猪"的发音很相似。说起来，这个名字倒还真挺适合那位黛西夫人的，跟她的模样非常吻合。"她是隔壁的——她对你很有兴趣。她说她可以供你上学，哪怕是供到上大学都行。她要求的回报也很简单，你一个星期去她那里唱几晚上的歌就行了。你还是可以上学，去教堂，继续像从前那样过日子。这个要求不高，何况你本来就喜欢唱歌。她认识一些大人物，还能帮你在唱歌方面找到些发展的机会。多棒啊，不是吗？康真也说这是个好办法，毕竟你天生就是唱歌的料。要走这条路的话，如今这个就是最快的捷径了。"

我坐在地板上，彻底惊呆了。原来如此，这就是他们的大计划：把我卖进妓院里去。见我没有抗议，姨妈很高兴，嘴上更是滔滔不绝。

"这很简单，就在隔壁。白天去上学，晚上就是迈个腿的事儿，走过去，唱几首歌，然后走回来，在家吃饭，在家睡觉。多简单啊！最重要的是，你唱的每一首歌都能换回钱来……至少这一次，你唱歌是能帮着养家糊口的了。"

就在前几天，有一次放学回来时，我看到姨妈从隔壁妓院匆匆出来，溜回她的铺子里。我以为她是去抗议妓院客人在两家共用的墙边撒尿拉屎的。可她看起来并不生气——原来是在谈我，在谋算着要把我也变成她们之中的一员。

不幸的是，在那两周的秘密行动结束之后，帕克先生就再也没有出现，也没跟我提起过接下来有什么计划，该做什么打算。他最后说的就是，他的工作已经做完了，接下来，我们就要等待官方去完成他们的工作了。没有高小姐开准假条的日子一个星期一个星期地过去。变成了一个月，然后又是一个月。仿佛之前的一切都是我在脑子里凭空想象出来的。我没法去向高小姐打听帕克先生的消息——总不能就那样冲进教师大办公室，或是在走廊上把她拦下来，直愣愣地问："然后呢？接下来怎么办？"

我连帕克先生的全名都不知道，也不知道他在哪个机构工作。小孩是不能向成年人索要名片或身份证件的。他从不跟我聊天，不管是在排着长队的时候，还是在车站等公共汽车时。他向来都是自己待在一边，一根接着一根地抽烟。我报不出那家医院和那家照相馆的名字，也说不出移民局的地址。事实上，我私心里有一部分是希望保持这个状态的：知道得越少，这件事的意义就越淡，真实感也就越低。我很高兴只用像那样跟着他就好。就算是到最后，终于积攒起勇气去期望时，我依然在心底深处藏下了几丝疑虑，这是为了以防万一，多少留下一点点缀冲的余地——就当这一切不过是一场消遣的游戏，就当是刮开了彩票却一无所获，就像姨妈常常说的，"来得容易，去得快"。毕竟，这事儿想来实在荒谬。我身陷包围，如今，黛西夫人也加入了他们。

我睁着双眼躺在地板上，听到过路人的说话声不时传来，有人在我们的墙边撒尿，奏出夜间独有的乐曲，小贩在叫卖刚刚出炉的点心，木头推车发出它们专属的"咔嗒、咔嗒"声，警察吹响哨子，发出最后的警告，宣布宵禁时间到了，驱散无数夜夜酒醉的生意人……直到最后，死一般的寂静终于降临。

清晨咬着黑夜的尾巴到来。从宵禁到天亮，我一直醒着。

第二十九章

"嘿，你。秀英。那个学生，小姑娘。嘿！"那妇人冲着街上尖声大叫。

我加快了脚步。希望她能看出我在赶着要去上学。可没有用，她叫得更大声了："秀英啊。站住，等一下！"旁边的人都停下了脚步，看看我，又看看她。一股热气涌上我的脸颊。她不是那种你会愿意在人前和她站在一起的人，更别说还要对话了。没办法，我只能飞快地转身回去微微鞠一个躬，免得事情变得更糟糕。

黛西夫人的身材魁梧得像个相扑手一样，她站在妓院门口，花哨的裙子皱巴巴地缩到那对肥滚滚的膝盖头上面，头一晚的残妆还卡在她脸上皱纹的裂隙里，她的口红洇开了，糊出血红的一圈。她肯定是刚起床，要不就是才要去睡。

这位夫人想知道我什么时候能展现一下我的演唱：为什么不干脆找一天晚上，直接为她的客人们唱一次呢，就这个星期怎么样……她松垮的胳膊扶在门框上，另一只手挠着她肉山一样的肚子。阔大的屁股扭过来又扭过去，大概是在应和着她脑子里的某种旋律。她咧开嘴，紧咬着我的目光，等待着，享受着我的窘迫。

我低声说我不知道……我要问问姨妈……我快迟到了……我又鞠了个躬，趁她没来得及再多说什么，落荒而逃——可终究还是没能快过她。

"告诉你姨妈，我想跟她谈谈！越快越好……"她冲着我的后背大叫。

我飞快地冲下山坡，整个人"嘭"地撞在正要起步的公共汽车侧面。一直到这辆车重新启动，开了出去，我才感觉稍稍平静了一点。

无论如何，今天我一定要去找高小姐问问帕克先生的下落。只要把黛西夫人的事情告诉她，她就会理解的。点名时间到了，高小姐一走进教室，就当着所有人的面示意我出去，说帕克先生在校门口等我，让我立刻去见他。

我没有回应由美询问的眼神，立刻冲了出去，心里还在疑惑：高小姐的谨慎都到哪里去了？还有帕克先生也是。他要等我的话，应该在一条街以外才对，不该来学校大门口的！

帕克先生靠在学校的铁栏杆上，和往常一样抽着香烟，望着天上飘动的云朵。我实在是太高兴了，忍不住冲过去，大喊一声："阿泽西！"——这是韩语里对于年长男性的通用敬称。我之前从来没有喊过他，无论用什么称呼。同样，他也从来没有叫过我的名字。这些繁文缛节都毫无必要。从我们上一次见面到现在，已经过去九个星期了。他终究还是真实存在的。他的表情还和以前一样，还是那么高深莫测。他对我点了点头，拦下经过的第一辆出租车，坐了进去。

我们去了明洞的一家非常时髦、非常堂皇的大酒店。他从容地穿过高大的玻璃门，那门像是有魔法一样，都不用他伸手去推，自己就开了。空旷的大堂宁静却又亲切热情，氛围灯仿佛幽远的群星，在高得不可思议的天花板上散发出温暖的光芒。一颗巨大的球形大灯从天花板上垂下来，悬在单根的灯索上。帕克先生径直从它的正下方穿过。我从旁边绕了过去。我数了数，穿制服的工作人员比客人还多。他继续朝大堂深处走去，那里的墙上有一个电话亭大小的东西，像匣子一样。他走了进去，按住门等我。电梯！我只听说过有这么一种东西。我竭尽全力让自己显得轻松自然。我们上到顶层，走进一个大餐厅。刚坐下，就有一名服务生上前来为我们的玻璃杯里倒上满满的黄色果汁，同时为帕克先生送来一壶咖啡。我喝了一口果汁，酸酸的味道让我的口水立刻冒了出来——是橘子汁！我吃过妈妈买的硬糖，记得那种独一无二的味道。

帕克先生说："先吃饭。我饿了。"

铺着白色桌布的长桌沿着镶有深色木头护板的墙边排开，占据了整整一面墙，桌上摆满了各种各样奢侈的菜肴，每一道都像艺术品一样。怎么可能有人胆敢去破坏这样的完美啊？我从来没在哪个地方一下子见到这么多吃的，就算是过年也不可能。每一个区域后面都站着一个戴白色高帽子的人，为走到他们面前的每一个人提供服务。帕克先生递给我一个大盘子，当先走在前面，一路往他的盘子和我的盘子里堆满了食物。

这场出乎意料的盛宴过后，帕克先生轻轻从烟盒里取出一支香烟。"准备好出发了吗？"他问。我准备好了。可他没有站起来，相反，他推过来一个信封。之前吃饭时，他一个字也没说，这很符合他一贯的作风。

"喏，你的移民申请已经批下来了。一个星期之后，你就可以登上飞机去找你的妈妈了。"

他把护照和飞机票推到我面前，两样上面都写着我的名字："金秀英"。

"那会是一段漫长的飞行。美国是个很大的国家。如果说我们国家的大小相当于我的小指头的话，那美国的面积就相当于我的手掌。你得先在旧金山转机，机场工作人员会关照你的。到时候你要戴一个徽章，他们看到就知道你是独自旅行的未成年乘客。记得要一直戴着，别取下来，它能帮助你顺利完成旅行。你的家人会在华盛顿特区的杜勒斯机场等着接你。"

我有些晕。竟这么简单吗？怎么会？他像是听到了我心里的想法，接着说了下去。

"你妈妈已经是美国国籍了，所以你这个案子很简单，批得很快，从头到尾只花了不到三个月的时间！"他看起来很为自己的工作感到骄傲，说，"你妈妈希望你能尽快出发。下个星期四，是我们能争取到的最早时间。移民局会给你的姨妈寄一份通知书，但不用担心。一般来说，都要过好几个星期才能寄到。你的案子完成得这么快，通知寄送得可能也会快一点。但不管多快，等你姨妈收到的时候，你也早就离开了。再说了，就算她明天收到也来不及了，她什么也做不了，不可能对抗政府的。她不能违背你的意愿把你留在这里。"

我哭了，他大概是觉得有些不好意思，于是伸出手去拿另一支香烟。我道歉说要去洗手间。

躲进洗手间，我张口大喊，无声地大喊。我在洗手间的厅里来来回回不停地走。我跳起来，猛拍洗手台。我告诉自己，可以相信我是真的要离开了。它真的实现了。靠墙有一整排小隔间，一名衣着优雅的女士从其中一扇门背后走出来。她严厉地盯了我一眼，是在批评我不该在公共场合表现得像个野蛮人一样。

"我要去美国了！"我说，算是解释。我怎么可能忍得住不说呢？就像寓言故事里那样，她就是那头驴子，我一定要对着她的耳朵说出这不可思议的消息。她没怎么在意，气冲冲地走了出去。到这时候，我才注意到这个洗手间有多干净，多宽敞。洗手台的正中放着一个花瓶，瓶中有红玫瑰在绽放。一张足够两个人并排坐下的豪华大椅子放在墙边，墙上贴满了镜子。厕纸柔软得好像丝绸一样，从一个精致的小盒子里垂下来。我推开那位女士刚才出来的隔间门。里面是一个洁白无瑕的抽水马桶，里里外外都找不出半点污渍。我抽了抽鼻子。没有味道。真是不可思议。这家酒店的一切都那么像我就要去的那个地方——美国。在那一刻，我对自己发誓，等长大了，我一定要拥有自己的浴室，要像这里一样干净，干净到只要我愿意，就能在里面就地坐下，开晚宴。就在这一刻，我突然开始担心，思绪从这个洗手间跳到了我们的户外茅厕、我们的小破屋子，我的脑海里出现了姨妈、她的怒火、她把我拖去妓院的画面……还有整整一个星期，我真的能顺利度过，不被她发现吗？帕克先生从来没有见过我的姨妈。他不知道她能做出什么样的事情。既然连自己教会和亲妹妹的钱都能偷，那么，对她来说，阻止我根本就算不了什么，有没有政府都一样。还有，机票和护照该怎么办？在离开之前，我该拿它们怎么办？我不希望它们离开我的视线。我能请帕克先生再帮我保管几天吗？可要是从现在到下个星期四的这段时间里，他出了什么事怎么办？像是车祸之类的？

　　担忧和害怕给了我重重一击。我拧开水龙头，放了些冷水在洗脸池里，把脸埋进去，然后是整个脑袋，一直到我憋不住了为止。我抬起头，看到镜子里那两只眼睛，藏在一蓬湿漉漉的黑色头发中间，正望过来，注视着我。在这一刻之前，我从来没有认真看过我自己，也从来没有人用看美惠那样的眼光看过我。我认为自己长得最好的地方就是耳朵，它们有着优美的曲线，大小比例也很好。仁淑有一次对我说，我唱歌的时候很漂亮。我认定自己长了一张普普通通的脸。在我的内心深处，还是觉得一切都那样不真实。我为镜子里的那个女孩感到抱歉，为她经受过的一切。可她依然保持着骄傲的心。因为，不管经历过什么，如今她依然站在这里，回望着我。

　　我回到餐桌边，依依不舍地请求帕克先生在下个星期四之前继续帮我保管我的机票和护照。

"你很有先见之明，孩子。事实上，我也不打算现在就把它们交给你。不到把你送上飞机，我的工作就不算完成。下个星期四，我会在机场跟你会合。到时候，我还要把你妈妈的电话号码告诉你，以备不时之需。"

怀着巨大的忧惧，我告别了帕克先生和能让我逃离这个地方的门票。

"什么都不用担心。只要确保你自己准时到达机场就可以了。你很快就要去美国了。"他说，当时我正要登上回学校的公共汽车。坐在车上，他的话一直在我脑海中回响。很快，我就开始不断对自己说："我就要去美国了！我就要去美国了！"像念诵咒语一样。

我几乎是飘进教室的。我以为人人都会看到我容光焕发的样子，可没有人抬头，只有由美给了我一个"你到哪里去了！"的眼神。坐在同学们中间，我突然意识到，我在这里的时光就要结束了。如今，我是真的可以随意站起来，走出去，没有任何人可以阻止我，或是惩罚我。再也不必掩藏，再也没有了窘迫。到了美国，我的身后不再有过往需要背负了。我可以让我的时针归零，从头开始。

午休时，我去找了高小姐。我说不出话来，只能一次又一次地对着她久久鞠躬，一次又一次地重复："谢谢您！"她也很高兴，她的付出有了结果。放学后，由美和我一起手拉着手走路回家，这段路很远。我把这三个月来的冒险都说了出来，如释重负的感觉好极了。她答应在我离开之前都严守秘密——我们都不希望有一丝风声漏进姨妈的耳朵里。但我知道，她不可能忍得住不告诉她的妈妈和妹妹们的。一阵哀伤突然涌起，淹没了我们。我们抱在一起，哭了。

我站在路边，望着街对面我们的那间小屋，默默祈祷接下来的七天里都能有一个平静、乏味的"家"。这样，等到下个星期四，我会像平时一样出门上学，可事实上，我去的是机场，去跟帕克先生会合，登上那架飞往美国的飞机。姨妈也许会到学校或由美家找我。也许那画面还能更美妙一些：她会捧着一份通知，上面写着，我已经去美国了。

可刚穿过马路，我就听到姨妈在骂人。奇怪的是，她骂的不是我的哪个表兄弟姐妹，也不是客人，而是一个我从没见过的女人。那女人跪在姨妈面前，额头贴着地面，毫不反抗地承受着姨妈的谩骂。她一直叫姨妈作"母亲"，腔调听来有些刺耳，有些古怪，是一种类似羊羔咩咩叫的声音。

"不许叫我'母亲'！"姨妈尖叫道，"你怎么敢这么叫我！我怎么就是你母亲了？"暴怒之下，她抬起脚去踢那女人的头和肩膀，嘴里喷出一连串的肮脏咒骂。仁淑和美惠拼命把姨妈往后拉。姨妈抽泣着，猛捶胸膛，哀号她的苦命。仁淑和美惠呆呆看着，说不出话来。

她是那种看不出年纪的女人，也许和我一样才十五岁，也许已经三十了。听她说话就知道，她一定没有受过教育。她的言辞干瘪贫乏，说起话来是那种慢吞吞的南方口音，显得她头脑迟钝，虽然事实或许并非如此。她是个彻头彻尾的农家人：从肩膀到屁股，没有一寸凹凸的曲线，她的身体就像树干，粗壮的胳膊腿儿俨然树干上长出的粗枝。她粉红的圆脸盘让我想起李姐姐。那女人一直默默地承受着姨妈的踢打，一动不动，只伸手护住了自己的肚子。她不断重复着："我很抱歉，妈妈……原谅我，妈妈。"那女人喃喃地说，怎么样都行，她都认，只要姨妈原谅她，接受她和她肚子里的孩子。听到"孩子"两个字，姨妈再次尖叫起来，朝她冲去。仁淑把姨妈往后拽，却不料拉得她仰面跌倒，"砰"的一声摔在了姨丈身上。仁淑和美惠把姨妈扶起来。我出去拿了点儿水进来给她喝。

"不管你是什么人，睁开眼睛看看这个地方吧。我最不需要的就是你，还有你以为你肚子里有的那个东西。"姨妈说。顿了顿，她恢复了一些理智，冷静地接着说："我告诉你，你来错地方了。我们帮不了你，还有你的那个。"姨妈冲着我们的小屋一挥手："你难道看不出我们有多穷吗？你到这么个耗子洞一样的破地方来，究竟是想图个什么？"

那年轻女人温顺地回答：虽然有些吃惊，但她对贫穷并不陌生，不管怎么说，我们的小屋也比她南部的家里好得多，要是如今这个样子回去，她父亲一定会立刻杀掉她的。最后，她还毫不害臊地补充说，康真很快就能找到一份好工作，到那时，我们就可以一起搬进大房子去住了……他是个聪明的男人，不是吗？是她的男人……听到这里，姨妈彻底失去了控制。她左右寻觅了一下，一把抽出姨丈脑袋下枕着的木头枕头，冲着那女人就砸了过去。女人没有闪避，木枕头砸中了她的肩膀，落到地上。

"你怎么胆敢用你那个肮脏恶臭的破洞说出我儿子的名字！我了解我的康真。他绝对不会做这种事。这根本没有道理。他已经有了个公主做未婚妻了。你呢，你比外头那个尿桶好不了多少。就算他真的被你算计，中了这么个恶心的可怕圈套，我们又怎么知道孩子就是他的呢？隔着八百里地我都能闻到阴谋的臭味！"

可无论姨妈怎么说，那女人依然一动不动，只坚持说她就要和康真结婚了。在他之前，她从不认识其他什么男人。

"他不可能爱上你！看看你自己吧！"姨妈大叫。女人的头发老气地绑在脑后，不合身的裙子一直垂到破旧的短袜上方，这副打扮，就连工厂的工人和小饭店的服务员看到都会受不了地想要尖叫。那女人回答说，她不知道什么爱不爱的，只知道，康真既然对她做了那种事，就说明他是准备要娶她的。接下来，她又吐露了另一个足以吓呆我们的情况。当被问到他们是怎么认识的时候，她说，她是康真当家庭教师那户人家的住家女佣，他们都住在那里。那是济茵的叔父家。也就是说，济茵的叔父很可能已经知道这件事了。那么，济茵一定也知道了。

姨妈的眼睛瞪得几乎要掉出来了，她努力想找出什么话来回击，却只能勉强从喉咙里挤出"啊……啊……啊"的声音。

就在这时，那女人宛如海龟壳一样跪伏在地上的身子挺了起来，笔直地坐定。她抚了抚自己的头发和裙子，用那种慢吞吞的奇怪声调说："他回家时喝醉了，我照顾他。我，老虎。"说到"老虎"时，她伸出一根手指，指了指自己的胸膛："我保护他。没有人发现。"她骄傲地说。"我是康真的人。他学习到很晚，我喂他吃东西。我，他的筷子。他累了，我让他舒服。我照顾他。我懂。"紧接着，她扔下了最后一枚炸弹："你不想要我当你的儿媳妇，我走。我去找警察，就说我被强奸了。"她很满意这番宣言，发出一声像是带着些轻蔑的轻哼，用她肥大、粗糙的手轻轻拍了拍自己的肚子。

这女人也许看起来跟李姐姐有些像，但终究不是她。李姐姐有一双笑眯眯的菩萨眼，这个女人的眼里有的，却是钢铁。当她开口，她会用那种慢吞吞的破碎语气为自己争利，一个字一个字地吐出来，咬得很重，一字一顿。她掌控了这个房间，镇住了我们所有人。

姨妈瘫软下去。我们冲过去，扶她躺下。沉默笼罩了房间。姨妈背叛了她的教会、她的丈夫、她的妹妹和外甥女，却只换来了如今这个局面。而造成这一切的罪魁祸首，正是她唯一的安慰与支撑——康真。美惠彻底被恶心到了，咬牙切齿地说她受够了这个家，冲出门去。仁淑倒是真心想帮忙，可她才十六岁，没有这份智慧，也找不到解决之道。

姨妈从不生病，就连感冒也没有过。这一次却病倒了，病得很重。眼看着她脸色苍白地垮掉，是一件让人很不安的事情。我们都不曾意识到，她在我们的生活中扮演着多么重要的角色。她是我们的统帅。我们的一举一动都在她的指引下完成。我们做的每一件事都是在跟从她的领导。可现在，连她也无能为力了，这小屋就像废弃的战场，静得可怕。

对于这个家来说，这是巨大的灾难。但我很高兴有它横插进来分担火力——我只需要七天时间，只求姨妈的暴风骤雨能通通转向那个女人，让我安安稳稳地度过这七天，顺利离开。我大概是唯一不会对那个女人的控诉感到吃惊的人。在这个时间发生这样的事情，实在是顺理成章。康真活该得到这样的报应。这很公平。我希望这个女人把康真牢牢捏在她那双死神一般的手里，直到他死。永远不要让他有机会逃脱。

那个女人名叫"佩子"，短短几天之内，她就接管了我们的小屋。她简直就是个魔法家务小精灵，无处不在，一刻也停不下来，把出现在视野里的一切都收拾得干干净净。和慢吞吞的说话腔调截然相反，她做起事情来非常能干、麻利。她甚至接手了带姨丈上茅厕的工作，还会在房东的压水机台子边帮他洗澡，给他换上干净的衣服。这情形简直就像是天上掉下来一个完美的住家女佣，可姨妈为此付出的是怎样的代价啊。

姨妈还很虚弱，她什么都不理，只一心等待她了不起的儿子回来。他肯定能把这丢脸的烂摊子收拾妥当。可仁淑打电话到康真当家庭教师的地方时，济茵那位愤怒的叔父却说，康真最好离济茵和他们全家远一点。他们警告她，不许再打电话过去。

就这样，佩子赢了，赢得易如反掌。她只是拿出那样任打任骂的态度，等到姨妈自己再也支撑不住，而最重要的，是她还怀着姨妈的孙子。谁能拒绝一个孙子呢？至于他是怎么来的，并不重要。佩子看起来就是那种说生就立刻能生出儿子的人，还能接二连三地生。她身上没有一丝女性气质，夜里打呼的声音比我们任何人都响。康真究竟看中了她什么？这是我们所有人都好奇的问题。那么，那时候康真又是看中了我的什么呢？这个答案我知道。但他的想法和感觉都无关紧要；重要的是他对所有这些不像济茵那样幸运的人所抱持的轻蔑与不尊重，是他在这种态度之下的所作所为。像佩子，像我，这样的人都不算人。

我钦佩她，甚至有几分喜欢她，却不敢跟她说话，害怕会被她嗅出我和康真曾经有事的味道，或被她发现我就要离开。我有一种感觉，谁都骗不了她，欺负不了她。我不觉得她在康真面前就会紧张或是胆怯了，她也许根本就不知道那是什么。要是康真动手打她，她多半只会觉得那是当丈夫的权利。我还很容易想象她挥舞着平底煎锅打人的画面，挨打的可能是康真，也可能是她未来的某一个孩子。和李姐姐一样，无论我们多局促，她总能端出像样的饭菜来。她一定是个压榨小摊贩的高手，总能从这里多拿一把蔬菜，从那里买到更大块的马鲛鱼肉。

我们后来才知道，她比康真还要大一岁。虽然当了这么多年的住家女佣，可她完全没有身为"仆人"的意识，从不向任何人卑躬屈膝。换作其他任何人，姨妈都会称赞说，是个"能吃大盘菜的人"，意思是，这样的人生来就是要做大事的。可既没受过教育又没钱的话，就完全是另外一回事了：她就什么都不是。

还有四天。我竭力保持平静，尽可能不引人注意。我照常做各种家务杂活儿，借以安抚胸膛里那颗活像发疯的野兔子一样拼命乱跳的心。可佩子接管这个家以后，我的家务活儿也越来越少。我只能赶在她没看到的时候尽可能做一点儿。每一项家务都

246

像是初次的体验，也是最后的体验，它们都有了全新的意义和分量。我不会怀念这个小屋或住在这里的任何人——也许，除了仁淑吧。尽管这些年来我们已经疏远了，可我对她还是心怀喜爱。

厨房的水缸很大，足够把我整个人装进去。每天早晨，我都要从房东的院子里打来水，倒进水缸。如今这项工作也归了佩子。水缸紧紧卡在姨妈的铺子和厨房之间，光线很暗，内壁很难清理。事实上，自从搬过来，我们就从来没有清理过水缸内壁，那里早就成了霉菌的乐园。有时候，我们会看到一小团一小团的蓝色霉斑漂上来，也只是舀出来撇掉就算了。可佩子不接受这样的凑合。她要把水缸里那长出了一层滑溜东西的内壁全部清理干净。

我胆战心惊地看着她硕大的身体从上面探进水缸里。她会把它压碎的。这种水缸都是陶做的，很便宜，也很容易破。可佩子很有技巧。为了够得到缸底，她把它整个斜着立了起来，就连水缸背后平日里根本触碰不到的地方都被她清理得干干净净。就在这时，我们听到姨妈那边传来了猛抽一口冷气的声音，活像是见了鬼一样，当然，更有可能是老鼠从她脚下跑过去了。我们冲了过去。

她站在屋子中央，手里捏着一封信，下一秒，她的双腿就像被折起的椅子一样，摇摇欲坠："这是什么意思？谁要去美国了？这不可能……"

我的腿也软了。这么说，韩国政府终究还是很有效率的。事情总会一波三折，从来就没有什么是容易的。姨妈丢下信，抓住我的肩膀，却又像是被抽干了力气一样，无力地松开手，瘫软下去。我抓住她，扶她躺下。她急促地喘着气，面无人色。抬起一只胳膊，压在眼睛上挡住光亮。佩子拉动灯绳，关了灯。

我不想伤害她的。我只想静悄悄地溜走，离开这里。我捡起掉在地上的移民通知书。这份公函的最下面盖着红色的印章，宣告着，我的移民申请已经批准，我马上就要离开，甚至还写出了具体的日期和时间。姨妈挣扎着想爬起来。佩子扶她坐好，把水送到她的嘴边。姨妈"嘘"着轰她出去，同时示意我留下来。

她想知道究竟是怎么回事。我大概跟她提了一下帕克先生和高小姐，说得不多，只要够让她知道有人在关注我，在盯着她，就行了。"你……你又一次背叛了我。这一次，你真的做到了。"她的受伤和悲伤看起来像是真的。我以为她会破口大骂，可没有，她陷入了沉默。

"我来问问你。你以为到了美国，等待着你的会是什么？你以为这就是能去到某个美丽的地方，从此幸福快乐地生活了？不。好好想一想吧。最好的情况，也不过就是你成了他们的女佣、保姆，过后就会被他们卖掉，像卖掉一个奴隶一样。那就是在那个地方等待着你的命运。美国多的是这样的故事。还有什么，你妈妈？哼，她连那几个小的都顾不过来。她已经半疯了。她不需要你。她都快保不住她的小丈夫了，为什么还会要个这么大的女儿？她知道你只会给她惹上麻烦。所以她才把你丢在这里。我敢发誓，她能做第一次就能做第二次，但凡有一点点麻烦的兆头，她就会再把你丢掉。记住我的话吧。还有，这个什么帕克先生是谁？你怎么能相信他？你怎么知道他真的就是你妈妈派来的？要是他把你送到奴隶市场怎么办。你有没有想过这个？"

我没有。我相信帕克先生。我任由她去说，她就是这个样子。至少，她现在太虚弱，没力气打我。

"你的护照和机票呢，在哪里？"我跟她说在帕克先生手里。

"你就把这些东西放在一个陌生人那里？秀英啊。你怎么能这么天真呀？你有没有想过，他可能带着它们跑掉，拿去换钱？你知不知道这些东西有多值钱？"

我没有说话，却暗暗在心里回答：你肯定知道，姨妈，两年前你拿走的可不就是这样一笔钱。

"趁着现在还来得及，我们必须把东西拿回来。他在哪儿？他的电话号码是多少？我们这就去给他打电话。"她作势要起身。

我说我不知道怎么联络他。我是真的不知道。姨妈正一门心思地努力要站起来，听到这话，顿时跌了回去。她一脸迷惑，心烦意乱。

"康真在哪里？去，给他打电话，他应该在家教那里。跟他说我要他回家。他会知道该怎么办的。去，现在就去。"她说。

我离开小屋，走到三个街区开外的电话亭，再走回来。真正吓人的是，她不记得康真已经不做家庭教师了，没人知道他现在在哪里。妈妈也不再给姨妈寄钱。她的儿媳妇也不再是有钱人家的继承人，而是一个住家女佣。看起来，我们大家都要完蛋了。

除了几次学校组织的出游，我从来没出过汉城。没坐过火车，更别说飞机了。我甚至没有真正地看到过汉江，虽说它就在我们这个区的脚下，是著名的自杀地。我平日里的生活区域很小，只有麻浦区和钟路区，家和学校，连接这几个地方的道路和半路上的教堂、图书馆。我见过的最大片的水，是在公共澡堂里。可等到星期四，我会在空中飞上整整一天，穿越太平洋，去往另一个世界。

如果可以，我倒愿意找一个洞，倒头睡下，等醒来就在飞机上了。可不行，我只能睡在所有人的脚下——因为佩子来了。白天，我去学校，和同学一起度过最后的这几天，躲开家里人。高小姐似乎并不介意我这么勤奋地每天都出现。姨妈已经知道我要走了，用不着再继续保守秘密了。于是，由美把事情告诉了班上的同学。一夜之间，我变成了学校的名人，就像从《小王子》的故事里走出来的人一样。向来不曾在意我的同学也都跑来跟我打招呼。我成了传说里的独角兽，人人都想来看一看，惊叹一番，人人都妒忌我马上就可以摆脱她们那样繁重疲累的课业与补习。

我的朋友们为我举办了一个告别派对，送给我一本装帧很漂亮的《小王子》。我们都喜欢这本书，读了一遍又一遍，把作者亲手绘制的插画牢牢地印在脑海里——小王子和他飘动的斗篷；他的那些小小的世界；那些为他带来了那么多烦恼与困惑，却也帮助他最终获得智慧的，迷人的玫瑰花。朋友们在书页的空白边角里写下她们的临别赠言与祝福，画上小小的插画。高小姐送给我一本韩英词典。由美的礼物是一个小小的玻璃瓶，里面装满了从她家后院里挖的泥土，外面还包着一面小小的韩国国旗。我为她绣了一张手帕，绣的是我们两个人的名字。

　　放学以后，我逐一走遍所有熟悉和喜爱的地方：教堂、公共图书馆、人行天桥、街头的市场，甚至回家路上的那家银行。由美和我经常在大夏天的下午放学后溜进这座执掌储蓄与放贷的建筑里，这是我们唯一能指望在酷暑天里享受到一点儿凉爽空气的地方，他们有那种被叫作"空调"的神秘东西。我们站在大堂里，感受着那不自然的、奇异的凉意，感觉自己像是跌进了又冷又深的洞里一样，鸡皮疙瘩争先恐后地从我们露在外面的腿和胳膊上冒出来。有些妈妈认为这种空调对女人的生育系统有害。由美的妈妈就是这样，无论什么时候去银行，她都会穿上一件特制的紧身内衣，以防受到那些有毒空气的伤害。

　　生平头一次，我带着礼物去了由美家。韩国人到别人家拜访时是要带礼物上门的。这是风俗，也是尊严。无论多穷，我们总会带上点儿东西，表达友好与感激，我们在意内容，而不是包装。如果你送的东西包装精美，里面的东西自然应该更好。不然就是一种冒犯，你会被贴上"小气鬼""吹牛大王"的标签。送礼绝对不能华而不实，一定要朴实、低调，这样，收礼物的人打开以后才不会失望。送出礼物时，还要说："小小东西，不成敬意，还请赏脸收下。"我很难过地意识到，这么多年来，我去由美家从来没带过礼物，反倒是一直从他们家得到东西。我去了一家蛋糕店，用剩下的最后一点钱买一个真正的西式蛋糕，又另外带上了一盒水彩，那是我上次拿到绘画银奖的奖品，本来我是想把它们带到美国去的。

所有人都对帕克先生心驰神往，尤其是由美的小妹妹。在她眼里，他就是激动人心的冒险故事里的大英雄。由美对自己的迟钝感到十分沮丧："我早该想到的！早就该感觉到有什么地方不对劲了，你从来没有逃过那么多的课，还是连着那么多天，每天都逃。你还请我喝咖啡，吃小零食……"

由美的妈妈却在为我的妈妈难过："她得多难熬啊，整整七年时间！都见不到你。一想到这个，我的心都要碎了！这该是多么可怕的事情啊。"

还有两晚，只要再熬过两个晚上就行了。但事情永远不会这么简单。我回到家时，姨妈的铺子门大敞着，她在等我。

不寻常的是，姨妈看起来完全都没有沮丧不安的样子，反倒很有些兴奋，似乎看到我很高兴。她面前甚至还摆着一碗特地为我做的烤土豆。

病好之后，姨妈就开始系统地寻找康真。但没能成功。他的朋友全都不知道他去了哪里。美惠也不回家，就住在朋友那里。尽管不免心虚胆怯，她还是长途跋涉地走到汉城大学去找他。大学校园里校区太多，对她来说简直就是迷宫，她没能走出多远，何况除了康真将来会当律师这一条之外，她什么也不知道。虽说仁淑说过，康真当家教的地方不许她们再打电话过去，可姨妈还是不断地打。到最后，他们连电话都不接了，她便带着仁淑直接找上门去。他们不开门，她就捡起石头把他们的门砸得"砰砰"作响，站在墙外高声叫骂，说他们陷害了康真，说这是敲诈勒索，还说他们全都是傲慢狂妄的狗屎，不过就是瞧不起她穷罢了。她闹得太厉害，连警察都不得不被叫了去。她吃了警告才被放出来。她还去了济茵家的医院，但在接待处就被拦住了。

再后来，我们终于收到了一张康真寄来的明信片，上面说他要暂时离开一阵子，需要一点时间，但一定会回来，把误会解释清楚，一切都会恢复正常的。上面没有回邮地址——这才是人们选择寄明信片的真正理由，那就是：别来烦我。

我真想亲眼看看康真和佩子在姨妈面前相见的那场大戏。可惜，注定是要错过了。

姨妈让我进铺子里去，躲开脚步如雷的佩子。她那样温柔地碰我的手，让我很吃惊。我们住得太局促，避免相互触碰是格外需要注重的礼貌，可我还是时不时能看到她轻轻地拍一拍仁淑，高兴地看着她的成绩单。

姨妈一直没再提起我要去美国的事情，这很奇怪。看上去像是因为这一场大病和康真事实上的失踪，她不得不接受了我将要离开的现实。仁淑什么都没对我说过，像是根本不知道这件事一样。

"坐，秀英啊，来，坐这里。"姨妈让出了她的椅子，自己坐在工作凳上，"我有很重要的消息要告诉你。听我说。这很可能会让你重新考虑去美国的事情，甚至改变主意。"

"又来了。"我心想，"她是真的永远都不会放弃吗？"

"我去见了你的父亲！"

好吧，这真的是个重磅消息了。

"我一定得做些什么。我不能眼睁睁看着你犯下这样可怕的大错，就这么跑到美国去。你知道我对你妈妈和她那个丈夫的看法。我不信任他们。所以，既然看出你的人生就要陷入险境，我又怎么能袖手旁观呢。"

我知道，她为了阻止我是可以不择手段的。可父亲的消息还是有着莫大的诱惑。这是她手中最后的王牌了。我对他一无所知。有时候，我会觉得，说不定就连妈妈自己都不知道他是谁，她其实是遇到了某种可怕的事情，这才有了我。就像康真对我做过的那种事情。只是我幸运地逃过了这一劫。可现在，他出现了，姨妈跟他说过话了，就在今天。

"我们进行了一番长谈，你父亲和我。我们整个上午都在一起。多好的人啊！那么有钱，还那么和气、实在。还有他们的家！我都数不清他们有多少个房间，有那么大的一个花园，有汽车，还有司机。想象一下吧，有你自己的汽车和司机！"她在跟我说话，可她的心似乎还留在那里。

"还有你。你简直跟他一模一样—— 就连一些小习惯都一样，像是吃东西之前会先闻一闻之类的。吃个年糕他都要先闻一下再咬下去。一块年糕啊。莫非还有谁能闻得出年糕和年糕之间有什么区别不成？"

我可以。不过现在不是讨论这个的时候。"他住在哪里？"我努力挤出了一句话。我有满肚子的问题想问，比如，这些年来他为什么没有找我？他难道不想知道我究竟是什么样子吗？我那么想知道他长什么样子，脾气好不好，他是做什么的，读没读过书……

"他就住在这里，在汉城。他一点儿都没变，还是那么好看的一个男人，有着一双锐利的眼睛。啊，我能跟你说的就是，当初你妈妈和他在一起，可是登对极了。他那个时候就很有抱负，不过谁想得到他能这么快就有这么高的成就！他如今拥有汉城的一大片区域，东北边那块儿。他把所有那些没人要的破烂小商店和老棚屋都买了下来，通通推倒重建。他们开车带着我转了一圈。一排一排的，全是时髦的商店、商业楼和居民楼，整条街整条街的都是，全都是铺了路面的大马路，干干净净的。他说：我很期待韩国的未来，等到了 2000 年的时候，我们就能发展成跟美国一样富有的国家了。我倒是不认为能到那个程度，但还是……"

我有个父亲，这是多么疯狂的想法啊！这么久以来，我的身体里始终有一半是空白的，我就像个失去了平衡的人，就好像只能用一只眼睛来看这个世界。

"我只能告诉他，你要去美国和你妈妈一起生活了。他不知道你一直跟着我，也不知道你妈妈这些年一直扔下你不管。他很不放心，因为你妈妈实在是太不负责任了，竟然违背了她自己的承诺。唉，他怎么会知道呢，你妈妈就是那样的人……至少，她完全可以在离开之前把情况告诉他，让你可以选择是跟着他还是跟着我。可她什么都没做，不是吗？她恨他，就因为这个。她不想让你见到他，更别说跟着他长大了。为的什么？当然是为了惩罚他。她见不得让他得到他爱的东西。是的，就是你。他是多么爱你啊！从你生下来，那个不分白天黑夜地照顾你，用奶瓶给你喂奶的人，就是他。那会儿你妈妈还成天满城里乱撞，想着要当女演员呢。那是怎样的景象啊——就没有第二个骄傲的男人肯做到那个份儿上。他到哪里都带着你，把你包在褓褓里，用带子绑在背上，简直像个老保姆一样。他不在乎别人怎么嘲笑他。你就是他的一切。可你妈妈受不了。听起来很疯狂是吧，可那是真的。嫉妒……她嫉妒她自己的孩子！

"那时候，他们闹了很长一段日子，没完没了地吵架，闹得很凶。越是吵，她就越不让你亲近他。他们连婚都没结。后来，他的父母发现了你妈妈和你的存在，简直气疯了。他们说绝对不行。啊，要我说，这也怪不了他们。没有哪个体面的人家会想要个女演员当儿媳妇。说不定娶进家门的就是个娼妓。他家里人是把他当国会议员来培养的，他父亲就是议员。结婚是没得商量的，不过，他们同意把你认在他们名下抚养长大，而她，依然可以去当她的女演员。你妈妈拒绝了。也不怕让你知道，其实你不是她的第一个孩子。在你之前，她还怀过一胎，只不过那孩子早早就夭折了。还是个男孩。她伤心得要疯了，就一阵子。总之，到最后，她带走了唯一能从他身边夺走的东西。那就是你。现在，你知道事情究竟是怎么回事了。"

我有点想吐，只觉得天旋地转，一切都来得太快了。

"早些年的时候，你父亲还来找过我好几次，都是为了找你。是那个恶毒的京熙告诉他你在我这里的。"

"京熙是谁？"我从没听过这个名字。

"噢，就是那个韩太太。你认识的，你在她家住过很短的一段时间。我记得，应该是你妈妈有一天没打招呼就突然跑去看你，结果正撞上京熙在打你。那之前有一阵子，他们三个人——京熙、你妈妈，还有你父亲——他们三个走得很近，亲密得很。好吧，你父亲每次来都被我赶走了。我当然只能站在我自己妹妹的这一边了。最后，他终于不再上门了。再后来，我听说他结婚了，建立了自己的家庭。差不多就是你搬来跟我住的时候吧，那会儿你该是五岁左右吧。我想他大概是放弃了从政这条路，但显然，他在实业方面也发展得相当好。"

这么说，那时候妈妈在军营里跟我说的那个男人一定就是我的父亲了。还有她给我的耳环，也是他送的。

姨妈还在接着往下说："你知道你唱歌的天赋是从哪里得来的？不是我们家这边。是他，他就有副好嗓子，是个漂亮的男高音。你从头到脚都是他的孩子，眼睛、鼻子、走路的样子、看人的样子，全都一模一样。你以为是谁给你起了'秀英'这个名字？是你的父亲。可你妈妈一直不给你用，硬是让你长到那么大了还连个正经名字都没有，最后还是你要上学了，她才不得不说出来。什么样的亲妈才能对自己的孩子做出这样的事情啊！啊？我就问问你。可那都是过去的事情了。现在，重要的是你，这才是重点。他想你想得要命，想好好补偿你。他希望你能去跟他们一起生活，他们想领养你。我跟他们说了，你现在长得多么漂亮，在唱歌和画画上多有天赋。他的妻子，噢，那真是个优雅和气的好女人，她一直想要个女儿，可自己没法再生了。你完全就是上帝赐给他们的礼物。还有，你有两个弟弟。都是多么有礼貌、多么漂亮的男孩子啊！他们简直等不及想见到你了。"

我也有自己的兄弟了。我的来历终于渐渐显露出了它的样子。

"这不是要好得多吗？和你自己的亲生父亲一起生活，有你自己的家？为什么还要去美国呢？在这里就有富足奢华的生活和爱在等着你。到了美国，就算是最好的情况吧，你也得夹着尾巴做人，感谢他们肯大发慈悲接纳你。你难道还以为那皮包骨头的王八蛋会像爱他自己的亲生骨肉一样爱你不成？血缘关系是骗不了人的。他会把你踩在脚下践踏。你妈妈没那个本事保护你。到那个时候，要是真的有什么不好的事情发生了，你能怎么办？你能跑到哪里去？谁又能保护你？

"你妈妈不得不走，那是因为她没有选择。可你不是。你属于这里。你是韩国人。你身为韩国人的骄傲到哪里去了？你可以在这里抬头挺胸地做人，在你自己的国家，和你自己的亲生父亲在一起。而不是去认一个假的。别走了。她当初为了收拾自己的烂摊子放弃了你，难道现在你还想追着她去外国人的土地上？那可不像是去日本或者中国，在这些国家，至少你跟他们长得差不多。可要去一个大鼻子白种人的国家，还远在世界的另一面，那可不一样。你要怎么生存下去？你连他们的话都不会说。在这里读书就够难的了。这个你很清楚吧。"

这倒是真的。我要怎样才能指望跟得上那边学生的进度呢？我们一个星期只有一节英语课，学的那点儿东西到了美国根本就派不上用场。我会有很长一段时间都又聋又哑。

这太让人抓狂了。我才刚习惯了"要离开"这件事，我的父亲就出现了，还为我提供了一个不必离开韩国就能改变生活的机会。就在这里。不需要离开我的学校，不需要离开由美和我的朋友们。依然说着同样的语言。再也不必担心黛西夫人之类的人。更重要的是，我太想见到我的父亲，太想拨开笼罩着我过去十五年人生的迷雾了。

"我可以先见见他吗，明天，然后再做决定？"我问。

"当然，但明天不行。得到下个星期了。他们跟我碰过面就去日本了。我只来得及自己先去见他们一面。时间太紧张了，事情都撞到了一起，太突然了。我哪儿知道你这么快就要走呢？我还病了，还有那么个疯女人在家里，联系你父亲也需要时间。他们是去出差办公事的，没办法取消。但他们答应了，会缩短行程，尽可能早一些赶回来。到时候你就能见到他们了。那样也好，你可以直接搬去跟他们住，为什么不呢？他也希望你能跟他们相处一段时间。一起住上一个或者两个星期。在那之后，你要是还想去美国，那就去。反正你的手续已经办好了，票也买了。不过，一旦离开，谁知道等待着你的是什么，再要回来可就不容易了。噢，你看看，他还给了我钱——给你买衣服的，或者随便什么你需要的东西。至于你，只要安心等着见他们就行了。"她从口袋里掏出一个信封。韩国人习惯把钱装在信封里，这是礼貌。

"至少在你走之前去见见他。你欠他的太多了。他是你的父亲。"

我说我要去上个厕所。我需要想一想。

"快些回来！别想太多。要我说，人只要一坐下来拉屎，就会瞎改主意。"

我没有去茅厕，而是远远地躲开姨妈的铺子，在街上来来回回地走，梳理我自己的感受和思绪。它们现在完全是一团乱麻。"父亲"，这两个字的含义太重。

如果真的能和他住在一起，也许我终于能有机会过上正常的生活。我可以不愁吃喝，有干净的衣服穿，安心上学，不用为学费发愁。说不定还能重新开始学钢琴，上声乐课，甚至去读那个专门为有音乐天赋的学生而开设的学校。没有人能再嘲笑我是私生子。要是成了有钱人的女儿……我真想看看康真和美惠会是什么样的嘴脸！

可是，我分不清姨妈的话里有哪些是真的，又有多少是编造的。甚至可能连半个字的真话都没有。她说了那么多妈妈的事，说她故意让我和我的父亲分离，这些话让我很困扰。我不需要听这个。可是，我又怎么能明白大人的事情呢？如果说姨妈知道我的父亲是什么人，为什么不早一点告诉我呢？为什么要等这么久？我不知道自己能不能做出正确的选择。

我回去时，姨妈还坐在她的工作凳上，没有挪动。

"姨妈，我觉得多等一两个星期是个好主意，到时候再决定究竟要怎么做也不迟。我是真的很想见他。机票我已经有了。只要办个延期就行。您说得对，一旦走了，再想回来就不容易了。谁知道呢，要是能跟我的亲生父亲一起生活，说不定他还能送我去美国读大学，到时候一样能见到妈妈。只是多等三年罢了。"

"当然，他当然可以送你去美国，只要你愿意，随时都可以。他会为你做任何事的，我知道，他有的是本事。秀英啊，不用想太多。我跟你保证，只要见到你的父亲，你就会知道，自己做出了正确的选择。"

"可是姨妈，等到了星期四，我还是要去找帕克先生，去拿我的护照和机票。"

"好的。你去，把东西拿回来。那是你的东西。当然要去！"

第三十章

"等等，我跟你一起去。"我正要出门去机场，姨妈叫住了我。她穿上了她最好的衣服，十分显眼。我穿的也是除了校服以外我唯一一身还算体面的衣服：米黄色短袖 T 恤、蓝色长裤，配塑料凉鞋。

金浦机场很远，我们坐上公共汽车，一路都没有说话，不过这也不是什么不寻常的事情。我们从来都不会为了聊天而聊天。姨妈坐在我身边，感觉又自然，又安稳，仿佛她一直以来都跟我是一体的。我用眼角余光瞄着她纤瘦的身体、薄薄的肩膀、瘦骨嶙峋的胳膊和骨节突起的双手——就是在这样一具脆弱的身体里，却盘踞着无情的意志力。她比我见过的任何人都更勤奋、更努力，有时甚至会让我想到屠夫案板上挣扎的鱼。一阵同情袭上心头，我把头靠在她的肩膀上，努力忍住流泪的冲动。她轻轻抚摸着我的头发，她的小臂散发出熟悉的味道，让人觉得安慰。我靠着她的肩膀，对自己许诺：从这一刻开始，无论做出什么样的决定，我都要好好过下去，不后悔，不抱怨。等到了三十岁的时候——对十五岁的我来说，那已经是个非常老的年纪了，我想象不到三十岁以后的人生会是什么样子——我会告诉自己："那个时候，你做了正确的事情，你做出了正确的选择。"无论那时我的生活是什么样子。

我们走进机场大厅。我被它的空阔巨大吓到了，大厅里到处都是人，我开始担心一辈子也没法在这里找到帕克先生。我去找我们提前说好的会面点，可还没等找到帕克先生，我就先看见了另一群人，是由美和我的六七个朋友，她们举着一条横幅："秀英啊，再会。我们会想你的！"由美手里还捧着一束鲜花。她没跟我说她们会来。我又是感动，又是紧张。让她们和姨妈同时出现在同一个地方，这不是好事。

"等她们知道你不走了，会不会很吃惊？"姨妈捏了捏我的手。"你做得对。"她说。

帕克先生站在离我的朋友们不远的地方，抽着烟，望着我们。

姨妈看了他一眼。"就是他？"

帕克先生朝我们走了过来。

"嘿，你一定就是秀英的姨妈了。"

姨妈用力把我往她身边拽了一把，气势汹汹地说："那你一定就是那个引诱我天真的小外甥女的骗子了。别过来，你这个吸血的垃圾！你别想带她走，哪儿都不行。我的秀英要留下来。她会跟她的父亲一起生活。现在，把她的护照和机票递过来，不然我就要叫警察了！"

我觉得丢脸极了。开始了。姨妈又开始了，她又要控制不住自己了。我的朋友们围在帕克先生身后。不认识的人也纷纷聚拢过来，围住了我们。竟有人在国际机场里闹事，这样的事情可不常见。帕克先生第一次露出了某种像是微笑的表情。姨妈的脾气一旦开了头，就停不下来了。

"你干出这种事情，就该去坐牢，你这婊子养的。你知道秀英的父亲是谁吗？"

帕克先生不紧不慢地把香烟扔在地上，抬脚踩灭，然后才缓缓抬起头来。

"请放开她。她要去赶飞机了。"

"吃屎去吧，你这该死的杂种！"姨妈尖声叫骂，"你以为你是谁，能来教我做事？你到底是谁啊？我知道，你是要把我的秀英骗走，卖到不知道什么地方去，天晓得你要把她卖给什么人。"

她每骂一句，人就聚得越多。由美跺着脚，一个劲儿地啃她的指甲。她是知道姨妈能做出什么事情来的。听到姨妈这满口的脏话，我的朋友里开始有人交头接耳起来。帕克先生一言不发，走上前来，一根一根把姨妈的手指从我的胳膊上掰开，推开她。

"你怎么敢！"她挥起手提包打他，抬脚去踢他，可帕克先生灵巧地往侧面闪过一步，躲开了。姨妈冲上来，重新抓住我的胳膊。"秀英啊，你告诉他。跟他说你不走了。"她说。

帕克先生放开了我的胳膊。

"是的，为什么不自己跟我们说呢？事情有什么变化吗？"他问。

我没想到会有这么多人，没想到我的朋友们会来，更从来没想过会有这样一场争吵。如今，我只想原地消失。

帕克先生依然用他那一贯直率、不带感情的声调说："你是要去美国，还是要留下来？我都没问题。"

"姨妈，我不会留下来。我要去和妈妈一起生活。"我声音发哑，微微颤抖。

"你这是什么意思？你父亲呢，怎么办？他下个星期就回来了。"

"我想过了。过去两天里一直在想。很抱歉，但我实在不知道你说的话有多少是真的。"

"这叫什么话？当然全部都是真的。"

"好吧，就算您说的是真的，那也太晚了。我现在不能去见他。也许以后吧，等到某一天，我会回来找他。"

"不，你不能这样。你不知道我为了找他付出了什么。用用你的脑子，至少用一次！"

"我用了。太多最后一分钟的巧合了。我尝试去理解，为什么他从来不来看我，十五年了，从来不来。如果他真的那么爱我，为什么不来找我？为什么偏偏是现在？就连现在——我后来想了想——也不是他来找我，是你去找他。"

"不，不，不是的。你不明白吗，他是个大忙人，是个重要人物。他现在知道你了，他准备好了。你应该和他在一起。你妈妈从来都不想要你。你知道的。她是个疯子。"她拼命摇晃我的肩膀，像是要把某些东西晃进我的身体里。

帕克先生想插手，但我给了他一个"不要"的眼神。是时候了。我想把一切都说出来——那些隐藏了十年的、不能说的东西。如果说，这一切都要当着眼前所有人的面说出来，那我也无能为力，就这样吧。

"别再说我妈妈是疯子了。"我说，"她不疯。每次你这么说都让我受不了。她没有做过任何疯狂的事情。这些年来一直主动跟你保持联络的是她，不是吗？你才是那个一直在分开我们的人。现在，她让人来接我了。我要去找她。过去七年，两千四百五十八天，每一天我都在想念她！我太想她了，想得心痛，一直都痛，就是这个地方。"我捶着我的胸口。终于能大声说出心里的话，我再也忍不住，哭了起来。

姨妈走近两步，拉住我的手。我挣脱她，往后退开。

"秀英啊，再想一想！我才是那个把你养大的人。我拿你当亲生女儿看待的。"

"也别再说这种话了。如果真是这样，为什么你不保护我？"

"保护什么？"

"康真。"

"你在说什么呀？"

"佩子的事不是意外。他对我做了同样的事。"话一出口，我就涨红了脸，当着朋友们和帕克先生的面说出这件事情，让我觉得很难堪。

"你撒谎。没有这样的事。佩子也待不久的。等康真一回来她就得滚蛋。记得吗？他说了，一切都是误会。"

"你为什么要把妈妈的信藏起来？你明明知道它们对我来说

有多重要。而且这么多年，你一直从妈妈手里拿钱，也从来没有告诉过我！"

"我又不是自己用掉的。我得养家，还得给你们付学费。我尽力了。我们很穷，都很穷。"

"不。姨妈，你一直在利用我来养你自己的孩子。你还想把我卖进妓院里去。"我不再介意别人会不会听到。

"我不知道你在说什么。你怎么能这样歪曲事实！那只是让你去唱唱歌，给你一个能唱歌的机会而已。"

"如果真的被你送进妓院，那就不是唱唱歌的事情了！我想见我的父亲吗？是的，非常想。但不是像现在这样。不是有你站在我和他之间的时候。不是你拿着一把刀架在我喉咙上的时候。"

"我不知道你在胡说八道些什么。我是在帮你，让你有机会和一个了不起的人一起生活，是你自己现在要放弃这个机会！为什么，就为了气我？我发誓，如果你现在走了，我永远都不会告诉你他是谁，你永远都找不到他。"

"我知道你会这样。可我还是不能留下来。因为就算他是真的，你也会玩弄他，利用他。你会把我牢牢地攥在手里，让他付钱。我不会再当你的提款账户了。如果我留下来，你还是会继续利用我，榨干我的最后一滴血，直到我死。"

我转过身，示意帕克先生，我好了，可以走了。"你这个忘恩负义的狗东西，怎么敢这样对我说话！"她冲上来打我，却被帕克先生在半空中截住了拳头。他望向姨妈身后，点点头。两个机场警察不知从什么地方冒了出来，他们叫他"先生"，然后把姨妈往后拖开。整个过程中，人群一直在聚集。"不，不。你们要抓的是那个男人，不是我。他要绑架我的外甥女！"姨妈高声尖叫。见他们不理她，她又冲着人群大叫："救命，有人帮帮忙吗！他要带走我的孩子！"姨妈在他们的钳制下拼命扭动，挣扎。

帕克先生开口了："你这样只会弄伤自己。放她走吧，秀英姨妈。别再这样了。这是一座国际机场。让我们在外国友人面前留些体面吧。"

可姨妈不肯罢休。"你不是我的孩子。没错。你就是个杂种，是你那个愚蠢的婊子妈妈像扔烫手山芋一样扔掉的小杂种。就算康真真的做了你说的那种事，那也是你活该。你屁都不是。利用你算什么？为了培养我的孩子，比这更坏的事情我也能做。"

"我知道，姨妈。撒谎对你来说根本就算不了什么。所以这一次，我用撒谎来回报你，我说我不去美国是骗你的。和你一样，只要能离开你和康真，我什么都能做，怎样都行。我想和妈妈在一起，哪怕她真的像你说的那样，已经疯了。"

她朝我吐出一口痰，落在了我的脚尖前。

"滚吧。你对我一点用也没有。我希望你那架飞机掉下来！"

周围的人都倒吸了一口冷气，对着我和姨妈指指点点，摇着头，相互感叹着什么。

帕克先生拉起我的胳膊，领着我朝飞机走去。"等到了美国，一切都会好的。"他说。

由美和朋友们把我拥在中间，眼睛全都闪闪发亮，像是刚刚从一部亲身经历的电影故事里走出来一样。由美冲上来，把花和一直帮我保管的礼物都塞进我手里，然后一把抱住我。我们拥抱了很久，久到帕克先生轻轻拍了拍我的后背，催促我继续走。

登上飞机之前，他把护照、机票和一张纸条一起递给我，纸条上写着妈妈的地址和电话号码。我向他鞠了一躬。最后一次，我转身回望。人群还聚集在姨妈周围，她瘫倒在地上，双手捂着脸，大声号哭。

我知道，我做出了正确的抉择。无论往后如何。

一名和蔼可亲的空姐把我领到了靠窗的座位上，温柔地为我系上安全带。

飞机起飞了，从高高的半空中，我终于看到了汉江完整的模样。

汉江，한강。"한"，这个源自"恨"的字眼对于韩国人来说有着非同一般的特殊意义——我们是灵魂里浸透了悲伤、苦难和蚀骨伤痛的民族。它最为我们所熟知的一重含义，就是"哀伤之美"。多么贴切啊，这一刻，我离开了汉江，越飞越高。只是我的哀伤从来都不是美丽的。

很快，汉江就汇入黄海，投入了它伟大母亲的怀抱。我也一样，将过往的一切通通抛在身后，飞向我的母亲。

— END —

致谢

谢谢你，罗伯特·麦基，感谢你陪伴我走过秀英的世界。

感谢梅休因出版公司的彼得·图蒙斯，我的出版人，感谢你的真知灼见与不吝赐教。你拥有最敏锐的触觉。

多谢来自谢尔曼图书馆读书俱乐部的读者们：阿什莉·布莱克、凯瑟琳·D.安德烈、苏珊·阿什利、帕特·科里根、斯蒂芬妮·斯宾纳、科林·科沃基安。感谢智慧的你们就本书初稿所给予的意见与建议。

还有丹尼斯·斯旺森，谢谢你的慷慨与信任；玛西娅·弗里德曼，感谢你的鼓励和专业意见；伊丽莎白·印第安诺斯，感谢你对好故事的热爱；克里斯塔·艾切特尔，谢谢你一直支持我；乔治·费尔南德斯，谢谢你的加油与赞美。

布鲁诺尼亚·巴里、艾丽森·诺尔、苏珊·奥利安，你们的鼓励我感怀在心。

乔安妮·索嘉、汤姆·玛尼、高斗心、沈氏夫妇、坎迪斯·鲍伊斯、大卫·库尔茨、尤安·博兰德、保罗·麦基、卡罗尔·坦伯、史蒂夫·戈特利布、欧文·菲茨帕特里克，衷心谢谢你们。

乔斯、安德烈亚和帕特里卡，我最亲爱的姐妹，我爱你们。

作者

米娅·金在韩国首尔（原名"汉城"）长大。她拥有伊斯曼音乐学院（Eastman School of Music）的硕士学位，是一名成功的艺术家，曾数次在纽约成功举办画展。《后来的金秀英》（Me, Then）是她的第一部小说作品。

米娅·金如今定居在美国康涅狄格州。

译者

杨蔚，自由撰稿人、译者。热爱旅行，"孤独星球（Lonely Planet）"特邀作者及译者。

已出版译作：《在路上》《自卑与超越》《夜色温柔》《那些忧伤的年轻人》《丧钟为谁而鸣》《乞力马扎罗的雪》《太阳照常升起》《人鼠之间》等。

后来的金秀英

作者 _ [美]米娅·金　译者 _ 杨蔚

产品经理 _ 殷梦奇　装帧设计 _ 付禹霖　产品总监 _ 应凡

技术编辑 _ 顾逸飞　责任印制 _ 梁拥军　出品人 _ 贺彦军

果麦
www.guomai.cn

以 微 小 的 力 量 推 动 文 明

图书在版编目（CIP）数据

后来的金秀英 /（美）米娅·金著；杨蔚译 . -- 广
州 ： 花城出版社， 2023.11
书名原文：Me，Then
ISBN 978-7-5749-0026-4

Ⅰ . ①后… Ⅱ . ①米… ②杨… Ⅲ . ①长篇小说－美
国－现代 Ⅳ . ① I712.45

中国国家版本馆 CIP 数据核字（2023）第 194055 号

著作权合同登记号：图字 19-2023-076 号

ME，THEN
by Mia Kim
Copyright © 2021 by Mia Kim
Published by arrangement with McKim Imprint Inc
Simplied Chinese translation copyright © 2023
by GUOMAI Culture & Media Co., Ltd
ALL RIGHTS RESERVED

出 版 人：张 懿
责任编辑：李 欣
责任校对：衣 然
技术编辑：林佳莹
装帧设计：付禹霖

书　　名　后来的金秀英
　　　　　HOULAI DE JIN XIUYING
出版发行　花城出版社
　　　　　（广州市环市东路水荫路 11 号）
经　　销　全国新华书店
印　　刷　河北鹏润印刷有限公司
　　　　　（河北省肃宁县经济开发区宏业路 1 号）
开　　本　880 毫米 ×1230 毫米　32 开
印　　张　8.75
字　　数　190 千字
版　　次　2023 年 11 月第 1 版　2023 年 11 月第 1 次印刷
定　　价　49.80 元

如发现印装质量问题，请直接与印刷厂联系调换。
购书热线：020-37604658　37602954
花城出版社网站：http://www.fcph.com.cn